Arsène Lupin y la aguja hueca

Plutón
Ediciones

PLATINO
CLÁSICOS ILUSTRADOS

ARSÈNE LUPIN Y LA AGUJA HUECA

MAURICE LEBLANC

TRADUCTORA: MARIE MERSOYE
ILUSTRADOR: ALEJANDRO DÍAZ

Segunda Edición: 2024

Diseño de cubierta e Ilustraciones: Alejandro Díaz
Maquetación: Saul Rojas Blonval

Edita: Plutón Ediciones X, s. l.,

E-mail: contacto@plutonediciones.com
http://www.clasicosilustrados.com
http://www.plutonediciones.com

I.S.B.N: 978-84-18211-98-0
Depósito Legal: B-19017-2021

Impreso en España / Printed in Spain

Estudio Preliminar

El misterio de la Aguja hueca está a punto de ser descubierto. Es un secreto histórico que parece proteger un magnifico tesoro acumulado por años y que involucra a personajes de la talla de Julio César; Carlomagno; Guillermo, el conquistador; Juana de Arco; Ricardo, rey de Inglaterra; Enrique IV; Luis XVI y María Antonieta, entre tantos otros, y también a nuestro querido Arsène Lupin. Sin embargo, nuestra historia comienza con algo que parece ser un robo, con un asesinato y con un herido que no puede ser encontrado…

Dos jóvenes despiertan en medio de la noche, asustadas por los extraños ruidos que escuchan en el castillo… Después de decidirse a salir de sus habitaciones, se topan frente a frente con un hombre que las deslumbra con una lámpara impidiendo que puedan ver su rostro, a pesar de ello, cuando el intruso trata de huir por el jardín, una de las jóvenes lo hiere de un balazo desde la ventana. Lo ven caer, tratar de levantarse y volver a caer, pero cuando van en su búsqueda, solo encuentran un rastro de sangre… ¡el hombre ha desaparecido! Y es aquí cuando comienza la verdadera aventura…

La narración está plagada de referencias históricas del país galo. En un capítulo se muestra la carta que hace pública la existencia del Misterio de la Aguja hueca. En ella se refiere como en 1679, bajo el reinado de Luis XIV, un hombre, que se presume fue el famoso hombre de la Mascara de hierro, publicó un libro que revelaba el secreto. Sin embargo, el rey dio la orden de recoger los 100 impresos existentes, decidió conservar un ejemplar y el resto, fue arrojado al fuego por sus propias manos. No obstante, el capitán de la guardia, en un pequeño descuido del rey, logró rescatar un ejemplar, pero fue asesinado seis meses más tarde hallándose entre sus ropas un estupendo diamante de gran valor. Igualmente, entre sus papeles, se halló, una nota manuscrita que hablaba del secreto que había sido perdido por los reyes de Francia cuando la corona del pobre Henri VI pasó temporalmente al duque de York. También Juana de Arco fue conocedora del secreto, y esto le costó la vida.

Más tarde, durante la Revolución Francesa, Luis XVI fue encarcelado en el Temple. Custodiado por un guardia descendiente de aquel quien salvó el libro del fuego, el rey le confió antes de morir un trozo de papel con la clave del secreto, para que se lo entregara a María Antonieta y que ella pudiera negociar su salvación, pero aunque recibió la misiva, la reina murió en el cadalso muy poco después. María Antonieta logró ocultar el trozo de papel en su libro de oraciones e hizo que este fuera entregado a su amigo Axel de Fersen, quien desconociendo la existencia del secreto conservó el libro expuesto en un museo.

A lo largo de la historia fueron muchos los que intentaron descifrar el famoso misterio, pero solo Arsène Lupin logró desentrañarlo tiempo atrás. Lo que nunca imaginó es que aparecería Isidore Beautrelet, un joven estudiante con la capacidad no solo de descifrar la clave del enigma que permaneció oculta durante años, sino con la intención de vencer a Lupin. ¿Descubrirá Beautrelet cuál es el secreto tras el misterio de la Aguja hueca?

Esta aventura de Lupin y la Aguja hueca, fue publicada inicialmente, de noviembre de 1908 a mayo de 1909, en la revista *Je suis tout*. Posteriormente, el mes de junio del mismo año, fue publicada la novela completa con algunas modificaciones, y es considerada entre los seguidores de Lupin, como una de las mejores aventuras del ladrón de guante blanco.

Maurice Leblanc, creador del célebre personaje, fue un escritor francés de novelas y cuentos cortos. Oriundo de Ruan y nacido en el núcleo de una buena familia, hablaba varios idiomas y se formó en el área del derecho. Pero el trabajo que verdaderamente lo llevó a la fama fue la publicación, a petición del director de la revista *Je suis tout*, del original del *Arresto de Arsène Lupin*. Después del éxito obtenido con esta historia, el editor de la revista le pidió a Leblanc que continuara desarrollando el personaje y es así como fueron escritos más de 20 libros de Lupin, el caballero ladrón.

Capítulo 1

El disparo

Raymonde afinó el oído. Nuevamente, y dos veces seguidas, aquel sonido se dejó escuchar lo bastante claro para lograr distinguirlo de los otros ruidos confusos que alteraban el silencio de la noche, pero al mismo tiempo era tan débil que ella no hubiera podido reconocer si su origen había sido cercano o distante, si ocurría dentro de los muros del amplio castillo o tal vez afuera, entre los sombríos rincones del parque.

Se levantó con lentitud. Su ventana estaba entreabierta y la abrió de par en par. El brillo de la luna se posaba sobre un tranquilo paisaje de jardines y bosquecillos donde las desparramadas ruinas de la antigua abadía se recortaban formando perfiles trágicos, columnas truncadas, arcos incompletos, esbozos de pórticos y fracciones de contrafuertes. Una ligera brisa flotaba sobre la superficie de aquellas cosas, colándose por entre las ramas desnudas e inanimadas de los árboles, pero moviendo las hojas recién brotadas de los macizos.

Y de repente, el mismo sonido... Provenía del lado izquierdo y arriba del piso que ella habitaba, es decir, de los salones que se hallaban en el ala occidental del castillo.

Aunque era valiente y fuerte, la joven experimentó la angustia del miedo. Se vistió con sus ropas de noche y tomó las cerillas.

—Raymonde... Raymonde...

Una voz endeble parecida a un suspiro la llamaba desde la habitación de al lado cuya puerta estaba abierta. A tientas se dirigía hacia allá, cuando su prima Suzanne corrió a su encuentro y se lanzó en sus brazos.

—Raymonde... ¿eres tú?... ¿Lo escuchaste?...

—Sí... ¿Pero, no duermes?

—Creo que fue el perro lo que me despertó... hace ya un largo rato... Pero después no volvió a ladrar. ¿Qué hora es?

—Deben ser cerca de las cuatro.

—Oye... Alguien está caminando por el salón.

—Suzanne, tu padre se encuentra allí. No hay peligro.

—Pero sí hay peligro para él. Está durmiendo junto al salón pequeño.

—El señor Daval también se encuentra allí...

—Pero se halla al otro lado del castillo... ¿Cómo quieres que logre escucharlo?

Dudaron sin saber qué hacer. ¿Llamar? ¿Pedir auxilio? Pero no se atrevían, al punto de que el sonido de sus propias voces parecía causarles miedo. Y Suzanne, que se había aproximado a la ventana, contuvo un grito en su garganta.

—Mira... hay un hombre cerca del estanque.

Ciertamente, un hombre caminaba con paso rápido. Bajo el brazo llevaba un objeto de dimensiones considerables, cuya naturaleza las dos muchachas no lograron distinguir, y que, a cada paso, al chocar contra su pierna, le dificultaba caminar. Pudieron ver cómo el hombre pasaba al lado de la vieja capilla y se dirigía hacia una pequeña puerta que había en el muro. La puerta debía hallarse entreabierta, ya que el hombre desapareció repentinamente y, además, las jóvenes no escucharon el habitual rechinamiento que causaban las bisagras de la misma.

—Venía del salón —susurró Suzanne.

—No, la escalinata del vestíbulo lo hubiera dirigido mucho más a la izquierda... salvo que...

Las sacudió una misma idea. Se inclinaron hacia la parte exterior de la ventana. Sobre ellas se encontraba una escalera levantada contra la fachada y apoyada en el primer piso. La luz irradiaba sobre el balcón de piedra. Y otro hombre, que también cargaba otro objeto, cabalgó sobre el balcón, se dejó escurrir por la escalera y escapó por el mismo camino.

Suzanne, asustada y sin fuerzas, cayó de rodillas, tartamudeando:

—¡Llamemos!... ¡Vamos a pedir auxilio!...

—¿Y quién vendrá?... Tu padre... ¿Y si hay otros intrusos y se lanzan contra él?

—Podemos avisarles a los criados... Tu timbre suena en el piso de ellos.

—Sí... sí... tal vez... es una buena idea... A condición de que ellos lleguen rápido.

Raymonde buscó junto a su cama el interruptor del timbre eléctrico y hundió el botón con su dedo. Arriba sonó el timbre, y ambas jóvenes tuvieron la impresión de que abajo tuvo que escucharse claramente el sonido.

Aguardaron. El silencio se hacía terrible y la brisa había dejado de mover las hojas de los arbustos.

—Tengo miedo, Raymonde... tengo miedo... —balbuceaba Suzanne.

Y de pronto, arriba de ellas, en la noche profunda, estalló un ruido de lucha con estruendo de muebles caídos, exclamaciones, y al rato, espantoso y siniestro, se oyó un gemido ronco… los jadeos de alguien que está siendo estrangulado.

Raymonde corrió hacia la puerta. Suzanne se aferró con desesperación a su brazo.

—No... no me dejes sola... tengo mucho miedo.

Raymonde se liberó y se dirigió hacia el pasillo, seguida de Suzanne, quien se bamboleaba de una pared a otra dando gritos. Raymonde llegó hasta la escalera, subió rápidamente los peldaños y se lanzó sobre la puerta grande del salón, donde de pronto se quedó inmóvil en el umbral, mientras Suzanne caía desmayada a sus pies. Frente a ellas, a tres pasos, se encontraba un hombre sosteniendo una linterna en una mano. Con un gesto dirigió la linterna hacia el rostro de las jóvenes cegándolas con la luz, observó largamente sus rostros, y después, sin ninguna prisa, con los movimientos más serenos del mundo, tomó su gorra, levantó un trozo de papel y unas briznas de paja, con ellas borró las huellas dejadas sobre la alfombra, se dirigió al balcón, se volvió hacia las jóvenes, se inclinó con gran reverencia y escapó.

Suzanne fue la primera en dirigirse hacia el pequeño recibidor que separaba el salón de la habitación de su padre. Pero cuando entró quedó aterrada ante el espantoso espectáculo que veían sus ojos. A la luz oblicua de la luna se observaban en el suelo dos cuerpos inanimados, tumbados uno junto al otro.

—¡Papá!... ¡Papá!... ¿Eres tú?... ¿Qué te pasa?... —gritaba trastornada e inclinándose encima de uno de ellos.

Al cabo de pocos segundos, el conde de Gesvres se movió. Con la voz quebrada respondió:

—No tengas miedo... no he sido herido... ¿Y Daval? ¿Está vivo? ¿El cuchillo... el cuchillo?

En ese instante llegaron dos criados con lámparas. Raymonde se inclinó ante el otro cuerpo tendido en el suelo y logró reconocer a Jean Daval, empleado y hombre de confianza del conde. Su rostro ya mostraba la palidez de la muerte.

Entonces la joven se levantó, volvió al salón, y de un escudo colgado en la pared tomó una escopeta que sabía se hallaba cargada y corrió hacia el balcón. En realidad, no hacía más de cincuenta segundos que el hombre había puesto el pie en el primer peldaño de la escalera adosada a la fachada. Por lo tanto, no podía encontrarse muy lejos de allí, menos cuando una vez abajo había tenido el cuidado de apartar la escalera del balcón para que nadie más pudiera utilizarla. Efectivamente, la joven enseguida descubrió al individuo que iba rodeando las ruinas del antiguo claustro. Raymonde se echó el arma al hombro, apuntó tranquilamente y disparó. El hombre cayó.

—¡Eso es!... ¡Eso es!... —dijo uno de los criados—. Ya tenemos a uno. Voy hacia allá.

—No, Víctor, se está levantando de nuevo... Baje por la escalera y vaya hasta la puerta pequeña. Únicamente puede huir por allí.

Víctor se apuró, pero antes de llegar al parque, el hombre había caído nuevamente. Raymonde se dirigió al otro criado.

—Albert, ¿puede verlo allí abajo... cerca del arco grande?

—Sí... Se está arrastrando por el césped... no tiene escapatoria...

—Vigílelo desde aquí.

Efectivamente, la joven enseguida descubrió al individuo que iba rodeando las ruinas del antiguo claustro. Raymonde se echó el arma al hombro, apuntó tranquilamente y disparó. El hombre cayó.

—No tiene manera de escapar. A la derecha de las ruinas el césped se encuentra al descubierto...

—Y tú, Víctor, vigila la puerta a la izquierda —dijo, sujetando de nuevo la escopeta.

—Señorita, no vaya usted.

—Sí, sí voy —replicó ella con tono resuelto y gesto rudo—. Déjeme... todavía me queda otro cartucho... Si se mueve...

Salió. Al cabo de un momento, Albert la vio avanzando hacia las ruinas. El criado le gritó desde la ventana:

—Se ha arrastrado por la parte de atrás del arco. Ya no logro verlo... Cuidado, señorita.

Raymonde dio un rodeo por el antiguo claustro para impedir la retirada al desconocido y en ese momento Albert la perdió de vista. Después de unos minutos, al ver que no reaparecía de nuevo, comenzó a inquietarse, y, sin dejar de observar las ruinas, en vez de bajar por la escalera trató de alcanzar la que usó el intruso. Cuando lo consiguió, bajó velozmente y corrió derecho hacia el arco cerca del cual aquel hombre había desaparecido la primera vez. Treinta pasos más allá se topó con Raymonde, que estaba buscando a Víctor.

—¿Qué sucedió? —preguntó Albert.

—Imposible atraparlo —contestó Víctor.

—¿Y la puerta pequeña?

—Vengo de allá... Esta es la llave.

—No obstante..., es necesario que...

—¡Ah! ya casi lo atrapamos. De aquí a diez minutos ese delincuente será nuestro.

El granjero y su hijo, quienes se despertaron por el disparo de la escopeta, venían desde la granja, cuyas edificaciones se levantaban bastante alejadas a la derecha, pero dentro del castillo amurallado. No habían observado a nadie.

—¡Rayos! —exclamó Albert—. Ese bandido no ha podido dejar las ruinas... Lo desenterraremos escondido en el fondo de cualquier boquete.

Organizaron una búsqueda metódica, registrando cada matorral y separando las espesas ramas de hiedra enrolladas alrededor de las columnas. Comprobaron que la capilla estuviera bien cerrada y que ninguna de las vidrieras estuviera rota. Rodearon el claustro y visitaron todos sus rincones y refugios. Pero la búsqueda fue en vano.

Solo hicieron un hallazgo: en el mismo sitio donde el hombre había caído herido por el disparo de Raymonde encontraron una gorra de chofer de cuero leonado. Aparte de eso, nada más.

La gendarmería de Ouville-la-Rivière fue informada a las seis de la mañana, la cual se presentó en el lugar de los hechos después de haber enviado al Juzgado de Dieppe, por correo expreso, una breve nota refiriendo las circunstancias del crimen, la imperiosa captura del principal culpable y "el hallazgo de la gorra y del puñal con el que se había ejecutado el crimen". A las diez, dos automóviles circulaban por la ligera pendiente que lleva hacia el castillo. En uno de ellos se hallaban el fiscal suplente y el juez de instrucción, así como el secretario. En el otro, un sencillo cabriolé, se encontraban dos jóvenes reporteros de prensa en nombre del *Journal de Rouen* y de otro gran diario de París.

El viejo castillo se mostró ante la vista de los viajeros. Antiguamente había sido la residencia abacial de los priores de Ambrumésy, cercenada por la revolución y reparada por el conde de Gesvres, quien la adquirió hacía veinte años, contando con un cuerpo de hospedajes que remonta un pináculo donde se halla un reloj y dos alas, cada una de ellas rodeada por una escalinata con balaustrada de piedra. Sobre los muros del parque, y más allá de la llanura que sostienen los altos taludes normandos, se logra divisar, entre las aldeas de Sainte-Marguerite y de Varengeville, la mancha azul del mar.

En ese lugar vivía el conde de Gesvres con su hija Suzanne, bella y débil criatura de rubios cabellos, y su sobrina Raymonde de Saint-Véran, a quien él había recogido dos años antes, cuando el simultáneo fallecimiento de su padre y de su madre dejó huérfana a la joven. La vida era muy tranquila y ordenada en el castillo. Algunos vecinos iban de visita de vez en cuando. Durante el verano, el conde iba con las dos jóvenes a Dieppe, casi todos los días. El conde era un hombre alto, con un hermoso rostro grave y cabellos grisáceos. Al ser muy rico, él mismo llevaba la administración de su riqueza y vigilaba sus propiedades con apoyo de su secretario Daval.

Desde el momento de su arribo, el juez de instrucción comenzó a levantar las primeras pruebas del brigadier de la gendarmería de Quevillon. Aún no se había efectuado la captura del culpable, siempre apremiante por lo demás, pero todas las salidas del parque se hallaban vigiladas. La fuga era, por lo tanto, imposible.

El pequeño grupo cruzó inmediatamente la sala capitular y el comedor ubicados en la planta baja, y subió al primer piso. De inmediato observaron que el salón se encontraba en perfecto orden. No había ningún mobiliario ni ningún elemento que pareciera estar fuera de lugar, tampoco se observaba un espacio vacío entre los muebles y los objetos. A la derecha y a la izquierda se hallaban colgados fastuosos tapices flamencos con personajes. En el fondo, sobre tableros, estaban instalados cuatro hermosos lienzos con marcos de época, y que representaban hechos mitológicos. Eran los famosos cuadros de Rubens legados al conde de Gesvres, junto a los tapices de Flandes, por su tío el marqués de Bobadilla, grande de España. El señor Filleul, juez de instrucción, señaló:

—Si el móvil del crimen fue el robo, en todo caso este salón no fue objeto de saqueo.

—¿Quién puede saberlo? —respondió el fiscal suplente, quien decía muy poco, pero que cuando hablaba siempre contradecía las opiniones del juez.

—Estimado señor, veamos, la primera inquietud de un ladrón de verdad hubiera sido apoderarse de los tapices y de los cuadros.

—Tal vez no tuvo tiempo para ello.

—Es lo que nosotros vamos a investigar.

En ese instante entró el conde de Gesvres, acompañado del médico. El conde, que no parecía sentir los efectos del ataque del que había sido víctima, dio la bienvenida a ambos magistrados. Después abrió la puerta de la estancia.

Dicha estancia, donde nadie, salvo el médico, había entrado después del crimen, mostraba, al contrario del salón, el máximo desorden. Allí podían verse dos sillas derribadas, una de las mesas estaba hecha pedazos, y en el piso yacían otros diversos objetos, entre los cuales estaba un reloj de péndulo de viaje, un archivador de correspondencia y una caja de papel carta. Además, varias de las hojas blancas esparcidas por el suelo tenían manchas de sangre.

El médico levantó la sábana que cubría el cadáver. Jean Daval, trajeado con sus ropas habituales de terciopelo y usando botas herradas, se hallaba tendido boca arriba con uno de los brazos extendido. Su camisa había sido abierta y podía verse una ancha herida que perforaba su pecho.

—La muerte debió ocurrir instantáneamente —declaró el médico—. Fue suficiente una sola puñalada.

—Seguro fue con el cuchillo que observé sobre la chimenea del salón, junto a la gorra de cuero —dijo el juez.

—Así es —confirmó el conde de Gesvres—, el cuchillo fue hallado aquí mismo. Fue tomado del escudo del salón, de donde mi sobrina, la señorita de Saint-Véran, tomó la escopeta. En cuanto a la gorra de cuero, es obviamente la gorra del asesino.

El señor Filleul siguió estudiando algunos detalles adicionales de la estancia, hizo algunas preguntas al médico y después le rogó al conde que le narrara lo que había visto y lo que sabía. Estos son los términos en los cuales se expresó el conde:

—Quien me despertó fue Jean Daval. Aparte, yo estaba durmiendo mal, con relámpagos de lucidez en los que tenía la impresión de oír pasos, cuando de repente, al abrir los ojos, lo vi al pie de mi cama con una lámpara en la mano y trajeado tal cual se encuentra en este momento, ya que a menudo trabajaba hasta muy tarde en horas de la noche. Parecía muy agitado y me dijo en un susurro: "Hay dos personas en el salón". En efecto, escuché el ruido. Me levanté y muy despacio entreabrí la puerta de esta estancia. En ese preciso instante fue empujada esta otra puerta que da al salón grande y apareció un hombre que se arrojó sobre mí y me hizo desmayar dándome un puñetazo en la sien.

Señor juez, le narro esto sin ningún detalle, por la sencilla razón de que solo recuerdo estos detalles principales y que todo ello ocurrió con una rapidez extraordinaria.

—¿Y después?

—Después de eso no sé nada más... Cuando recobré el sentido, Daval estaba tirado en el suelo mortalmente herido.

—¿Usted sospecha de alguien?

—No sospecho de nadie.

—¿Tiene usted algún enemigo?

—No creo que tenga alguno.

—¿Y el señor Daval tampoco los tenía?

—¿Daval, enemigos…? Él era la mejor persona del mundo. Jean Daval era mi secretario desde hace veinte años y debo confesar que también mi confidente, y jamás advertí en torno a él algo más que amistad.

—No obstante, hubo una escalera y hubo un asesinato, por lo tanto, es justo que exista una razón para todo ello.

—¿Una razón? Pues claro... el robo.

—¿Se han robado algo?

—No, nada.

—¿Entonces?

—Entonces si no robaron nada de aquí, si no falta nada, han debido llevarse al menos alguna cosa.

—¿Qué?

—No lo sé. Pero mi hija y mi sobrina podrán decirle a usted, con toda seguridad, que vieron sucesivamente a dos hombres que cargaban bultos bastante voluminosos.

—Esas señoritas...

—¿Esas señoritas habrán soñado tal vez? Yo estaría inclinado a creerles, pues desde esta mañana me estrujo el cerebro buscando y estableciendo hipótesis. Pero es más sencillo interrogarlas.

Llamaron a las dos primas al salón grande. Suzanne, totalmente pálida y aún temblorosa, apenas si podía hablar. Raymonde, más briosa, más fuerte, y también más bella con el dorado brillo de sus ojos oscuros, refirió los acontecimientos de la noche y el papel que ella había tomado en los mismos.

—¿De modo, señorita, que su declaración es concluyente?

—Absolutamente. Los dos hombres que atravesaron el parque cargaban objetos.

—¿Y el tercero?

—Ese salió de aquí con sus manos vacías.

—¿Usted podría describir sus señas personales?

—No paró ni un instante de cegarnos con su linterna. Lo más que puedo señalar es que es corpulento y de aspecto robusto...

—¿Señorita, igual le pareció a usted? —interrogó el juez a Suzanne de Gesvres.

—Sí... o más bien no... —respondió Suzanne, pensando—. A mí me pareció de estatura media y algo delgado.

El señor Filleul esbozó una sonrisa, acostumbrado como estaba a las diferencias de opinión y de punto de vista entre los testigos de un mismo suceso.

—Entonces, aquí nos hallamos en presencia, por una parte, de un personaje, el del salón, que es a la vez grande y pequeño, grueso y delgado; y por la otra, de dos personajes, los del parque, a quienes se señala de haber robado objetos de este salón... y que aún están por aquí.

El señor Filleul era un juez perteneciente a la escuela de los irónicos, como él mismo señalaba. También era un juez que ni detestaba la muchedumbre, ni las oportunidades de mostrarle al público su manera de hacer las cosas, lo cual quedaba demostrado por el creciente número de personas que se agolpaban en el salón. A los periodistas se habían sumado el granjero y su hijo, el jardinero y su esposa, y también el personal del castillo, igualmente los dos conductores que habían traído los coches de Dieppe. El juez continuó:

—Aparte, se trata de ponerse de acuerdo sobre la manera en que desapareció el tercer individuo. ¿Usted, señorita, disparó la escopeta desde esta ventana?

—Sí, en el momento en que el individuo alcanzaba la piedra sepulcral, casi escapando bajo los pinos, a la izquierda del claustro.

—Pero, ¿él se puso de pie?

—Solo a medias. Víctor bajó de inmediato para vigilar la puerta pequeña, y yo lo seguí, dejando aquí a nuestro criado Albert, vigilando también.

Albert hizo su declaración de igual modo, y el juez concluyó:

—Por lo tanto, según usted, el herido no pudo escapar por la izquierda, ya que su compañero vigilaba la puerta, ni por la derecha, ya que usted lo hubiera observado cruzar el césped. Entonces, según la lógica, en este momento se halla en el espacio comparativamente restringido que nosotros mantenemos bajo nuestra mirada.

—Estoy totalmente seguro de ello.

—¿Señorita, y usted también lo está?

—Así es.

—Yo también —manifestó Víctor.

El fiscal suplente señaló en tono burlón.

—El campo de investigaciones es bastante reducido y únicamente hay que continuar la búsqueda iniciada a las cuatro.

—Tal vez ahora tengamos mejor suerte.

El señor Filleul levantó la gorra de cuero de encima de la chimenea, la estudió y, llamando al brigadier de la gendarmería, le dijo en privado:

—Brigadier, envíe de inmediato a uno de sus hombres a Dieppe, al negocio del sombrerero Maigret, y que el señor Maigret nos indique a quién le vendió esta gorra.

"El campo de investigaciones", de acuerdo con la frase del fiscal suplente, estaba limitado al espacio que había entre el castillo y el césped de la derecha, así como al recodo formado por el muro de la izquierda y por el muro opuesto al castillo; es decir, un cuadrante de casi cien metros de lado, donde de un lado y del otro aparecían ruinas de Ambrumésy, el tan famoso monasterio de la Edad Media.

Sobre la hierba pisoteada pudo observarse de inmediato el paso del fugitivo. En dos sitios se descubrieron marcas de sangre ennegrecida, prácticamente seca. Después de la curva del arco, que indicaba la extremidad del claustro, ya no se halló nada, pues la naturaleza del suelo, cubierto de agujas de pino, no se prestaba a mantener la huella de ningún cuerpo. Pero, entonces, ¿cómo pudo aquel herido escapar de la vista de la joven, de Víctor y de Albert? Unos matorrales, que los criados y los gendarmes habían inspeccionado, y unas piedras sepulcrales debajo de las cuales habían buscado... y no había nada más.

El juez de instrucción ordenó al jardinero, que tenía la llave, que abriera la Capilla de Dios, verdadera maravilla escultórica, que el tiempo y las batallas habían respetado, y que siempre fue apreciada, junto a los finos relieves de su pórtico y el escaso número de sus estatuillas, como una de las joyas del estilo gótico normando. La capilla, muy sencilla en su interior, sin ningún otro adorno que su altar de mármol, no brindaba ningún refugio. Además, en primer lugar, habría sido necesario entrar en ella. ¿Y por dónde?

La inspección alcanzó la pequeña puerta que se usaba como entrada para los visitantes de las ruinas. Ella accedía al camino hondo y cerrado que estaba entre el recinto y un bosque interrumpido con frecuencia, donde se observaban canteras abandonadas. El señor Filleul se agachó: el polvo del camino mostraba marcas de cauchos con cubiertas antideslizantes. De hecho, Raymonde y Víctor habían creído escuchar, después del disparo de escopeta, el ruido de un auto. El juez de instrucción sugirió:

—Es posible que el herido se haya reunido con sus cómplices.

—Imposible —exclamó Víctor—. Yo me encontraba allí, mientras la señorita y Albert todavía lo observaban.

—Bueno, pero es necesario que ese personaje se encuentre en alguna parte. O está adentro o está afuera.

—Se encuentra aquí —dijeron ambos criados con terquedad. El juez elevó sus hombros y se dirigió hacia el castillo con bastante calma. Evidentemente, el asunto se mostraba mal. Con un robo en el que nada había sido robado y un prisionero invisible, el asunto no era para sentirse muy contento.

Ya era tarde y el señor de Gesvres invitó a los magistrados a almorzar y también a los dos periodistas. Almorzaron en silencio y, posteriormente, el señor Filleul volvió al salón, donde interrogó a los criados. Pero, en el patio repicó el trote de un caballo y, un minuto después, el gendarme, a quien habían enviado a Dieppe, entró en el salón.

—Dígame. ¿Vio usted al sombrerero? —preguntó el juez, impaciente por tener al fin alguna información.

—La gorra le fue vendida a un chofer.

—¡A un chofer!

—Sí, a un chofer que detuvo su automóvil frente al establecimiento y que preguntó si podían venderle para un cliente suyo una gorra de cuero amarillo. Solo quedaba esta. El hombre pagó sin preocuparse siquiera de la medida y se retiró. Tenía mucha prisa.

—¿Y de qué clase era el vehículo?

—Un cupé de cuatro puestos.

—¿Y cuándo fue eso?

—Pues hoy mismo.

—¿Esta mañana? ¿Qué es lo que está diciendo?

—Que la gorra fue comprada hoy en la mañana.

—Pero eso no es posible, ya que fue encontrada anoche en el parque. Para ello es necesario que haya sido comprada con anterioridad.

—Pues fue hoy en la mañana. Eso me indicó el sombrerero.

Hubo unos minutos de desconcierto. El juez de instrucción, atónito, trataba de entender. De repente dio un brinco, como iluminado por un rayo de entendimiento.

—Que venga aquí el chofer que nos trasladó esta mañana.

El brigadier de la gendarmería y su subordinado fueron velozmente hacia las caballerizas. Al cabo de breves minutos el brigadier regresaba solo.

—¿Y el chofer?

—Hizo que le sirvieran el almuerzo en la cocina, comió y después...

—¿Después qué?

—Después se esfumó.

—¿Con el coche?

—No. Con la excusa de ir a ver a un familiar en Ouville, pidió prestada la bicicleta del cochero. Estas son su gorra y su chaqueta.

—Pero ¿se marchó con la cabeza descubierta?

—Sacó una gorra de su bolsillo y se la puso.

—¿Una gorra?

—Sí, al parecer una gorra de piel amarilla.

—¿De piel amarilla? No es posible, porque la gorra está aquí.

—Así es, señor juez de instrucción, pero la del hombre es igual a esa.

El fiscal suplente sonrió sutilmente con ironía.

—¡Qué chistoso! ¡Qué divertido! Son dos gorras... Una, la verdadera, y que era nuestro único elemento de prueba, se fue encima de la cabeza del seudochofer. La otra, la falsa, usted la sostiene entre sus manos. ¡Ah! Ese astuto individuo nos la ha jugado con limpieza.

—¡Que lo atrapen! ¡Que lo traigan aquí! —exclamó el señor Filleul—. Brigadier Quevillon, que vayan dos de sus hombres a caballo y rápido.

—Ya se encuentra lejos —comentó el fiscal suplente.

—Aunque este lejos, es necesario que sea atrapado.

—Así lo espero, pero insisto, señor juez de instrucción, que nuestro trabajo debe concentrarse en especial aquí. Tenga la bondad de leer la nota que acabo de encontrar en los bolsillos del abrigo.

—¿De cuál abrigo?

—El del chofer.

Y el fiscal suplente le entregó al señor Filleul un papel doblado en cuatro en el que era posible leer estas breves palabras escritas a lápiz y con una letra bastante vulgar:

Ay de la señorita, si mató al patrón.

El escrito causó cierta emoción.

—A buen entendedor, pocas palabras, se nos está advirtiendo —dijo el suplente.

—Señor conde —continuó el juez de instrucción—, le ruego que no se inquiete. Tampoco ustedes, señoritas. Esta nota no tiene ninguna importancia, ya que la autoridad está aquí presente. Todas las precauciones serán tomadas. Yo doy la cara por la seguridad de ustedes. En cuanto a ustedes, señores —añadió, viendo a los reporteros—, cuento con su reserva. Es gracias a mi aprobación que ustedes han podido presenciar esta investigación y otra cosa sería retribuirme mal...

Guardó silencio como si se le hubiera ocurrido una idea. Vio a los dos jóvenes alternativamente y se dirigió a uno de ellos, preguntándole:

—¿A qué periódico representa usted?

—Al *Journal de Rouen*.

—¿Posee tarjeta de identidad?

—Sí, aquí está.

El documento estaba en orden. El señor Filleul no tenía nada que decir. Después interrogó al otro reportero:

—¿Y usted, señor?

—¿Yo?

—Sí, usted. Le estoy preguntando a qué periódico pertenece.

—Por Dios, señor juez de instrucción, trabajo para varios periódicos...

—¿Y su tarjeta de identidad?

—No tengo.

—¡Ah! ¿Y por qué?...

—Porque para que un periódico entregue una tarjeta de identidad, es necesario escribir para él de una manera permanente.

—¿Y entonces?

—Pues... que yo solo soy un colaborador esporádico. Mando mis artículos a un diario y a otro, y algunas veces se publican y otras son rechazados de acuerdo con las circunstancias.

—En ese caso, ¿cuál es su nombre? ¿Tiene identificación?

—Mi nombre no le dirá a usted nada. En cuanto a mi identificación, no la tengo conmigo.

—¿Usted no posee ningún documento que acredite su oficio?

—Yo no tengo ningún oficio.

—Definitivamente, señor —manifestó el juez con cierta molestia—, usted no tendrá pretensiones de mantenerse de incógnito después de haber permanecido aquí valiéndose de su astucia y habiéndose enterado de los secretos de la justicia.

—Me gustaría que observara, señor juez, que usted no

me preguntó nada cuando llegué, y que, por lo tanto, yo no tenía que demostrar nada. Por otro lado, no me ha parecido que fuera una investigación secreta, ya que todo el mundo asistió a ella..., inclusive uno de los culpables.

Hablaba lentamente, con un tono de refinamiento infinito. Era un hombre bastante joven, muy alto y delgado, trajeado con un pantalón demasiado corto y una chaqueta demasiado estrecha. Poseía un rostro lozano de muchacha, la frente ancha y encima de ella una melena cortada a cepillo, la barba era rubia y mal cortada. Su mirada resplandecía de inteligencia. Y no se veía turbado de ningún modo, sonreía con una amable sonrisa en la que no mostraba ningún rasgo de ironía.

El señor Filleul lo miraba con provocador desafío. Ambos gendarmes se acercaron. El joven señaló alegremente:

—Señor juez de instrucción es evidente que usted cree que yo soy uno de los secuaces. Pero si así fuera, ¿no me habría escapado yo en el momento oportuno, siguiendo el ejemplo de mi compañero?

—Usted podía estar esperando...

—Cualquier esperanza habría sido absurda. Piénselo, señor juez de instrucción, y estará de acuerdo conmigo en que de modo lógico...

El señor Filleul lo vio directamente a los ojos y contestó bruscamente:

—Basta de bromas. ¿Cuál es su nombre?

—Isidore Beautrelet.

—¿Su profesión?

—Soy alumno de retórica en el instituto Janson-de-Sailly.

El señor Filleul volvió a clavar su mirada en los ojos del joven y secamente le preguntó:

—¿Qué cuento me está echando? Alumno de retórica...

—En el instituto Janson, calle de la Pompe, número...

—¿Cómo?... ¿Cómo?... —pronunció el señor Filleul—. Pero... ¿usted quiere burlarse de mí? No le conviene seguir con el jueguito.

—Debo confesar, señor juez de instrucción, que su sorpresa me aturde. ¿Por qué yo no puedo ser alumno del instituto Janson? ¿Tal vez por mi barba? Entonces, tranquilícese usted, mis barbas no son reales.

Isidore Beautrelet se arrancó los menudos bucles de pelo que decoraban su mentón y su rostro imberbe se mostró aún más juvenil y más sonrosado. El auténtico rostro de un estudiante de instituto. Y mientras una sonrisa de niño mostraba sus blancos dientes, agregó:

—¿Está convencido ahora? ¿Será que necesita otras pruebas? Tenga, puede ver la dirección en estas cartas de mi padre: "Señor Isidore Beautrelet, alumno interno en el instituto Janson-de-Sailly".

Convencido o no, el señor Filleul no tenía apariencia que mostrara que le agradaba aquella historia, y preguntó con tono antipático:

—¿Y usted, qué está haciendo aquí?

—Pues... me educo...

—Hay lugares para eso..., su instituto.

—Señor juez de instrucción, está olvidando que hoy, veintitrés de abril, nos encontramos en plenas vacaciones de Pascua.

—Sí, ¿y qué?

—Pues que tengo completa libertad para usar estas vacaciones a mi gusto.

—¿Dónde está su padre?...

—¿Está convencido ahora? ¿Será que necesita otras pruebas? Tenga, puede ver la dirección en estas cartas de mi padre: "Señor Isidore Beautrelet, alumno interno en el instituto Janson-de-Sailly".

—Mi padre vive lejos de aquí, en el interior de Saboya, y él mismo fue quien me recomendó que hiciera un pequeño viaje por las costas de la Mancha.

—¿Con una barba postiza?

—¡Oh! No... no. Esa fue una idea mía. En el instituto, nosotros discutimos mucho sobre aventuras misteriosas y estudiamos novelas policíacas en las que los personajes se disfrazan y suponemos un montón de cosas dificultosas y terribles. Entonces, yo tenía ganas de divertirme un poco y usé una barba postiza. Por otra parte, yo tenía la ventaja de que me tomarían en serio si me hacía pasar por un reportero de París. Fue así como ayer en la noche, después de más de una semana de hechos insignificantes, tuve el placer de conocer a mi colega de Rouen, y esta mañana, después de enterarme del asunto de Ambrumésy, él me propuso con la mayor gentileza que lo acompañara.

Isidore Beautrelet decía todo eso con honesta sencillez, algo ingenua, de la que no era posible no quedar fascinado. El mismo señor Filleul, conservando aún una desafiante reserva, lo oía con agrado. Con un tono menos rudo, preguntó:

—¿Y usted se siente satisfecho de esta expedición?

—¡Encantado! Nunca había presenciado un asunto de este género, y a este no le falta interés.

—Ni misteriosas complicaciones de esas que a usted le agradan tanto.

—¡Y que son tan emocionantes! No he sentido ninguna emoción mayor que el observar cómo todos los hechos emergen de la sombra, se unen unos con otros y poco a poco constituyen la verdad probable.

—¡La verdad probable! ¡Y dónde va usted con tanto apuro! ¿Eso significa que usted ya tiene lista una solución?

—¡Oh!, no, para nada... —replicó Beautrelet, sonriendo—. Solo que... creo que existen algunos puntos sobre los que sería muy posible formarse una opinión, y otros inclusive que son de tal manera precisos, que es suficiente con formular una conclusión.

—¡Ah!, eso se me hace muy curioso, por lo que ahora, finalmente, voy a saber algo. Porque le declaro con la mayor vergüenza que yo no sé nada.

—Es que usted, señor juez, no ha tenido el tiempo para reflexionar. Lo fundamental es reflexionar. Resulta tan extraño que los hechos en sí mismos no tengan su propia explicación... ¿Usted no tiene la misma opinión? En cualquier caso, yo solo he comprobado aquellos hechos que están señalados en el proceso verbal.

—¡Fantástico! De modo que si yo le preguntara a usted qué objetos fueron robados de este salón, ¿qué me diría?

—Le diría que yo sé cuáles fueron esos objetos.

—¡Estupendo! Este señor sabe más del robo que el mismo propietario. El señor de Gesvres lleva su cuenta. El señor Beautrelet no lleva la suya. Le falta una biblioteca y una estatua de tamaño natural en las que nadie se había fijado con anterioridad. ¿Y si yo le preguntara cuál es el nombre del asesino?

—Igualmente le diría que yo lo sé.

Se advirtió un sobresalto entre todos los presentes. El fiscal suplente y el periodista se aproximaron más. El señor de Gesvres y ambas jóvenes oían con atención, sorprendidas por la seguridad que mostraba Beautrelet.

—¿Usted conoce el nombre del asesino?

—Sí.

—¿Y posiblemente, también el lugar donde se halla?

—Así es.

El señor Filleul frotó sus manos, y respondió:

—¡Qué buena suerte! Esta captura será el hecho más honroso de mi carrera. ¿Y podría usted hacerme esas revelaciones radicales?

—Ahora mismo, si... O, si usted no ve ningún inconveniente, dentro de un par de horas, cuando yo haya presenciado toda la investigación que usted está realizando.

—No..., no..., de inmediato, joven...

En ese instante, Raymonde de Saint-Véran, que desde el inicio de esta escena no había retirado su mirada de Isidore Beautrelet, se aproximó al señor Filleul, y le dijo:

—Señor juez de instrucción...

—¿Señorita, qué desea usted?

La joven vaciló unos segundos, con los ojos fijos sobre Beautrelet, y entonces, dirigiéndose al señor Filleul, dijo:

—Le ruego a usted que interrogue a este señor sobre el motivo por el cual él paseaba ayer por el camino hondo que lleva hasta la pequeña puerta.

Fue un golpe teatral. Isidore Beautrelet se mostró desconcertado.

—¿Yo, señorita? ¿Yo? ¿Usted me vio ayer?

Raymonde permaneció pensativa, con sus mirada siempre fija en Beautrelet, como si tratara de confirmar a fondo su convicción, y con voz serena expresó:

—Ayer a las cuatro de la tarde, cuando yo cruzaba el bosque, me crucé en el camino hondo con un hombre joven, de la altura de este señor, vestido como él y que tenía la barba cortada como la suya... y tuve la sensación de que trataba de esconderse.

—¿Y era yo?

—No me sería posible afirmarlo de una manera definitiva, pues mi recuerdo es algo vago. Sin embargo... sin embargo..., me parece que sí; de lo contrario, el parecido sería muy extraño.

El señor Filleul estaba desconcertado. Después de haber sido burlado por uno de los bandidos, ¿también iba a dejar que se la jugara este joven que se decía estudiante?

—¿Señor, qué tiene usted que contestar a eso?

—Que la señorita está equivocada y que me es muy sencillo demostrarlo. Ayer, a esa hora, yo me hallaba en Veules.

—Tendrá que demostrarlo… tendrá que demostrarlo. En cualquier caso, la situación ya no es la misma. Brigadier, que uno de sus hombres vigile a este joven.

En el rostro de Isidore Beautrelet se advirtió una clara contrariedad.

—¿Será por mucho tiempo? —preguntó.

—Durante el tiempo necesario para reunir la información precisa.

—Señor juez de instrucción, le ruego que la reúna con la mayor velocidad posible...

—¿Por qué?

—Porque mi padre es anciano. Nos queremos mucho... y yo no desearía que él sufriera por mí.

El tono lloroso de la voz molestó al señor Filleul. Este le daba la sensación de una escena dramática. No obstante, respondió:

—Esta noche..., mañana a más tardar, ya sabré a qué atenerme.

La tarde continuaba. El juez volvió a las ruinas del claustro y tomando la previsión de impedir la entrada a todos los curiosos, paciente y metódicamente, dividiendo el terreno en parcelas analizadas sucesivamente, dirigió él mismo las indagaciones... Pero, al final del día no había hallado nada en absoluto, y frente a un ejército de periodistas que habían llegado al castillo declaraba:

—Señores, todos los indicios nos hacen pensar que el bandido herido está aquí, al alcance de nuestra mano. Todo... menos la realidad de los hechos. Por lo tanto, en nuestra muy humilde opinión este ha debido huir, y será afuera de aquí donde lo descubriremos.

Sin embargo, por mera precaución y de acuerdo con el brigadier, el juez organizó la vigilancia del parque, y luego de un último examen a los dos salones, una completa evaluación del castillo, y después de haber conseguido todos los informes necesarios, emprendió el camino de regreso a Dieppe junto al fiscal suplente.

Se hizo de noche. Como la estancia tenía que permanecer cerrada, el cadáver del señor Daval fue llevado a otra habitación. Era velado por dos campesinas del lugar en compañía de Raymonde y Suzanne. Abajo, custodiado por la atenta mirada del guardia de campo a quien le había sido encargada esta misión, el joven Isidore Beautrelet dormitaba encima del banco del viejo oratorio. Afuera, los gendarmes, el granjero y una docena de aldeanos se habían situado entre las ruinas.

Hasta las once de la noche todo estuvo tranquilo, pero a las once y diez se oyó un disparo al otro lado del castillo.

—¡Atención! —advirtió el brigadier—. Que dos hombres permanezcan aquí... Fossier y Lecanu... Los demás, vamos rápido...

Todos comenzaron a correr y le dieron vuelta al castillo por el lado izquierdo. En plena sombra una figura se esfumó. En seguida, otro disparo los atrajo algo más lejos, cerca de los límites de la granja. Y de repente, cuando el grupo había llegado al cercado que rodeaba el huerto, estalló una llamarada a la derecha de la casa que estaba destinada al granjero, y seguidamente, también estallaron otras llamaradas formando una gruesa columna de fuego. Era una granja ardiendo.

—¡Esos bandidos! —gritó el brigadier—. Quevillon, ellos fueron quienes prendieron el fuego. Muchachos, vamos por ellos. No pueden estar muy lejos.

Pero el viento que curvaba las llamas arrojándolas hacia el cuerpo de la vivienda dio lugar a que, antes que nada, se atendiera ese riesgo. Todos se entregaron con fuerza a combatir el fuego, más cuando el mismo señor de Gesvres fue al lugar y los estimuló al ofrecerles una recompensa. Cuando el fuego fue dominado, ya eran las dos de la madrugada. Cualquier persecución de los delincuentes sería en vano y quedó, entonces, descartada.

—Atenderemos eso cuando amanezca el nuevo día —dijo el brigadier—. Seguramente dejaron algún rastro... ya los encontraremos.

—Y no me molestaría saber el motivo de este ataque —señaló el señor de Gesvres.

—Señor conde, venga conmigo... quizá yo pueda decirle el motivo...

Juntos fueron hasta las ruinas del claustro. El brigadier gritó:

—¡Lecanu!... ¡Fossier!...

Otros gendarmes ya estaban buscando a sus compañeros que habían permanecido allí de centinelas. Terminaron por hallarlos en la entrada de la puerta pequeña. Estaban tumbados en el suelo, atados con cuerdas, amordazados, y con los ojos vendados.

—Señor conde —mascullό el brigadier mientras desataban a los dos gendarmes—, nos han engañado como a unos niños.

—¿Cómo?

—Los disparos... el ataque... el incendio... todo eso fueron trucos para llevarnos allá abajo... Una maniobra de distracción... Y durante ese tiempo ataron a nuestros dos hombres y el asunto quedó concluido.

—¿Qué asunto?

—¡Rayos! El rescate del herido.

—¡Por Dios! ¿Usted cree que?...

—¡Que si lo creo! Estoy seguro. Hace más de diez minutos que se me ocurrió esa idea... Pero solo soy un tonto por no haberlo pensado antes. Los hubiéramos atrapado a todos.

Quevillon taconeó el suelo con su pie en un repentino acceso de rabia.

—Pero ¿Por qué lado lo rescataron? ¿Y él, ese pícaro, dónde estaba escondido? Porque hemos buscado en el terreno durante todo el día, y una persona no se esconde en un puñado de hierba, especialmente si está herido. Es cosa de magia... una de esas leyendas...

Pero para el brigadier Quevillon aún no se habían terminado las sorpresas. Al despuntar el alba, cuando entraron en el oratorio que fungía de celda para el joven Beautrelet, descubrieron que este se había esfumado. Sobre una silla, doblado, el guarda de campo estaba dormido. A su lado se hallaban una botella y dos vasos, y en el fondo de uno de los vasos se podía observar un poco de polvillo blanco.

Después de hacer el análisis quedó demostrado: primero, que Beautrelet le había administrado un narcótico al guarda de campo, segundo, que solo había podido huir por una ventana ubicada a dos metros y medio de altura..., y finalmente, el detalle encantador, que solo había podido alcanzar dicha ventana usando como apoyo los hombros de su guardián.

Capítulo 2

Isidore Beautrelet, alumno de retórica

Este es un extracto de la nota publicada por el *Grand Journal*:

NOTICIAS DE LA NOCHE
Secuestro del doctor Delattre.
Un golpe de loca audacia.

Al instante de entrar en prensa nuestro periódico, hemos recibido una noticia cuya veracidad no nos atrevemos a garantizar, a tal extremo nos parece increíble.

Anoche, el famoso cirujano, doctor Delattre, asistía con su esposa e hija a la representación de Hernani en la Comedia Francesa. Al inicio del tercer acto, o sea, a eso de las diez, la puerta de su palco se abrió y un hombre, a quien acompañaban otros dos, se inclinó hacia el doctor y le habló en voz suficientemente alta para que su esposa lo escuchara:

—Doctor, vengo a cumplir una labor de las más difíciles y le agradecería mucho que usted me ayudara con la tarea.

—¿Señor, quién es usted?

—Soy el comisario de Policía, señor Thézard, y tengo órdenes de llevarlo a usted frente al señor Dudouis en la jefatura.

—Pero ¿por qué...?

—Doctor, ni una palabra, se lo suplico, ni un gesto... Hay un terrible error y es por esa razón que debemos actuar silenciosamente y no llamar la atención de nadie. Usted estará aquí de regreso antes de que finalice la función, no tengo ninguna duda de ello.

El doctor se levantó y acompañó al comisario. Pero al finalizar la función aún no había vuelto.

Bastante inquieta, la señora Delattre fue a la jefatura de policía y allí encontró al auténtico señor Thézard, y con profunda alarma, descubrió que el hombre que se había llevado detenido a su marido era solo un impostor.

Las primeras pesquisas han determinado que el doctor subió a un automóvil y que este se alejó en dirección a la Concorde.

En nuestra segunda edición pondremos a nuestros lectores al tanto de esta insólita aventura.

Pero, aunque sonara increíble, la aventura era real. Por otro lado, el desenlace no se haría esperar, y el *Grand Journal*, al mismo tiempo que la confirmaba en su edición del mediodía, publicaba en pocas palabras el golpe de teatro con que finalizaba dicha historia y el comienzo de las hipótesis. Reseñaba el periódico:

Hoy en horas de la mañana, a las nueve, el doctor Delattre fue dejado ante la puerta del número 78 de la calle Duret por un automóvil que se alejó velozmente.

El número 78 de la calle Duret no es otro lugar que la misma clínica del doctor Delattre, clínica donde él asiste todas las mañanas a la misma hora.

Cuando llegamos allí, el doctor, que se encontraba en conferencia con el jefe de Seguridad, no obstante, tuvo la amabilidad de recibirnos. Dando respuesta a nuestras preguntas declaró:

—Todo lo que puedo señalarles es que fui tratado con absoluta consideración. Mis tres acompañantes eran personas de una excelente educación, espirituales y magníficos conversadores, cosa que no era nada despreciable dado lo largo que fue el viaje.

—¿Durante cuánto tiempo viajó?

—Unas cuatro horas.

—¿Y la razón de ese viaje?

—Fui llevado hasta la cama de un paciente cuya condición requería una intervención quirúrgica de inmediato.

—¿Y la operación salió bien?

—Sí, pero las consecuencias son de cuidado. Aquí, yo podría responder por el paciente. Pero en ese lugar... en las condiciones en que se encuentra...

—¿Son condiciones negativas?

—Terribles... Un cuarto de posada... y la imposibilidad irreversible, por decirlo de algún modo, de recibir atención.

—Entonces, ¿hay algo que podría salvarlo?

—Sí, un milagro..., aparte, su constitución física que es de una fuerza excepcional.

—¿Y usted, puede decirnos algo más sobre ese insólito paciente?

—No. Primero, hice un juramento, y segundo, recibí la cantidad de diez mil francos[1] *a favor de mi clínica popular. Si no respeto el acuerdo, ese dinero me será retirado.*

—¡Vamos! ¿Usted cree en eso?

—Claro que sí lo creo. Todas esas personas me parecieron excepcionalmente serias.

Estas son las declaraciones que ofreció el doctor. También nos hemos enterado, por otra parte, que el jefe de seguridad aún no ha conseguido obtener de él información más precisa sobre la operación que le realizó al paciente a quien trató, ni sobre las zonas que recorrió en el vehículo. Por lo que resulta difícil llegar a saber la verdad de los hechos.

Esa verdad que el escritor de la entrevista se confesaba incapaz de descubrir, los espíritus clarividentes la revelaron con solo determinar la relación entre el secuestro del doctor y los eventos ocurridos la noche anterior en el castillo de Ambrumésy que todos los periódicos publicaron ese mismo día con los más minuciosos detalles. Era evidente que, entre la desaparición del ladrón herido y el secuestro del médico, había una coincidencia que era inevitable tomar en cuenta.

La investigación, además, definió lo apropiado de la hipótesis. Al seguir la pista del seudochofer que había escapado en bicicleta se verificó que había logrado llegar al bosque de Arques, ubicado a unos quince kilómetros, y que después de haber lanzado la bicicleta a un foso, se había

1 Francos de 1909 (Nota del traductor).

dirigido desde allí hasta el poblado de Saint-Nicolás y que había enviado un telegrama redactado del siguiente modo:

A.L.N. Oficina 45, París.
Condiciones desesperadas. Operación urgente. Envíen celebridad por nacional catorce.

La prueba era incuestionable. Informados los cómplices de París, estos se apuraron a tomar sus medidas. A las diez de la noche habían enviado a la celebridad solicitada por la carretera nacional catorce, la cual rodea el bosque de Arques y llega a Dieppe. En ese tiempo, aprovechando el incendio causado por ella misma, la banda de ladrones salvaba a su jefe y le trasladaba a una posada, donde se efectuó la operación justo después de la llegada del doctor, cerca de las dos de la madrugada.

Sobre esto no había ninguna duda. En Pontoise, en Gournay, en Forges, el inspector jefe Ganimard, quien viajó especialmente desde París junto al inspector Folenfant, verificó el paso de un automóvil en el transcurso de la noche anterior... Igualmente en la carretera de Dieppe a Ambrumésy, aunque la pista del vehículo se perdía a un kilómetro del castillo, al menos se observaban numerosos rastros de su tránsito entre la pequeña puerta del parque y las ruinas del claustro. Asimismo, Ganimard hizo ver que la cerradura de la puerta había sido forzada.

Por lo tanto, todo quedaba aclarado. Solo faltaba por descubrir la posada que el médico había mencionado. Trabajo fácil para un hombre como Ganimard, investigador paciente y perro viejo en la policía. El número de posadas es pequeño, y esta, por las condiciones del herido, no podía hallarse sino en las cercanías de Ambrumésy. Ganimard y el brigadier se pusieron en marcha. Visitaron y registraron cualquier lugar que podía pasar por ser una posada. Pero, en contra de todo lo que pensaban, el moribundo se empeñó en ser invisible para ellos.

Ganimard hacía su mayor esfuerzo y volvió al castillo para dormir en él la noche del sábado, con el propósito de hacer su investigación personal el día domingo. Pero el domingo en la mañana supo que una ronda de gendarmes había observado, esa misma noche, una sombra que se deslizaba por el camino hondo en el lado afuera de los muros. ¿Sería un cómplice que venía a buscar información? ¿Habría que suponer que el jefe de la banda aún no había salido del claustro o de las cercanías del mismo?

Al llegar la noche, Ganimard dispuso, abiertamente, la escuadra de gendarmes en el lado de la granja y él mismo, junto a Folenfant, se ubicó del lado afuera de los muros, vecino a la puerta.

Un poco antes de la medianoche, un personaje salió del bosque, se coló entre ellos, cruzó el umbral de la puerta y entró en el parque. Durante tres horas lo observaron vagar por entre las ruinas, inclinarse, escalar los viejos pilares, permaneciendo a veces inmóvil durante muchos minutos. Después se acercó a la puerta y pasó nuevamente entre los dos inspectores.

Ganimard le echó la mano al cuello, mientras Folenfant lo sostenía por el cuerpo. No opuso resistencia y con la mayor mansedumbre del mundo se dejó esposar y llevar al castillo. Pero cuando lo interrogaron, respondió que no tenía ninguna cuenta pendiente con ellos y que iba a esperar la llegada del juez de instrucción.

Entonces, lo ataron firmemente al pie de una cama en una de las estancias contiguas ocupadas por ellos.

El lunes temprano, a las nueve de la mañana, al llegar el señor Filleul, Ganimard le informó la captura que había realizado. Cuando hicieron venir al prisionero era Isidore Beautrelet.

—¡Pero si es Isidore Beautrelet! —exclamó el señor Filleul con aura de sentirse encantado y dándole las manos al recién llegado—. ¡Qué estupenda sorpresa! ¡Nuestro gran detective aficionado, aquí... y a nuestro servicio!... ¡Esta es una gran fortuna! Señor Ganimard, permítame presentarle al señor Beautrelet, estudiante de retórica del Instituto Janson.

Ganimard parecía un poco desconcertado. Isidore lo saludó con voz muy baja, igual que a un compañero cuyo valor se aprecia, y después, dirigiéndose al señor Filleul, le dijo:

—¿Señor juez de instrucción, parece que usted ha recibido buenas referencias sobre mí?

—Muy buenas. En primer lugar, usted en realidad se encontraba en Veules-les-Roses en el instante en que la señorita de Saint-Véran creyó haberlo observado en el camino hondo. Nosotros descubriremos, no lo dudo, la identidad de su doble. En segundo lugar, usted es en realidad Isidore Beautrelet, estudiante de retórica, y hasta un excelente alumno, de conducta intachable. Como su padre vive en la provincia, usted va una vez al mes a la vivienda del corresponsal de aquel, el señor Bernod, quien no esconde sus elogios hacia usted.

—De manera que...

—De manera que está usted libre.

—¡Pero si es Isidore Beautrelet! —exclamó el señor Filleul con aura de sentirse encantado y dándole las manos al recién llegado—. ¡Qué estupenda sorpresa! ¡Nuestro gran detective aficionado, aquí... y a nuestro servicio!...

—¿Totalmente libre?

—Totalmente. ¡Ah!, sin embargo, tengo una pequeñísima condición. Usted entenderá que yo no puedo poner en libertad a un individuo que administra narcóticos, que se escapa por las ventanas y a quien más tarde detienen en flagrante delito de merodeo dentro de las propiedades privadas, sin que yo tenga una indemnización a cambio de esa libertad.

—Lo oigo.

—Pues bien, nosotros vamos a retomar nuestra suspendida conversación, y usted va a revelarme hasta dónde ha llegado con sus investigaciones... En estos dos días que lleva disfrutando de su libertad, usted debe haber llegado bastante lejos con ellas.

Ganimard se disponía a retirarse con un presuntuoso desdén hacia aquella conversación, pero el juez le señaló:

—No, no se retire, señor inspector, su lugar está aquí... Puedo asegurarle que vale la pena que escuche al señor Isidore Beautrelet. De acuerdo con mis informes, el señor Beautrelet se ha formado en el instituto Janson-de-Sailly una fama de observador a quien nada le puede pasar inadvertido y también me han mencionado, que sus compañeros lo consideran como el sucesor de usted y como el rival de Herlock Sholmes.

—¿En serio? —dijo Ganimard con sarcasmo.

—Así es. Uno de esos compañeros me ha escrito diciendo: "Si Beautrelet menciona que sabe algo, es necesario creerlo, y lo que él diga, no ponga en duda que será una expresión precisa de la verdad".

Isidore escuchaba, y con una sonrisa, dijo:

—Señor juez, no sea cruel. Usted se está burlando de

unos pobres estudiantes que se divierten como pueden. Por otra parte, usted tiene razón, y yo no le daré más razones para mofarse de mí.

—Señor Beautrelet, lo que sucede es que usted realmente no sabe nada.

—Confieso, en verdad, muy humildemente, que no sé nada. Porque no estoy diciendo que "saber algo" significa encontrar tres o cuatro puntos más precisos que, por otra parte, estoy seguro que no han podido escaparse a su observación.

—¿Por ejemplo?

—Por ejemplo, el objeto robado.

—¡Ah!, definitivamente, ¿conoce usted el objeto robado?

—Como seguramente lo sabe usted, no lo pongo en duda. Inclusive, es lo primero que yo he analizado, pues esa labor era la que me parecía más sencilla.

—¿Y era realmente la más sencilla?

—¡Dios mío, claro que sí! Se trata, en todo caso, de formular un razonamiento.

—¿Solo eso?

—Solo eso.

—¿Y cual es ese razonamiento?

—Se lo diré, despojado de todo comentario. Por un lado, ha habido un robo, puesto que las dos señoritas están seguras de que ciertamente ellas vieron a los dos hombres que escapaban cargando objetos.

—Si, ha habido robo.

—Y, por otro lado, nada ha desaparecido, ya que el señor de Gesvres lo asegura, y él está en mejor situación que nadie para afirmarlo.

—Cierto, no ha desaparecido nada.

—De esas dos afirmaciones resulta lógicamente esta consecuencia: que desde el instante en que ha habido un robo y ya que ningún objeto ha desaparecido, es que el objeto robado fue reemplazado por otro objeto idéntico. Voy a apresurarme a señalar que es factible que este razonamiento no quede demostrado por los hechos. Pero yo creo que es el primero que debemos considerar y que no hay razón para desecharlo sino después de hacer un serio examen.

—Ciertamente... ciertamente... —murmuró el juez de instrucción, claramente interesado.

—Así mismo —continuó Isidore— ¿qué había en esa estancia que pudiera despertar la codicia de los ladrones? Dos cosas. Una, los tapices. Tal vez no sean ellos, ya que un tapiz antiguo no se imita y el artificio del cambio hubiera saltado a la vista. Quedan los cuatro cuadros de Rubens.

—¿Y que piensa usted?

—Yo creo que los cuadros de Rubens colgados en esa pared son falsos.

—¡No es posible!

—Son falsos, *a priori* y lamentablemente.

—Vuelvo a decirle que eso es imposible.

—Señor juez de instrucción, muy pronto se cumplirá un año en que un joven que se hacía llamar Charpenais visitó al castillo de Ambrumésy y pidió autorización para copiar los cuadros de Rubens. Dicho permiso le fue otorgado por el señor de Gesvres. Todos los días, durante cinco meses, Charpenais trabajó en este salón desde la mañana hasta la noche. Y son los facsímiles que él hizo, marcos y telas, los que han ocupado el lugar de los cuatro cuadros originales, heredados por el señor de Gesvres de su tío, el marqués de Bobadilla.

—Deme usted las pruebas.

—Yo no tengo pruebas que darle. Una obra es falsa porque es falsa, y yo considero que ni siquiera se necesita evaluar estos cuadros.

El señor Filleul y Ganimard se vieron sin ocultar su sorpresa. El inspector ya no consideraba retirarse ahora. Finalmente, el juez de instrucción comentó:

—Es necesario conocer qué piensa el señor de Gesvres.

Ganimard estuvo de acuerdo con la idea, y dieron orden de pedirle al conde que se presentara en el salón.

Este era un verdadero éxito logrado por el joven retórico. Empujar a dos personajes de oficio, a dos expertos como el señor Filleul y Ganimard, a tomar en consideración sus hipótesis, era un honor del que cualquier otra persona se hubiera enorgullecido. Pero Beautrelet parecía insensible a esas pequeñas complacencias del amor propio y, siempre sonreído, sin la más mínima ironía, esperaba. El señor de Gesvres llegó.

—Señor conde —habló el juez de instrucción—, la continuación de nuestras pesquisas nos pone frente a frente con una situación totalmente imprevista y que nosotros queremos presentarle a usted con toda clase de reservas... Pudiera suceder... creo yo..., es posible..., que los ladrones, al entrar aquí, hayan tenido como objetivo robar sus cuatro obras de Rubens o, al menos, cambiarlas por cuatro copias... copias que habría realizado hace un año un pintor llamado Charpenais. ¿Quiere usted observar esos cuadros y señalarnos si usted los considera como auténticos?

El conde pareció reprimir un gesto de contrariedad, vio a Beautrelet, después al señor Filleul, y contestó, sin siquiera tomarse la molestia de acercarse a los cuadros:

—Señor juez de instrucción, yo tenía la esperanza de que la verdad permaneciera oculta. Pero ya que sucede de otra manera, no dudo en afirmar: sí, esos cuatro cuadros son falsos.

—Entonces, ¿ya usted lo sabía?

—Desde el primer instante.

—¿Y por qué no lo mencionó usted?

—El dueño de un objeto nunca tiene apuro para decir que el objeto no es... o que dejó de ser legítimo.

—No obstante, era la única manera de poder recuperarlos.

—Había otra mejor.

—¿Cuál?

—La de no revelar el secreto, el no espantar a los ladrones y plantearles la compra de unos cuadros con los que deben estar un tanto avergonzados.

—¿Y cómo entrar en contacto con ellos?

El conde no contestó. Fue Isidore quien mencionó la respuesta:

—Mediante una nota publicada en la prensa. Una pequeña nota que aparezca en *El Journal* y en *El Matin*, que diga:

Estoy dispuesto a comprar los cuadros.

El conde afirmó con un movimiento de cabeza. Nuevamente, el joven daba adiestramiento a sus mayores.

El señor Filleul que le seguía muy bien el juego, expresó:

—Definitivamente, querido amigo, comienzo a creer que sus compañeros no están para nada equivocados. ¡Rayos, qué estupendo golpe de vista tiene usted! ¡Qué percepción! Si esto sigue así, el señor Ganimard y yo no tendremos nada que hacer aquí.

—¡Oh!, nada de eso era de ningún modo complicado.

—¿Significa que el resto lo es mucho más? En realidad recuerdo, que al momento de nuestro primer encuentro, usted tenía apariencia de saber algo más. A ver, por lo que logro recordar, usted señalaba que el nombre del asesino ya le era conocido.

—Así es.

—Entonces, ¿quién asesinó a Jean Daval? ¿Esa persona está viva aún? ¿Dónde se esconde?

—Señor juez, hay una confusión entre nosotros, o mejor dicho, entre usted y la verdad de los hechos, y esto ocurre desde el comienzo. El asesino y el fugitivo son dos personas diferentes.

—¿Qué está diciendo? —preguntó el señor Filleul—. El hombre que fue visto por el señor de Gesvres en la estancia y contra quien luchó..., el hombre a quien las dos jóvenes vieron en el salón y contra quien la señorita de Saint-Véran disparó..., el hombre que cayó herido en el parque y que estamos buscando... ¿ese hombre no es quien asesinó a Jean Daval?

—No.

—¿Será que usted descubrió las huellas de un tercer cómplice que desapareció antes de la llegada de las señoritas?

—No.

—Entonces, no logro entender nada... ¿Quién es, entonces, el asesino de Jean Daval?

—Jean Daval fue asesinado por...

Beautrelet guardó silencio, permaneció pensativo unos instantes, y después continuó:

—Antes de nada, es necesario que yo le muestre el camino que he recorrido para llegar a la certeza y a las verdaderas razones del crimen... sin ello mi acusación le va a parecer monstruosa... Y no lo es... No, no lo es... Hay un mínimo detalle que no fue advertido y que, no obstante, tiene la máxima importancia, y es que Jean Daval, en el instante en que fue atacado, estaba vestido con todas sus ropas y usaba sus zapatos de marcha, en definitiva, estaba vestido tal como se encontraba en pleno día. Pero el asesinato ocurrió a las cuatro de la madrugada.

—Yo noté ese peculiar detalle —dijo el juez—. Pero el señor de Gesvres me señaló que Daval a veces permanecía trabajando parte de la noche.

—Los criados mencionan lo contrario, que habitualmente se acostaba muy temprano. Pero vamos a admitir que estaba levantado: ¿por qué desharía su cama haciendo creer que se hallaba acostado? Y si se encontraba acostado, ¿por qué al oír ruidos se tomaría el trabajo de vestirse de pies a cabeza, en vez de vestirse con cualquier cosa? El primer día, yo fui a su cuarto mientras ustedes comían el almuerzo y sus pantuflas se encontraban al pie de la cama. ¿Qué le impidió usarlas, en vez de calzarse con las pesadas botas con herrajes?

—Hasta aquí no logro ver...

—Hasta aquí, en realidad, usted solo puede ver anomalías. No obstante, a mí me han parecido bastante más sospechosas cuando me enteré que el pintor Charpenais, quien copió los cuadros de Rubens, fue presentado al conde por el mismo Daval.

—¿Entonces?

—Entonces, de allí a deducir que Jean Daval y Charpenais eran cómplices, solo existe un paso y ese paso yo lo había dado previamente cuando mantuvimos nuestra conversación.

—Demasiado rápido, me da la impresión.

—En efecto, era necesaria una prueba material. Pero yo había encontrado en la habitación de Daval, sobre una de las hojas de la carpeta sobre la cual escribía, esta dirección que, es de hacer notar, aún se encuentra allí, calcada, invertida, en el secante:

Señor A. L. N., oficina cuarenta y cinco, París.

Al día siguiente, pudo encontrarse que el telegrama enviado desde Saint-Nicolás por el seudochofer tenía idéntica dirección: "A. L. N., oficina cuarenta y cinco". La prueba material sí existía. Jean Daval se comunicaba por escrito con la banda que había planeado el robo de los cuadros.

El señor Filleul no manifestó ninguna réplica. Dijo:

—Bien. La complicidad está demostrada. ¿Y qué concluye usted?

—Primero, que el fugitivo no fue, de ningún modo, quien asesinó a Jean Daval, ya que Daval era su cómplice.

—¿Entonces?

—Señor juez de instrucción, ¿usted recuerda la primera frase que dijo el señor de Gesvres cuando despertó de su desmayo? La frase, según confirmó la señorita de Gesvres, figura en el proceso verbal: "No he sido herido... ¿Y Daval? ¿está vivo? ¿El cuchillo... el cuchillo?". Y le pido a usted que haga la relación con esa parte de su relato, consignada del mismo modo en el proceso verbal, en la que el señor de Gesvres narra la agresión: "Apareció un hombre que se arrojó sobre mí y me hizo desmayar dándome un puñetazo en la sien". Entonces, ¿cómo podía saber el señor de Gesvres, al volver en sí, que Daval había sido herido con un cuchillo si se hallaba desmayado?

Beautrelet no esperó a que contestara su pregunta. Podría decirse que se apresuraba a hacerla para él mismo, a fin de impedir de inmediato cualquier comentario. De inmediato prosiguió:

—Por lo tanto, fue Jean Daval quien llevó a los tres ladrones hasta el salón. Mientras él se encontraba con el hombre que ellos consideran su jefe, escucharon ruidos en la estancia. Daval abrió la puerta y al reconocer al señor de Gesvres, se lanzó contra él armado de un cuchillo. El señor de Gesvres logró quitarle el cuchillo, lo golpeó con él, y a la vez él cayó derrumbado por un puñetazo de aquel hombre a quien las dos muchachas verían unos minutos más tarde.

Otra vez, el señor Filleul y el inspector se miraron. Ganimard bajó la cabeza con aire alterado. El juez expresó:

—Señor conde, ¿debo pensar que esta versión es precisa?

El señor de Gesvres no contestó.

—A ver, señor conde, su silencio nos da permiso para suponer...

Con voz serena y firme, el señor de Gesvres respondió:

—Tal versión es precisa en todos sus aspectos.

El juez se inquietó, y dijo:

—Entonces no logro entender por qué usted provocó que la justicia cometiera el error. ¿Para qué encubrir un acto que usted tenía el derecho de ejecutar al actuar en defensa propia?

—Hace más de veinte años —señaló el señor de Gesvres—, Jean Daval trabajaba a mi lado. Yo tenía absoluta confianza en él. Si me traicionó como resultado de no sé

Daval abrió la puerta y al reconocer al señor de Gesvres, se lanzó contra él armado de un cuchillo.

cuáles tentaciones, yo no deseaba, por lo menos, en recuerdo del pasado, que semejante traición fuese conocida.

—Está bien, pero usted ha debido...

—No, señor juez de instrucción, no estoy de acuerdo con usted. Desde el instante en que ninguna persona se hallaba acusada del crimen, mi absoluto derecho radicaba en no acusar a aquel que era culpable y víctima a la vez. Él ha muerto. Y yo considero que la muerte ha sido suficiente castigo.

—Bueno, señor conde, ahora que la verdad ha sido dada a conocer, usted ya puede hablar.

—Sí. Aquí se encuentran dos paquetes de cartas escritas por Daval a sus cómplices. Yo las hallé en su cartera de documentos pocos minutos después de su muerte.

De esta manera, todo quedaba aclarado. La tragedia salía de las oscuridad y poco a poco se iba mostrando bajo su verdadera luz.

—Sigamos —le dijo el señor Filleul a Isidore, después que el conde se marchó.

—La verdad es —señaló alegremente Beautrelet—, que ya se me está terminando aquello que tenía que revelar.

—Pero ¿y el fugitivo, el hombre herido?

—Con relación a eso, señor juez de instrucción, usted sabe lo mismo que yo... Usted ha ido tras sus pasos sobre la hierba del claustro..., usted sabe...

—Sí, yo sé..., pero después fue rescatado, y lo que yo quisiera saber ahora es información sobre esa posada.

Isidore Beautrelet comenzó a reír.

—¡La posada! La posada no existe. Es un truco para desorientar a la ley..., un truco bastante ingenioso, ya que ha sido exitoso.

—Pero, el doctor Delattre testifica...

—Precisamente —exclamó Beautrelet con tono de seguridad—. Es justamente porque el doctor lo testifica, que no hay que creer en ello. ¿Cómo es que el doctor Delattre no ha mencionado, con relación a toda su aventura, más que los detalles más imprecisos..., no ha querido decir nada que pueda amenazar la seguridad de su paciente?... Y de repente llama la atención sobre cierta posada. Pero puede estar seguro de que, si dijo la palabra posada, es porque así le fue indicado. Puede tener la seguridad de que la historia que nos ha narrado le fue dictada bajo la amenaza de terribles represalias en su contra. El doctor tiene una esposa y una hija. Y debe amarlas demasiado para desobedecer a un grupo cuyo magnífico poder él experimentó. Y es por esa razón que él les entregó a ustedes la más precisa de las indicaciones.

—Tan precisa que no hay manera de hallar tal posada.

—Tan precisa que ustedes no dejan de buscarla, al contrario de cualquier credibilidad; y que la mirada de ustedes se desvió del único sitio donde ese individuo puede encontrarse... ese sitio misterioso que no ha dejado, y que no ha podido dejar desde el momento en que, al ser herido por la señorita de Saint-Véran, logró deslizarse hasta él, igual que una bestia se mete en su madriguera.

—¿Pero dónde es? ¡Diablos!

—Dentro de las ruinas de la antigua abadía.

—Pero ¡si allí no existen auténticas ruinas! ¡Apenas se encuentran unos trozos de muro! ¡Unas pocas columnas!

—Señor juez de instrucción, es allí donde se ha ocultado —insistió Beautrelet con energía—. Es en ese lugar donde ustedes tienen que reunir todos sus esfuerzos de búsqueda.

Es allí y no en otro lugar, donde ustedes encontrarán a Arsène Lupin.

—¡Arsène Lupin! —gritó el señor Filleul, dando un salto sobre sus pies.

Se hizo un silencio bastante solemne en el cual parecieron extenderse las sílabas del famoso nombre. Arsène Lupin, el gran bandido, el rey de los ladrones... ¿Será posible que él sea el contrincante vencido, aunque invisible, contra quien se había empeñado aquella búsqueda en vano desde hacía tantos días? Pero… Arsène Lupin, caído en la trampa, arrestado por un juez de instrucción… para este constituía un ascenso inmediato, la riqueza, la fama.

Ganimard ni siquiera se había movido. Isidore le preguntó:

—Señor inspector, usted está de acuerdo conmigo, ¿no es cierto?

—¡Caramba, claro que estoy de acuerdo!

—Usted tampoco ha dudado nunca de que haya sido él quien tramó todo este asunto, ¿no es cierto?

—Así es, no lo dudé ni por un instante. Este robo lleva la firma de él. Un golpe dado por Lupin se diferencia de otro golpe igual que un rostro de otro rostro. Es suficiente con abrir los ojos.

—¿Usted cree...? ¿Usted cree...? —repetía el señor Filleul.

—¿Que si lo creo...? —exclamó el joven—. Fíjese usted en este solo pequeño detalle, ¿con cuáles iniciales se comunicaban esas personas entre ellas? A. L. N., o sea, la primera letra del nombre de Arsène y la última del nombre Lupin.

—¡Oh! —exclamó Ganimard—. A usted no se le escapa nada. Usted es un tipo duro y el viejo Ganimard le rinde respeto.

Beautrelet se sonrojó de satisfacción y estrechó la mano que le alargaba el inspector. Los tres habían avanzado hacia el balcón y sus miradas se alargaban sobre el campo cubierto por las ruinas. El señor Filleul susurró:

—Entonces… él debe estar todavía allí.

—Él está allí —afirmó Beautrelet con voz sorda—. Está allí desde el preciso instante en que fue herido. Lógica y efectivamente, no podía huir sin ser observado por la señorita de Saint-Véran y sus dos criados.

—¿Qué prueba tiene usted de eso?

—La prueba nos la dieron sus propios compañeros. Esa misma mañana, uno de ellos se disfrazó de chofer y lo trajo a usted aquí...

—Para buscar la gorra que era un elemento comprometedor...

—Bien, pero también, y en especial, para conocer este lugar, evaluar y ver por sí mismo qué es lo que le había sucedido a su jefe.

—¿Y pudo darse cuenta?

—Me lo imagino, ya que conocía el escondite. Y también me imagino que la desesperada condición de su jefe le fue revelada, pues bajo los efectos de su angustia cometió la torpeza de escribir esta frase de amenaza:

Ay de la señorita, si mató al patrón.

—Pero sus amigos posiblemente lo hayan rescatado más tarde.

—¿Cuándo? Sus hombres no se han separado de las ruinas. Además, ¿dónde podrían llevarlo? Lo máximo, a unos cientos de metros de distancia, porque no se puede obligar a viajar a un moribundo..., y entonces ustedes lo habrían encontrado. No. Yo insisto en que él se encuentra allí. Sus amigos nunca lo habrían arrancado del más seguro de los escondites. Fue a ese lugar donde sus amigos llevaron al doctor, mientras los gendarmes estaban apagando el incendio como unos niños.

—Pero ¿cómo vive? Para subsistir hacen falta alimentos... agua...

—Sobre eso no puedo decir nada... no puedo decirlo..., pero él se encuentra allí, se lo juro a ustedes. Está allí, porque no puede no estar. Estoy seguro de ello, como si lo observara, como si lo tocara. Él se encuentra allí.

Con su dedo apuntaba hacia las ruinas y dibujaba en el aire un pequeño círculo que iba reduciendo poco a poco hasta no ser nada más que un punto. Y sus dos acompañantes buscaban tenazmente ese punto, los dos inclinados sobre el espacio, motivados por la misma fe que impulsaba a Beautrelet y temblando por la vehemente convicción que el joven les había impuesto. Sí, Arsène Lupin se encontraba allí. Tanto teóricamente como realmente se encontraba allí, y nadie podía ponerlo en duda.

Y había algo siniestro e impresionante al saber que, en algún tenebroso escondite, yacía encima del mismo suelo, sin auxilio, febril, agotado, el famoso bandido.

—¿Y si muriera? —se preguntó el señor Filleul en voz muy baja.

—Si llegara a morir —respondió Beautrelet—, una vez que sus compinches tengan la certeza de ello, usted, señor juez, debe velar por la seguridad de la señorita de Saint-Véran, pues la represalia será terrible.

Un rato más tarde y a pesar de las peticiones del señor

Filleul, a quien le hubiera gustado conservar para sí este notable auxiliar, Beautrelet, cuyas vacaciones finalizaban ese mismo día, tomaba de nuevo el camino de regreso a Dieppe, llegaba a París cerca de las cinco de la tarde y a las ocho entraba, al mismo tiempo que sus compañeros, por la puerta del instituto.

Ganimard, después de haber ejecutado una exploración tan detallada como inútil de las ruinas de Ambrumésy, volvió en el tren rápido de la noche y al llegar a su casa se topó con una carta continental que decía:

Señor inspector jefe:

Al disponer de algún tiempo al terminar la jornada, pude reunir cierta información complementaria que no dejará de ser de su interés.

Desde hace un año, Arsène Lupin habita en París bajo el nombre de Esteban de Vaudreix. Es un nombre que usted habrá podido leer con frecuencia en las crónicas de sociedad y en las notas deportivas. Estupendo viajero, él permanece ausente por largo tiempo, ausencia que según él mismo señala, dedica a cazar tigres de Bengala o zorros azules en Siberia. También hace creer que se encarga de sus negocios, sin que se pueda establecer de qué tipo de negocios se trata.

Su dirección actual es: 36, calle Marbeuf (le pido que observe que dicha calle Marbeuf se encuentra próxima a la oficina postal número 45). Desde el jueves 23 de abril, día previo a la agresión de Ambrumésy, no se tiene noticia alguna del paradero de Estaban de Vaudreix.

Reciba, señor inspector jefe, toda mi gratitud por la generosidad que usted me ha mostrado, y tenga la seguridad de mis mejores sentimientos.

ISIDORE BEAUTRELET.

Postdata: En especial, no piense que me ha costado mucho esfuerzo conseguir estas informaciones. La misma mañana del crimen, mientras el señor Filleul hacia sus investigaciones ante algunos escogidos, yo tuve la alegre inspiración de examinar la gorra del fugitivo, antes de que el seudochofer fuera allí a sustituirla. Como usted comprenderá, fue suficiente con el nombre del sombrerero para hallar el hilo que me condujo a conocer quién fue el comprador y su domicilio.

Al otro día, Ganimard asistió el número 36 de la calle Marbeuf. Una vez que reunió información en la portería, ordenó que le abrieran la vivienda que estaba a la derecha de la planta baja, en la que solo encontró cenizas en la chimenea. Cuatro días antes, dos hombres habían venido a la vivienda a quemar todos los documentos comprometedores. Pero, al instante de salir, Ganimard se topó con el cartero, quien llevaba una carta para el señor de Vaudreix. Estaba sellada en Norteamérica y tenía las siguientes líneas escritas en inglés:

Señor: confirmo la respuesta que ya le he dado a su agente. Desde el instante en que usted tenga los cuatro cuadros del señor de Gesvres en su poder, mándemelos por el medio acordado. Si usted logra conseguirlo, debe unir el resto a ello, pero es algo que yo dudo mucho.

Una cuestión imprevista me obliga a partir y, por lo tanto, llegaré al mismo tiempo que esta misiva. Usted puede encontrarme en el Grand-Hotel.

HARLINGTON.

El mismo día, Ganimard, dotado de una orden de aprehensión, llevó hasta la prisión central al señor Harlington, ciudadano norteamericano, implicado por encubrimiento y complicidad en el robo.

Así fue como en el lapso de veinticuatro horas, gracias a las observaciones, realmente inesperadas, de un joven de diecisiete años, todos los nudos de aquella confabulación se soltaban. En veinticuatro horas todo lo que antes resultaba inexplicable se hacía simple y claro. En tan solo veinticuatro horas, el plan que tenían los compinches para salvar a su jefe estaba desarmado, y ya no había duda acerca de la captura de Arsène Lupin, herido y moribundo. Su banda se encontraba desorganizada, se había descubierto su dirección en París, así como la máscara con la que se ocultaba y, por primera vez, se cruzaba de lado a lado, antes de que pudiera lograr su completa ejecución, uno de sus golpes más diestros y más ampliamente estudiados.

Entre el público surgió un gigantesco clamor de asombro, de desconcierto y de curiosidad. Ya el periodista de Rouen, en un artículo muy bien escrito, había narrado el primer interrogatorio del joven retórico, resaltando en primer plano su gracia, su ingenuo encanto y su serena firmeza. Las imprudencias a las que Ganimard y el señor Filleul cedieron muy a pesar suyo, empujados por un impulso más fuerte que su orgullo profesional, dieron luces al público sobre el rol de Beautrelet en el transcurso de los últimos sucesos. Él solo lo había resuelto todo. Y a él solo le pertenecía todo el valor de la victoria.

Entonces, surgió el arrebato. De la noche a la mañana, Isidore Beautrelet se transformó en un héroe, y la multitud, repentinamente apasionada, demandó sobre su nuevo favorito los más extensos detalles. Los reporteros se encontraban allí. Se lanzaron al asalto del instituto Janson-de-Sailly, acosaron a los alumnos externos al salir de las clases y recogieron toda la información que pudieron de todo aquello que, de cerca o de lejos, se refería al llamado Beautrelet. Y así se conoció la fama de la que disfrutaba entre sus compañeros el joven que ellos llamaban el rival de Herlock Sholmes. Por puro análisis, por lógica y sin más información que aquella que él mismo leía en los periódicos, en varias oportunidades había encontrado la solución de casos muy complejos que la propia justicia revelaría solamente mucho tiempo después que él.

Pero lo más interesante fue el ensayo que apareció circulando entre los alumnos del instituto, firmado por Beautrelet, impreso en máquina de escribir y con un tiraje de diez ejemplares. Estaba intitulado: *Arsène Lupin y sus métodos. En cuáles es clásico y en cuáles es original.*

Era un profundo análisis de cada una de las aventuras de Lupin, en donde los métodos del famoso ladrón eran mostrados con extraordinario relieve, y en donde se indicaba el mecanismo de su forma de originarse, su método tan especial, sus cartas a los periódicos, sus coacciones, el anuncio de sus robos y, en suma, el conjunto de tretas que él usaba para "montar en la olla" a la víctima escogida y ponerla en tal estado de ánimo, que casi se entregaba por sí misma al golpe tramado contra ella; y todo se realizaba, por decirlo de algún modo, con su propio consentimiento.

El ensayo era tan preciso como crítico, tan agudo, tan vivido y de un humor y un sarcasmo tan ingenuo y tan cruel, que los amantes de la risa se pusieron de inmediato de su parte, la simpatía de la muchedumbre se volvió sin alternativa de Lupin hacia Isidore Beautrelet, y en la batalla que se entablaba entre ellos fue proclamada la victoria por adelantado del joven retórico.

En cualquier caso, con relación a dicha victoria, el señor Filleul, igual que el ministerio fiscal de París, parecían recelosos de darle toda oportunidad. En efecto, por un lado no se conseguía establecer la identidad del señor Harlington, ni se encontraba una prueba decisiva de que estuviera ligado a la banda de Lupin. Cómplice o no, él guardaba silencio obstinadamente. Y lo que es peor, después de haber examinado su tipo de letra, ya nadie podía afirmar que él fuera el autor de aquel aviso interceptado. Lo único que se podía afirmar es que un hombre llamado Harlington, equipado con un maletín de viaje y una cartera repleta de billetes de banco, había establecido su alojamiento en el Grand-Hotel.

Por otro lado, en Dieppe, el señor Filleul se apoyaba en las posiciones que Beautrelet le había conquistado. Él no daba ni un paso adelante. Alrededor del personaje, a quien el día anterior al crimen la señorita de Saint-Véran había tomado por Beautrelet, reinaba el mismo misterio. Y las mismas sombras cubrían todo cuanto se relacionaba con el robo de los cuatro Rubens. ¿Dónde se encontraban esos cuadros? Y el vehículo donde se los habían llevado en horas de la noche, ¿qué camino había tomado?

En Luneray, en Yerville, en Yvetot, habían sido halladas pruebas de su tránsito por allí, así como en Caudebec-en-Caux donde, al amanecer, había tenido que atravesar el Sena sobre la barca de vapor. Pero cuando la investigación se hizo con mayor profundidad se verificó que ese vehículo era un coche abierto y que habría sido totalmente imposible transportar en él cuatro grandes cuadros sin que los trabajadores de la barca se hubieran fijado en ello. Es muy posible que se tratara del mismo automóvil, sin embargo, continuaba en pie la misma pregunta: ¿qué había ocurrido con los cuatro cuadros de Rubens?

Y todos esos interrogantes, el señor Filleul los dejaba sin respuesta. Todos los días, sus subordinados volvían a explorar en el cuadrilátero de las ruinas. Y casi todos los días, él asistía a dirigir las exploraciones. Pero entre esa operación y hallar el escondrijo donde Lupin agonizaba —si es que hasta ese punto era precisa la opinión de Beautrelet— existía un abismo que el magnífico magistrado no parecía dispuesto a cruzar.

Del mismo modo, era natural que la gente centrara su atención en Isidore Beautrelet, ya que él solo había logrado disipar las tinieblas que volvían a formarse, nuevamente, más densas y más impenetrables. ¿Por qué él no ponía mayor tenacidad en este caso? Si el punto hasta donde él había llegado era tomado en cuenta, le habría bastado un pequeñísimo esfuerzo para alcanzar el éxito.

Esta pregunta le fue planteada por un periodista del *Grand Journal*, que logró entrar en el instituto Janson bajo el nombre falso de Bernod, mensajero del padre de Beautrelet. A lo que Isidore respondió muy astutamente:

—Estimado señor: hay algo más que Lupines en este mundo y hay algo más que leyendas de policías y ladrones… también existe una realidad llamada bachillerato.

Pues bien, yo debo presentar mis exámenes en julio y nos encontramos en mayo. Yo no quiero fallar… ¿Qué diría mi padre?

—Pero, también, ¿qué diría si usted le entrega a la justicia a Arsène Lupin?

—¡Bueh! Habrá tiempo para todo. En mis próximas vacaciones...

—¿Las vacaciones de Pentecostés?

—Sí. Me iré el sábado, seis de junio, en horas de la mañana.

—Y en horas de la noche Lupin será arrestado.

—¿Va a darme usted hasta el domingo? —preguntó Beautrelet, sonriendo.

Esa incomprensible confianza mostrada por el periodista, nacida apenas ayer, pero tan categórica, la experimentaba todo el mundo con respecto al joven, incluso cuando en la realidad los hechos no la justificaran sino hasta cierto punto. No importaba. Todos creían en él. Para el joven nada parecía difícil. De él se esperaba, lo que hubiera podido esperarse y todavía más, de algún fenómeno de agudeza e intuición, de experiencia y destreza. ¡El seis de junio! Esa fecha fue distinguida en todos los periódicos. El seis de junio, Isidore Beautrelet subiría al rápido de Dieppe y esa misma noche Arsène Lupin sería arrestado.

Entonces, llegó el 6 de junio. Media docena de reporteros acechaban a Isidore en la estación de trenes de Saint-Lazare. Dos de ellos querían ir con él en su viaje. Pero él tuvo que rogarles que no lo hicieran.

Así que se marchó solo. Su departamento había quedado vacío. Bastante agotado por una serie de noches dedicadas al estudio, no tardó en quedarse dormido muy profundamente. Y en sueños tuvo la sensación de que el tren se detenía en varias estaciones y que las personas subían y bajaban. Cuando despertó a la vista de Rouen aún se encontraba solo. Pero frente a él sobre el respaldo del asiento, había una inmensa hoja de papel sostenida con un alfiler al paño gris con el que estaba tapizado, donde se fijó su mirada. Mostraba las siguientes palabras:

Cada quien a sus negocios. Usted, ocúpese de los suyos. Si no, será mucho peor para usted.

Estupendo —pensó él, frotándose las manos—. Las cosas en el campo enemigo no estarán muy bien. Esta amenaza es tan boba como la que hizo el seudochofer. ¡Qué estilo! Como se nota que no es Lupin quien maneja la pluma.

El tren circulaba bajo el túnel que precede a la antigua ciudad normanda. Ya en la estación, Isidore dio un par de vueltas por el andén para estirar las piernas. Y ya estaba listo para regresar a su cabina cuando se le escapó un grito. Al pasar frente a la librería del andén había leído descuidadamente, en la primera página de un tiraje especial del *Journal de Rouen*, estas cortas líneas cuyo terrible significado avistó de inmediato.

Última hora. —Nos han telefoneado de Dieppe para informarnos que esta noche unos asaltantes entraron en el castillo de Ambrumésy, ataron y amordazaron a la señorita de Gesvres y se llevaron secuestrada a la señorita de Saint-Véran. Fueron descubiertas huellas de sangre a quinientos metros del castillo, y muy cerca del lugar fue hallada una pañoleta de mujer igualmente manchada de sangre. Hay razones para creer que la infortunada joven haya sido asesinada.

Hasta llegar a Dieppe, Isidore Beautrelet estuvo inmóvil. Inclinado, con sus codos apoyados sobre las rodillas y con las manos sosteniendo su rostro, reflexionaba. Una vez en Dieppe rentó un automóvil. En el umbral de Ambrumésy se topó con el juez de instrucción, quien le confirmó la espantosa noticia.

—¿Y usted no ha sabido algo más? —preguntó Beautrelet.

—No. Yo acabo de llegar.

En ese mismo instante, el brigadier de la gendarmería se acercó al señor Filleul y le alargó un trozo de papel, todo arrugado, roto y amarillento, que acababa de encontrar muy cerca del lugar donde había sido descubierta la pañoleta. El señor Filleul lo examinó y después se lo entregó a Isidore Beautrelet, diciéndole:

—He aquí un elemento que nos brindará muy poca ayuda en nuestras investigaciones.

Isidore giró repetidamente, entre sus manos, aquel trozo de papel. Llenó de números, puntos y signos, mostraba exactamente el dibujo que presentamos aquí:

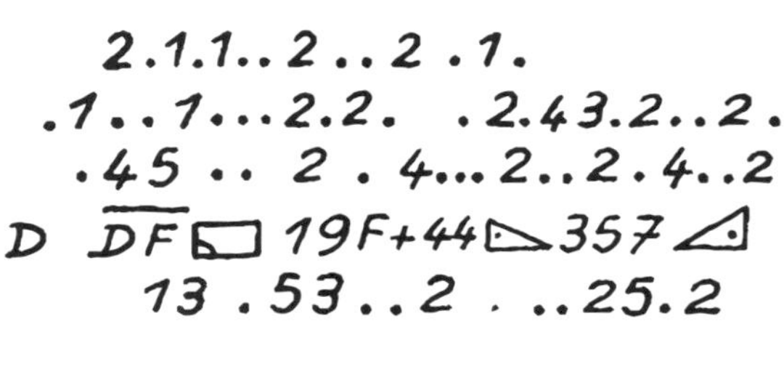

Capítulo 3

El cadáver

Cerca de las seis de la tarde, al terminar sus labores, el señor Filleul, junto a su secretario, el señor Brédoux, esperaban el transporte que debía llevarlos de vuelta a Dieppe. Parecía agitado, alterado. En dos oportunidades preguntó:

—¿No ha visto a Beautrelet?

—En realidad, no, señor juez.

—¿En dónde rayos puede estar? Nadie lo ha visto en todo el día.

De pronto se le ocurrió una idea, le dio su cartera de documentos a Brédoux, giró corriendo alrededor del castillo y fue hacia las ruinas.

Cerca de la cascada grande, acostado boca abajo sobre el suelo cubierto de largas agujas de pino, con uno de sus brazos sirviendo de apoyo a su cabeza, Isidore parecía aletargado.

—¿Qué ha ocurrido con usted, joven? ¿Estaba dormido?

—No duermo. Estoy pensando.

—Sí. Se trata, justamente, de pensar. Primero hay que observar. Es necesario estudiar los hechos, buscar los indicios.

—Sí, eso ya lo sé... Es el método habitual..., el correcto, sin duda. Pero yo tengo otro..., yo reflexiono ante todo y, antes que nada, trato de hallar la idea general del asunto, si es que puedo expresarme así. Después me imagino una teoría razonable y lógica, de acuerdo con esa idea general. Y es solo después de eso cuando evalúo si los hechos pueden adaptarse a mi teoría.

—Es un método raro y algo complicado.

—Es un método inequívoco, señor Filleul, mientras que el suyo no lo es.

—Ni hablar, los hechos son los hechos.

—Con unos adversarios comunes, sí. Pero basta que el enemigo posea un poco de astucia y los hechos serán aquellos que él haya escogido. Esos célebres indicios con base en los cuales usted levantó su investigación, él tuvo la libertad de decidirlos a su capricho. Entonces, ya usted puede ver, cuando se trata de un hombre como Lupin hasta dónde puede llevarlo a usted todo eso, a cuáles errores. Hasta el mismísimo Herlock Sholmes cayó en la trampa.

—Arsène Lupin está muerto.

—Bien. Pero su banda sigue allí y los alumnos de tal maestro, ellos también son maestros.

El señor Filleul agarró al joven por el brazo y llevándolo consigo le dijo:

—Palabras, Isidore, palabras. Esto es lo más importante. Oiga bien. Ganimard, ha tenido que quedarse en París en estos momentos, y no podrá venir hasta dentro de unos días. Por otro lado, el conde de Gesvres le ha enviado un telegrama a Herlock Sholmes, quien le ha prometido su apoyo para la próxima semana. Dígame, ¿no cree usted que habría algo de memorable en decirles a esas dos celebridades el día que lleguen aquí: Estimados caballeros, lo sentimos mucho, pero no pudimos seguir esperando. La tarea ha finalizado.

No era posible revelar la propia incompetencia con mayor agudeza de lo que lo hacia el bueno del señor Filleul. Beautrelet atajó una sonrisa y haciendo creer que se dejaba engañar contestó:

—Señor, juez de instrucción, le diré a usted, que si yo no asistí recientemente a su investigación, fue con la esperanza de que usted tendría la gentileza de comunicarme los resultados. A ver, ¿qué sabe usted?

—Pues bien, esto es. Ayer en la noche, a las once, los tres gendarmes que habían sido dejados como centinelas en el castillo por el brigadier Quevillon, recibieron de dicho brigadier un mensaje llamándolos a toda prisa a Ouville, donde se halla ubicada su brigada. Y al llegar...

—Comprobaron que habían sido engañados, que el mensaje era falso y que lo único que les quedaba era volver a Ambrumésy.

—Eso fue lo que hicieron bajo el mando del brigadier. Pero estuvieron ausentes durante hora y media, y durante ese periodo fue cometido el crimen.

—¿Sabe en qué condiciones?

—En las condiciones más simples. Una escalera tomada de algún edificio de la granja fue adosada contra el segundo piso del castillo. Un cristal fue cortado y abrieron una ventana. Dos hombres dotados de una linterna entraron en la habitación de la señorita de Gesvres y la amordazaron antes de que tuviera tiempo de pedir auxilio. Después, una vez que fue atada con cuerdas, abrieron muy despacio la puerta de la habitación donde se encontraba durmiendo la señorita de Saint-Véran. La señorita de Gesvres escuchó un gemido sordo y después el ruido de una persona que lucha. Un minuto después advirtió que los dos hombres se llevaban a su prima igualmente atada y amordazada. Pasaron frente a ella y se escaparon por la ventana. Agotada y aterrorizada, la señorita de Gesvres se desmayó.

—Pero... ¿y los perros? ¿El señor de Gesvres no había comprado dos perros guardianes?

—Fueron hallados muertos, envenenados.

—Pero ¿cómo? Nadie podía acercarse a ellos.

—Misterio. El asunto es que los dos hombres cruzaron las ruinas sin tropiezos y se fueron por la famosa puerta pequeña. Atravesaron el matorral rodeando las antiguas canteras... Y únicamente se detuvieron a unos quinientos metros del castillo, al pie del árbol llamado la Encina grande... Allí ejecutaron su plan.

—Pero, si vinieron con la intención de asesinar a la señorita de Saint-Véran, ¿por qué no lo hicieron de una vez en su habitación?

—Quién lo sabe. Tal vez el incidente que los condujo a ello no se produjo sino al salir del castillo. A lo mejor la joven había logrado soltarse de sus ataduras. Para mí, la pañoleta recogida sirvió para amarrarle las manos. En cualquier caso, fue al pie de la Encina grande el lugar donde descargaron el golpe. Las pruebas que yo he encontrado son incuestionables...

—¿Pero dónde está el cadáver?

—El cadáver no ha sido hallado, lo que, en cualquier caso, además, no debería llamar nuestra atención. La pista que seguí me ha llevado, en efecto, hasta la capilla de Varengeville, en el viejo cementerio suspendido en la cima del acantilado. Allí se halla el precipicio..., un abismo de más de cien metros. Y abajo están las rocas, el mar. En un día o dos, una fuerte marea se llevaría el cadáver.

—Todo eso resulta muy simple.

—Sí, todo eso es muy simple y no me inquieta. Lupin está muerto. Y sus amigotes se han enterado, y para desquitarse, conforme lo habían determinado, han asesinado a la señorita de Saint-Véran. Esos son hechos que ni siquiera requieren ser probados. Pero ¿y Lupin?

—¿Lupin?

—Sí. ¿Qué ha ocurrido con él? Es muy probable que sus cómplices hayan rescatado el cadáver al mismo tiempo que secuestraron a la joven. Pero, ¿qué pruebas hemos encontrado nosotros de ese rescate? Ninguna. Como tampoco de su estancia en las ruinas. Como tampoco de que esté vivo o muerto. Y en eso radica todo este misterio, mi apreciado Beautrelet. La muerte de la señorita Raymonde no es una conclusión. Por el contrario, es una nueva complicación. ¿Qué es lo que ha sucedido desde hace dos meses dentro del castillo de Ambrumésy? Si no logramos descifrar este acertijo, surgirán otros que nos harán subir los colores al rostro.

—¿Cuándo llegarán esos nuevos acertijos?

—El miércoles..., tal vez el martes...

Beautrelet pareció hacer un cálculo, y después dijo:

—Señor juez de instrucción, hoy es día sábado. Yo tengo que regresar al instituto el lunes por la noche. Pues bien, si usted desea encontrarse aquí, el lunes a las diez de la mañana, yo trataré de aclararle la clave del enigma.

—¿Señor Beautrelet, en realidad... lo cree usted así? ¿Usted está seguro?

—Al menos, así lo espero.

—Y en este momento, ¿adónde se dirige?

—Voy a observar si los hechos desean adaptarse a la idea general que yo empiezo a discernir.

—¿Y si no se adaptan?

—Pues bien, señor juez de instrucción… ellos serán los que se encuentran equivocados —dijo Beautrelet sonriendo—, entonces trataré de encontrar otros que sean más dóciles. Hasta el lunes, ¿no es así?

—Hasta el lunes.

Unos minutos después, el señor Filleul rodaba en la vía hacia Dieppe, mientras Isidore, equipado con una bicicleta que le había prestado el conde de Gesvres, rodaba por la carretera que conducía hacia Yerville y a Caudebec-en-Caux.

Había un aspecto, respecto al cual, Beautrelet quería formarse una opinión clara antes que nada, por cuanto ese aspecto le parecía precisamente el punto débil del enemigo. No se desaparecen unos objetos de las dimensiones de los cuadros de Rubens. Era necesario, pues, que se encontraran en alguna parte. Si por ahora no resultaba posible encontrarlos, ¿no sería posible, tal vez, descubrir el camino por donde habían desaparecido?

La hipótesis de Isidore era esta: el automóvil había transportado, efectivamente, los cuatro cuadros, pero antes de llegar a Caudebec los había intercambiado, traspasándolos a otro automóvil que había cruzado el Sena más hacia arriba o más hacia abajo de Caudebec. Hacia abajo, el primer bote que había era el de Quillebeuf, travesía muy frecuentada y por lo tanto bastante peligrosa. Hacia arriba estaba el bote hacia Mailleraie, importante población aislada y desprovista de cualquier comunicación.

Hacia la medianoche, Isidore había rodado los 100 kilómetros que lo separaban de Mailleraie y tocaba la puerta de una posada ubicada a la orilla del río. Durmió allí y en horas de la mañana interrogó a la tripulación del bote. Estos consultaron el libro de a bordo en el que llevaban registro de los pasajeros. Ningún vehículo había cruzado el jueves 23 de abril.

—¿Y un coche de caballos? —preguntó Beautrelet—. ¿Alguna carreta? ¿Algún vagón?

—Tampoco.

Isidore permaneció toda la mañana haciéndose preguntas. Ya iba a retirarse a Quillebeuf, cuando el mozo de la posada donde había pernoctado le comentó:

—Esa mañana llegué muy temprano y, en efecto, vi una carreta, pero esta no cruzó el río.

—¿Cómo?

—No. Montaron la carga sobre una especie de bote plano, una chalana como la llaman, que se encontraba amarrada en el muelle.

—¿Y de dónde venía esa carreta?

—¡Oh! Esa la conozco perfectamente. Era la carreta del señor Vatinel, el carretero.

—¿Sabes dónde vive?

—Sí, en la aldea de Louvetot.

Beautrelet analizó su plano de estado mayor. La aldea se hallaba situada en el cruce de la carretera de Yvetot a Caudebec, y había otra carretera angosta y tortuosa que llegaba hasta Mailleraie cruzando los bosques.

Y solo fue a las seis de la tarde, cuando Isidore logró encontrar al carretero Vatinel en la taberna, era uno de esos astutos ancianos normandos, que siempre están en guardia, que desconfían de cualquier extraño, pero que al mismo tiempo, no logran oponerse a la tentación de una moneda de oro y a la influencia de unas copas de alcohol.

—Así es, señor, esa mañana los hombres del vehículo me dieron cita a las cinco de la tarde en la encrucijada. Me entregaron cuatro bultos bastante grandes, así de altos. Uno de ellos me acompañó y cargamos todas esas cosas hasta la chalana.

—Usted se refiere a ellos como si los conociera con anterioridad.

—Claro que los conozco. Es la sexta vez que yo hago un trabajo para ellos.

Isidore se estremeció.

—¿Usted dice que es la sexta vez?... ¿Pero desde cuándo?

—¡Pues, desde todos los días antes de esa tarde, caramba! Pero antes eran otros bultos..., grandes bloques de piedra..., o más bien pequeños y bastante alargados, que ellos habían envuelto y que manipulaban con tanto cuidado como si fueran objetos sagrados. ¡Ah! No se podía tocar aquellas cosas... Pero... ¿qué le sucede a usted? Se ha puesto muy pálido.

—Nada, no es nada..., solo es el calor...

Beautrelet salió muy turbado. La alegría, lo inesperado del descubrimiento, lo habían atolondrado.

Regresó tranquilamente por su camino y esa noche durmió en la aldea de Varengeville. Al otro día, en horas de la mañana estuvo una hora en la alcaldía con el maestro de obras del lugar y después retornó al castillo. Allí había una carta esperándolo, remitida "A los buenos cuidados del señor conde de Gesvres".

La carta tenía escrita estas líneas:

Segunda advertencia. Guarda silencio. Si no...

—Diablos —se dijo—. Va a ser necesario adoptar algunas cautelas en pro de mi seguridad personal. Si no, tal como ellos mencionan...

Eran las nueve. Caminó entre las ruinas y después se tendió muy cerca del arco y cerró los ojos.

—Muy bien, amigo. ¿Está satisfecho de su cruzada?

Era el señor Filleul, que llegaba a la hora acordada.

—Encantado, señor juez de instrucción.

—¿Lo que significa que...?

—Lo que significa que estoy dispuesto a cumplir la promesa que le hice, a pesar de esta nota que no me gusta nada.

Le entregó la carta al juez Filleul.

—¡Bah! ¡Bobadas! —exclamó el juez—. Espero que esto no lo detenga a usted...

—¿A decirle lo que ya sé? No, señor juez de instrucción. Yo le hice una promesa y voy a cumplirla. Antes de diez minutos tendremos... una parte de la verdad.

—¿Una parte?

—Sí, porque de acuerdo con lo que yo creo, el escondrijo de Lupin no conforma todo el problema. Después ya veremos.

—Señor Beautrelet, ya nada me asombra de parte de usted. Pero ¿cómo ha logrado descubrir usted...?

—¡Oh! De manera muy natural. En la carta que envió el señor Harlington al señor Esteban de Vaudreix, o más bien al señor Lupin, hay...

—¿La carta que fue interceptada?

—Sí. Allí hay una frase que me ha intrigado desde el principio... *"Si usted logra conseguirlo, debe unir el resto a ello, pero es algo que yo dudo mucho"*, refiriéndose al envío de los cuadros.

—Cierto, recuerdo esa frase.

—¿Qué es ese resto? ¿Un objeto de arte, un objeto curioso? El castillo no mostraba nada de precioso, aparte de los Rubens y los tapices. Entonces ¿qué era? Y, por otro lado, ¿puede aceptarse que una persona como Lupin, con una capacidad tan prodigiosa, no hubiera logrado unir ese resto al envío que le están mencionando, indiscutiblemente, ya acordado? Empresa complicada, probablemente, tal vez excepcional, pero posible, y, por lo tanto, indudable, ya que Lupin lo deseaba así. Sin embargo, falló. Nada desapareció.

—Sí, los Rubens... Pero...

—Los Rubens y algo más... Alguna cosa que fue cambiada por otra idéntica, del mismo modo que hicieron con los Rubens. Algún objeto más extraordinario, más raro y más valioso que los mismos Rubens.

—Pero, definitivamente… ¿qué? Usted me intriga.

Avanzando entre las ruinas, ambos hombres se habían dirigido hacia la puerta pequeña y rodeaban la Capilla divina.

Beautrelet se detuvo y preguntó:

—Señor juez de instrucción, ¿en verdad quiere saberlo?

—¿Que si quiero saberlo…?

Beautrelet llevaba un bastón en la mano, un bastón fuerte y nudoso. Bruscamente, dio un golpe con el bastón y rompió en pedazos una de las estatuillas que decoraban el portal de la capilla.

—Pero… ¿se ha vuelto loco? —gritó Filleul fuera de sí, arrojándose sobre los pedazos de la estatuilla—. Usted se ha vuelto loco... Este santo antiguo era admirable...

—¡Admirable! —repitió Isidore, haciendo un torniquete que también derribó la estatuilla de una virgen.

El señor Filleul se lanzó sobre el joven y lo sostuvo en un cuerpo a cuerpo.

—Joven, no voy a dejarlo cometer...

Y todavía hizo caer también un rey mago y al rato el pesebre de Navidad...

—Si hace usted otro movimiento, disparo.

Era el conde de Gesvres, que había llegado armado de su revólver.

Beautrelet comenzó a reír...

—Dispare usted, señor conde..., dispare como en un tiro al blanco en la feria... Vea... esta figura que carga su cabeza en las manos...

Esta vez, un San Juan Bautista saltó en pedazos.

—¡Ah! —exclamó el conde, sosteniendo su revólver—. ¡Qué sacrilegio! Unas obras maestras como estas...

—Señor conde, todas son obras falsas.

—¿Qué? ¿Cómo dice usted? —preguntó sorprendido el señor Filleul al mismo tiempo que desarmaba al conde.

—Puras piezas falsas..., puro cartón piedra.

—¡Ah! ¿Y cómo es posible?...

—Objetos inflados, vacíos, nada.

El conde se inclinó y levantó uno de los trozos de una estatuilla.

—Señor conde, véalo usted bien... yeso... yeso patinado, envejecido, enmohecido igual que si fuera una piedra antigua... Pero es yeso, puras figuras de yeso... Eso es lo único que permanece de las autenticas obras maestras... Eso es lo que hicieron en pocos días... eso es lo que el copista de Rubens, el señor Charpenais, hizo hace un año.

El joven tomó por el brazo al señor Filleul y le dijo:

—Señor juez de instrucción, ¿usted qué piensa? ¿Es magnífico? ¿Es enorme? ¿Gigantesco? ¡La capilla ha sido desvalijada! ¡Toda una capilla gótica hurtada piedra por piedra! ¡Todo un pueblo de estatuillas robadas y sustituidas por figurillas de yeso! ¡Uno de los más hermosos ejemplares de un periodo de arte incomparable, confiscado! ¡En definitiva, la Capilla divina ha sido robada! ¿No cree que se trata de algo sorprendente? ¡Oh, señor juez de instrucción, qué genial es este personaje!

—Señor Beautrelet, está muy emocionado.

—Uno nunca se emociona demasiado cuando se trata de semejantes personajes. Todo lo que sobrepasa el promedio merece ser admirado. Y esto sobrepasa por encima de todo. En este robo hay una fortuna de pensamiento, una fuerza, una energía, una capacidad que me producen escalofríos.

—Es una lástima que haya fallecido —dijo con ironía el señor Filleul—. De no haber sucedido así terminaría robando las torres de Notre-Dame de París.

Isidore se encogió de hombros, respondiendo:

—Señor, no se burle usted. Hasta muerto, esto trastorna.

—Señor Beautrelet, yo no niego que sea así... y le confieso que no es sin cierta emoción que estoy dispuesto a contemplarlo... en caso tal, que sus compañeros no hayan hecho desaparecer el cadáver.

—Y admitiendo, sobre todo —señaló el conde de Gesvres—, que efectivamente fue a ese hombre a quien hirió mi pobre sobrina.

—Sí fue efectivamente a él, señor conde —insistió Beautrelet—. Sin duda alguna, fue él quien se desplomó en las ruinas, víctima de la bala disparada por la señorita de

Saint-Véran; fue a él a quien vieron levantarse una vez más y que cayó nuevamente, y que se fue arrastrando hacia el arco grande para levantarse una última vez y lograr llegar a ese escondite de piedra que se convertiría en su tumba... y eso casi por un milagro sobre el que les daré la explicación a ambos dentro de un momento...

Y con su bastón, el joven golpeó el piso de la capilla.

—¿Cómo? ¿Qué? —preguntó el señor Filleul, atónito—. ¿Su tumba?... ¿Usted piensa que este rincón impenetrable...?

—Sí, él se encuentra aquí... allí más bien... —repitió el joven.

—Pero si nosotros lo inspeccionamos varias veces...

—Lo inspeccionaron mal.

—Aquí no hay ningún escondrijo —señaló el señor de Gesvres—. Yo conozco esta capilla.

—Sí, señor conde, sí hay uno. Si usted va a la Alcaldía de Varengeville, donde tienen archivados todos los documentos que se hallaban en la antigua parroquia de Ambrumésy, usted se enterará por esos documentos, datados en el siglo dieciocho, que debajo de esta capilla existía una cripta. Dicha cripta, sin duda, se remonta a la época de la capilla romana, sobre cuyo terreno se construyó esta.

—Pero ¿cómo pudo enterarse Lupin de ese detalle? —preguntó el juez Filleul.

—De un modo muy simple, por los trabajos que tuvo que hacer para poder robar la capilla.

—Vamos, vamos, señor Beautrelet, usted está exagerando... Él no ha desvalijado toda la capilla. Vea usted, ninguna de esas piedras de asiento ha sido alterada.

—Por supuesto, él no ha imitado ni se ha robado otra cosa que aquello que tenía un valor artístico: las piedras talladas, las imágenes, las estatuillas, el tesoro de las pequeñas columnas y las ojivas grabadas. No se preocupó por la base misma del edificio. Los cimientos permanecen.

—Entonces, señor Beautrelet, Lupin no ha podido entrar hasta la cripta.

En ese instante, el señor de Gesvres, que había mandado a llamar a uno de sus criados, volvía con la llave de la capilla. Abrió la puerta y los tres hombres entraron en ella.

Después de unos instantes de reconocimiento, Beautrelet continuó:

—Como es de suponer, las losas del suelo fueron respetadas. Pero es muy sencillo darse cuenta de que el altar mayor es tan solo una burda imitación. Y, por lo general, la escalera que baja hacia las criptas se encuentra frente al altar mayor y pasa por debajo de él.

—¿Esa es su conclusión?

—Mi conclusión es que al trabajar en esa área, Lupin pudo encontrar la entrada a la cripta.

Con el auxilio de un pico que mandó a buscar el conde de Gesvres, Beautrelet comenzó a picotear en el altar. Los trozos de yeso saltaban de ambos lados.

—¡Caramba! —musitó el señor Filleul—. Estoy ansioso por saber...

—También yo —respondió Beautrelet, cuya cara estaba pálida de ansiedad.

Comenzó a golpear con más rapidez. Y de repente, el pico, que hasta ese momento no había hallado resistencia alguna, tropezó con un material más duro y rebotó. Se oyó el sonido de un derrumbamiento y lo que permanecía en pie del altar, se hundió en el vacío como resultado del desprendimiento del bloque de piedra que había sido golpeado por el pico. Beautrelet se asomó por el agujero. Prendió una cerilla y la paseó por aquel espacio. Entonces dijo:

—La escalera empieza más adelante de lo que yo pensaba, casi en la parte de abajo de las losas de la entrada. Desde aquí puedo ver los últimos peldaños.

—¿Es muy profunda?

—Tres o cuatro metros... Los peldaños son bastante altos... y faltan algunos.

—No es creíble —dijo el señor Filleul— que durante la breve ausencia de los tres gendarmes, cuando se realizó el secuestro de la señorita de Saint-Véran, los cómplices hayan tenido tiempo de sacar un cadáver de esta cueva... Y, al mismo tiempo, ¿para qué tendrían que hacerlo? No. Para mí, él se encuentra aquí.

Un criado les trajo una escalera, que Beautrelet metió dentro de la excavación y que apoyó a ciegas entre los escombros caídos. Después aseguró con fuerza ambos extremos.

—¿Señor Filleul, quiere ser usted el primero en bajar?

El juez de instrucción, iluminado por una vela, se aventuró a bajar. Lo siguió el conde de Gesvres. A su vez, Beautrelet apoyó su pie sobre el primer peldaño. Eran dieciocho, que él había contado maquinalmente mientras sus ojos estudiaban la cripta bajo la luz de la vela, cuya llama batallaba contra las gruesas tinieblas. Pero abajo un fuerte hedor, un hedor repugnante, lo atajó. Era uno de esos hedores de putrefacción cuya memoria nos obsesiona más tarde. ¡Oh! ¡Aquel olor! Su corazón parecía que iba a sufrir un colapso...

Y de pronto una mano convulsa se apoyó en su hombro.

—Diga. ¿Qué ocurre?

—Beautrelet... —balbució el señor Filleul. No podía articular palabra, turbado por el espanto.

—Diga, señor juez de instrucción, sobrepóngase usted...

—Beautrelet..., él se encuentra allí...

—¿Qué?

—Sí..., había algo debajo de la piedra grande que se soltó del altar... Yo empujé esa piedra... ¡Dios!, no podré olvidarlo jamás...

—¿Dónde está?

—De aquel lado... ¿Siente usted el hedor?... Además... vea... —Tomó la vela y proyectó su luz encima de una figura tendida en el suelo.

—¡Oh! —exclamó Beautrelet con espanto.

Los tres hombres se inclinaron ansiosamente. Casi desnudo, el cadáver estaba tumbado, mostrando un aspecto flaco y aterrador. La carne, verdosa, con matices de cera blanda, se observaba a trechos entre la tela desgarrada. Pero lo más espantoso, lo que le había arrancado al joven un grito de espanto, era la cabeza..., la cabeza, que acababa de ser aplastada por el bloque de piedra.... Una cabeza sin forma, una masa asquerosa en la que ya nada podía distinguirse... Y cuando los ojos de aquellos tres hombres se fueron adaptando a la oscuridad observaron que toda aquella carne se encontraba abominablemente plagada de gusanos... En cuatro saltos, Beautrelet volvió a subir por la escalera y salió al exterior, al aire libre. El señor Filleul lo descubrió acostado en la tierra de nuevo, boca abajo y con las manos sosteniéndole el rostro.

—Mis felicitaciones, Beautrelet. Aparte del descubrimiento del escondite hay otros dos aspectos en los que pude corroborar la precisión de sus afirmaciones. En pri-

—De aquel lado... ¿Siente usted el hedor?... Además... vea... —Tomó la vela y proyectó su luz encima de una figura tendida en el suelo.

—¡Oh! —exclamó Beautrelet con espanto.

mer lugar, el hombre contra quien disparó la señorita de Saint-Véran era ciertamente Arsène Lupin, de acuerdo a lo que usted dijo desde un comienzo. E igualmente, era bajo el nombre de Esteban de Vaudreix, que habitaba en París. Las ropas del cadáver están bordadas con las iniciales E. V. Creo que es suficiente prueba... ¿no es así?

Isidore ni se movía.

—El señor conde ha ido en búsqueda del doctor Jouet, quien hará las comprobaciones de costumbre. Para mí, el fallecimiento ocurrió hace unos ocho días cuando menos. El estado de descomposición del cadáver... Pero... usted no parece estar escuchándome.

—Sí, sí.

—Lo que yo digo está sustentado por razones terminantes. Así, por ejemplo...

El señor Filleul siguió con su demostración, sin lograr por lo demás, señales evidentes de atención. Pero la vuelta del conde de Gesvres interrumpió aquel monólogo.

El conde traía dos misivas. Una comunicaba la llegada de Herlock Sholmes para el día siguiente.

—Estupendo —exclamó el señor Filleul, muy contento—. El inspector Ganimard también llegará mañana. Será fabuloso.

—Y esta otra carta está dirigida a usted, señor juez de instrucción —señaló el conde.

—El asunto va de mejor en mejor —dijo el señor Filleul después de haber leído su misiva—. Esos hombres, definitivamente, ya no van a tener mayores cosas que hacer... Beautrelet, me están avisando de Dieppe que esta mañana unos pescadores hallaron el cadáver de una mujer joven sobre las rocas.

Beautrelet sintió una agitación y preguntó:

—¿Qué dice? El cadáver...

—De una mujer joven... Un cadáver terriblemente mutilado, mencionan en detalle, y cuya identidad sería muy difícil establecer, a no ser porque en el brazo derecho lleva una pequeña pulsera de oro, muy fina, que se incrustó en la piel hinchada. Y la señorita Saint-Véran usaba en el brazo derecho una pulsera de oro. Por consiguiente, señor conde, debe tratarse de su desdichada sobrina, que el mar habrá arrastrado hasta ese lugar. ¿Qué piensa usted, Beautrelet?

—Nada, nada..., o, bueno, sí... Todo se relaciona, como usted puede ver, y no falta nada en su razonamiento. Todos los hechos, uno a uno, hasta los más contrapuestos, hasta los más sorprendentes, vienen a corroborar la hipótesis que yo pensé desde el primer momento.

—No logro entenderlo muy bien...

—No tardará usted en hacerlo. Recuerde que yo le prometí la verdad absoluta.

—Pero yo creo que...

—Tenga un poco de paciencia. Hasta ahora, usted no ha tenido razones de queja contra mí. Hace un clima estupendo. Paséese usted, coma en el castillo, fume su pipa. Yo estaré de vuelta hacia las cuatro o cinco de la tarde. En lo que tiene que ver con el instituto..., ni modo, tomaré el tren de la medianoche.

Habían llegado a la frontera comunal en la parte de atrás del castillo. Beautrelet se subió sobre la bicicleta y se marchó.

En Dieppe hizo un alto en las oficinas del periódico *La Vigié,* donde solicitó que le mostraran los números de la última quincena. Después salió hacia la comarca de Envermeu, ubicada a dos kilómetros. En Envermeu habló con el alcalde, con el sacerdote y el guardia del campo. Dieron las tres en el reloj de la iglesia de la comarca. Su investigación había concluido.

Regresó tarareando de alegría. Sus piernas pedaleaban con una cadencia uniforme y vigorosa, apoyándose alternativamente sobre ambos pedales, y su pecho se expandía en toda su capacidad al aire fresco que soplaba del mar. A veces el joven se distraía arrojando al cielo gritos de triunfo, pensando en el objetivo que estaba persiguiendo y en sus agraciados esfuerzos.

Ambrumésy surgió a la vista y se dejó rodar a toda velocidad por la bajada que conduce al castillo. Los árboles que rodean el camino en cuádruple alineación secular parecía que corrían a su encuentro y se desvanecían inmediatamente detrás de él. Pero de pronto dio un fuerte grito. En una repentina mirada logró ver una cuerda atada de un árbol a otro a lo ancho de la carretera.

Al chocar contra la cuerda, la bicicleta se detuvo inesperadamente y el joven fue arrojado hacia adelante con extraordinaria violencia. Tuvo la impresión de que únicamente una afortunada casualidad impidió que fuera a dar contra un montón de piedras, donde por pura lógica se hubiera roto la cabeza.

Permaneció inconsciente durante algunos segundos. Después, lleno de golpes y con las rodillas desolladas, estudió aquel lugar. A la derecha se abría un pequeño bosque, por donde seguramente había escapado el agresor. Beautrelet soltó la cuerda. En el árbol de la derecha, alrededor del cual la cuerda estaba atada, había una pequeña nota sujeta con un cordel. La abrió y leyó:

Tercero y último aviso.

Cuando llegó al castillo, hizo varias preguntas a los criados y fue a encontrarse con el juez de instrucción en un salón de la planta baja, en el último extremo del ala derecha, lugar donde el señor Filleul tenía el hábito de permanecer en el transcurso de sus investigaciones. El señor Filleul se hallaba escribiendo con su secretario sentado frente a él. A un gesto, el secretario se retiró de la habitación y el juez exclamó con sorpresa:

—Pero ¿qué le sucedió a usted, señor Beautrelet? Tiene las manos llenas de sangre.

—No es nada, no es nada —contestó el joven—. Una aparatosa caída provocada por esta cuerda que ataron delante de mi bicicleta. Solo le agradecería que se dé cuenta de que esta cuerda salió de aquí del castillo. No han pasado más de veinte minutos que estaba siendo usada para secar ropa colgada en ella, al lado del lavadero.

—¿Será posible?

—Señor, es aquí mismo donde soy observado por alguien que se halla en el propio corazón de este lugar, que me ve, que me escucha y que, minuto a minuto, presencia mis actos y sabe mis intenciones.

—¿Usted cree?

—Estoy seguro. A usted le concierne descubrirlo y no le costará mucho esfuerzo. En cuanto a mí, deseo terminar con esto y darle las explicaciones prometidas. He actuado con mayor rapidez de lo que nuestros enemigos podían imaginar, y estoy convencido de que, por su parte, van a actuar en forma categórica. El círculo se va cerrando a mi

Tercero y último aviso.

alrededor. El peligro se acerca, tengo el presentimiento de ello.

—Vamos… vamos… Beautrelet...

—Bueno, ya veremos qué ocurre. De momento, procedamos con rapidez. Y, antes que nada, una interrogante sobre un punto que quiero dejar en seguida a un lado. ¿Usted no le ha mencionado a nadie sobre ese documento que el brigadier recogió y le entregó a usted en mi presencia?

—Mi palabra de que no se lo he mencionado... a nadie. Pero ¿será que usted le da algún valor?

—Un gran valor. Es una idea que se me ocurrió, una idea que, además, debo confesarlo, no descansa sobre ninguna prueba..., ya que hasta aquí, aún no he logrado de ninguna forma descifrar tal documento. Así, pues, se lo comento a usted... para no volver a señalar ese punto.

Beautrelet colocó su mano sobre la del señor Filleul, y con voz muy baja susurró:

—Cállese usted... desde afuera nos están escuchando....

Se escuchó el ruido de pasos sobre la arena. Beautrelet corrió hacia la ventana y se asomó hacia el exterior.

—No hay nadie..., pero la platabanda está pisoteada... Se conseguirán las huellas con facilidad.

Cerró la ventana y fue a sentarse nuevamente.

—Ya lo ve usted, el enemigo ya ni siquiera tiene cautela... ya no posee tiempo para ello..., él también está sintiendo que la hora apremia... Apurémonos, pues, y hablemos, ya que justamente ellos no desean que yo hable.

Puso sobre la mesa el documento y lo dejó abierto. Después señaló:

—Ante todo, quiero hacer una observación. Sobre este papel, aparte de los puntos, solamente hay cifras. Y en las tres primeras líneas y en la quinta, que son las únicas líneas sobre las cuales vamos a trabajar, ya que la cuarta luce como de una naturaleza completamente distinta, no hay ninguna de esas cifras que sea más alta que cinco. Entonces, tenemos muchas probabilidades de que cada una de ellas represente una de las cinco vocales en su orden alfabético. Vamos a escribir el resultado.

Y en una hoja aparte anotó:

e.a.a..e..e.a.

.a..a...e.e. *.e.oi.e..e.*

.ou..e. *o...e..e.o..e*

ai.ui..e *..eu.e*

—Como usted puede notar, esto no arroja gran cosa. La clave es a la vez muy sencilla, puesto que se han limitado a sustituir las vocales por cifras y las consonantes por puntos, y también es muy difícil, casi imposible, ya que no pudieron darse más trabajo para intrincar el problema.

—En realidad, es de hecho bastante oscuro.

—Vamos a tratar de aclararlo. La segunda línea está dividida en dos partes, y la segunda parte está estructurada de tal manera que es muy posible que forme una palabra. Si ahora intentamos reemplazar los puntos intermedios por consonantes, llegaremos a la conclusión después de intentarlo, de que las únicas consonantes que pueden funcionar, lógicamente, como apoyo a las vocales solo pueden producir, lógicamente también, una sola palabra: *demoiselles* (señoritas).

—Entonces, ¿se estará refiriendo a la señorita de Gesvres y a la señorita de Saint-Véran?

—Con toda certeza.

—¿Y usted logra observar algo más que eso?

—Sí. Además, logro observar una solución de continuidad en medio de la línea, y si hago el mismo trabajo en el inicio de la línea puedo notar de inmediato que entre los dos diptongos *ai* y *ui* la única consonante que puede sustituir al punto es una g y que cuando formó el comienzo de esa palabra *aigui*, es natural y preciso que con los puntos siguientes y la e final yo llegue hasta la palabra *aiguille* (aguja).

—De hecho… la palabra aguja se impone.

—Finalmente, para la última palabra tengo tres vocales y tres consonantes. Vuelvo a tantear, pruebo todas las letras unas después de las otras, y partiendo del principio de que las dos letras iniciales son consonantes, verifico que hay cuatro palabras que se pueden formar; esas palabras son: *fieuve, preuve, pleure* y *creuse* (río, prueba, llora y hueca). Desecho las tres primeras palabras por carecer de alguna relación posible con la palabra aguja y conservo la palabra *creuse* (hueca).

—Ello forma *aguja hueca*. Reconozco que su solución puede ser precisa. Pero, ¿de qué nos sirve ello?

—Para nada —contestó Beautrelet con tono pensativo—. Para nada por ahora... Pero más adelante ya veremos... Yo tengo la impresión de que muchas cosas se hallan comprendidas en la misteriosa unión de esas dos palabras: *aguja hueca*. Lo que me inquieta es, en especial, el material de la nota, el papel que han utilizado... ¿Aún se fabrica ese tipo de pergamino algo granulado? Además, es de color de marfil... Y con estos pliegues... la ventaja de estos cuatro pliegues... Y por último, fíjese usted en estas marcas de lacre rojo por el lado de atrás...

En ese instante Beautrelet fue interrumpido. El secretario Brédoux abrió la puerta y anunció la repentina llegada del fiscal general.

El señor Filleul se puso de pie.

—¿El fiscal general se encuentra abajo?

—No, señor juez de instrucción. El señor fiscal general no se ha bajado de su coche. Solo está de paso y le ruega a usted que, por favor, vaya a verlo junto a la puerta. Únicamente tiene que decirle algunas palabras.

—Qué cosa tan rara —dijo el señor Filleul—. Bueno, vamos a ver. Beautrelet, discúlpeme usted, voy y regreso enseguida.

Salió. Se escucharon sus pasos que se alejaban. Entonces, el secretario cerró la puerta, dio vuelta a la llave y la guardó en su bolsillo.

—Bien... ¿qué ocurre? —exclamó Beautrelet, totalmente extrañado—. ¿Qué está haciendo?

—¿No nos encontraremos mejor de este modo para hablar? —respondió Brédoux.

Beautrelet dio un brinco hacia la otra puerta que comunicaba con la habitación contigua. Había entendido. El cómplice era Brédoux, el propio secretario del Juzgado de instrucción.

Brédoux dijo con sarcasmo:

—No vaya a lastimar sus dedos, mi joven amigo, también tengo la llave de esa puerta.

—Aún queda la ventana —mencionó Beautrelet.

—Ya es demasiado tarde —dijo Brédoux, que se ubicó delante de la ventana empuñando un revólver.

Todas las salidas se hallaban bloqueadas. No había otra solución, que no fuera protegerse del enemigo que se mostraba con un aplomo tan brutal. Isidore, que comenzó a experimentar una sensación de angustia totalmente desconocida, se cruzó de brazos.

—Bien —susurró el secretario—, seamos breves.

Sacó su reloj.

—El bueno del señor Filleul va a ir hasta la puerta y está entendido que en la puerta no hay nadie. Por supuesto, allá está el fiscal general, tanto como aquí sobre mi mano... Entonces él volverá aquí. Eso nos da unos cuatro minutos. Necesito uno para huir por la ventana, cruzar por la puerta pequeña de las ruinas y subir sobre mi motocicleta, que me está esperando. Quedan, entonces, tres minutos. Lo cual será suficiente.

Era un sujeto extraño, falso, que se sostenía en equilibrio sobre sus piernas, muy largas y muy frágiles, un torso enorme, redondo igual que el cuerpo de una araña y dotado de unos brazos inmensos. Su cara era huesuda y su frente pequeña y baja, que mostraba la tenacidad un tanto estrecha del personaje.

Beautrelet se tambaleó sintiendo que se le aflojaban las piernas. Tuvo que sentarse, y preguntó:

—Diga. ¿Qué es lo que quiere?

—El documento. Hace tres días que lo estoy buscando.

—No lo tengo.

—Mientes. Cuando entré te vi guardándolo en tu cartera.

—¿Y después?

—¿Después? Te comprometerás a ser muy prudente. Nos estás fastidiando. Déjanos tranquilos y regresa a tus asuntos. Ya se nos está agotando la paciencia.

Brédoux había avanzado empuñando siempre el revólver y apuntando hacia Isidore, y hablaba sordamente, golpeando las sílabas con un acento de extraordinaria energía. Su mirada era implacable y su sonrisa era sanguinaria.

Beautrelet estaba temblando. Era la primera vez que sentía el estremecimiento del peligro. ¡Y qué peligro! Se hallaba frente a un enemigo implacable, de una fortaleza ciega e irresistible.

—¿Y después? —dijo el joven con un tono ahogado.

—¿Después? Nada... Serás libre...

Se hizo un silencio y Brédoux prosiguió:

—Solo queda un minuto. Tienes que decidirte. Vamos, jovencito, no hagas tonterías... Nosotros somos los más fuertes, siempre y en cualquier parte... Rápido, dame el papel...

Isidore no lograba moverse, lívido, aterrorizado y, no obstante, dueño de sí mismo y con el cerebro bastante claro en medio del desastre de sus nervios. A veinte centímetros de su rostro podía ver el pequeño agujero negro del cañón del revólver. El dedo plegado oprimía a primera vista el gatillo. Bastaba un ligerísimo esfuerzo adicional...

—El papel —volvió a decir Brédoux—. Si no...

—Aquí está —dijo Beautrelet.

Sacó la cartera de su bolsillo y se la entregó al secretario, que se apoderó de ella.

—Perfecto. Hemos sido razonables. Indudablemente, se puede hacer algo de ti... eres algo miedoso, pero tienes buen sentido común. Les hablaré de ti a mis compañeros. Y ahora me voy. Adiós.

Guardó el revólver e hizo girar el pestillo de la ventana. En el pasillo se escuchó un ruido.

—Solo queda un minuto. Tienes que decidirte. Vamos, jovencito, no hagas tonterías... Nosotros somos los más fuertes, siempre y en cualquier parte... Rápido, dame el papel...

—Adiós —dijo nuevamente—. Ya tengo que irme.

Pero algo lo detuvo. Con un gesto revisó el contenido de la cartera.

—¡Por los mil demonios!... —gritó el secretario—. El papel no se encuentra aquí... Casi me la juegas...

Saltó de nuevo dentro de la habitación. Se oyeron dos disparos. Isidore, también había sacado su revólver y disparó.

—Fallaste, jovencito —gruñó Brédoux—. Tu mano sigue temblando... tienes miedo.

Comenzaron una lucha cuerpo a cuerpo y rodaron sobre el suelo. En la puerta se oían los golpes redoblados.

De inmediato, Isidore perdió fuerzas dominado por su contrincante. Era el fin. Una mano se levantó sobre él, armada con un cuchillo, y cayó. Un dolor intenso le quemaba el hombro y soltó su presa.

Tuvo la impresión de que buscaron en el interior de su chaqueta y que se llevaban el papel. Al rato, a través del velo caído de sus párpados, adivinó, más que miró, al hombre saliendo por la ventana...

Los mismos periódicos que al día siguiente muy temprano narraban los últimos sucesos ocurridos en el castillo de Ambrumésy, con las falsificaciones desenmascaradas en la capilla, el hallazgo del cadáver de Arsène Lupin y el cadáver de Raymonde, y por último, el criminal atentado en contra de Beautrelet a manos de Brédoux, secretario del juez de instrucción, también reseñaban las siguientes noticias: La desaparición de Ganimard y el rapto en pleno día, en pleno corazón de Londres, cuando iba a abordar el tren para Douvres, de Herlock Sholmes.

De ese modo, la desorganizada banda de Lupin, por algunos instantes a merced del sorprendente ingenio de un muchacho, de nuevo tomaba la iniciativa, y al primer golpe, por cualquier parte y en todos los puntos, salía victoriosa. Los dos grandes oponentes de Lupin, Sholmes y Ganimard, habían sido eliminados. Beautrelet estaba fuera de combate. Y ya no había más nadie capaz de enfrentarse a tales enemigos.

Capítulo 4

Frente a frente

Seis semanas después, yo le había dado a mi criado permiso para salir durante la noche. Era el día previo al 14 de julio. Hacía un calor de lluvia y la idea de salir no me gustaba en absoluto. Con las ventanas del balcón abiertas y mi lámpara de trabajo encendida, me instalé en un sillón y, como no había leído aún los periódicos, comencé a hojearlos. Bien claro, estaban hablando de Arsène Lupin. Después de aquel intento de asesinato, del que el genial Isidore Beautrelet había sido víctima, no había pasado ni un solo día sin que dejara de mencionarse el asunto de Ambrumésy. Los periódicos le dedicaban una página diariamente. Nunca la opinión pública se había emocionado a tal punto por tal serie de precipitados acontecimientos y de imprevistos golpes teatrales. El señor Filleul, quien resueltamente aceptaba, con su loable buena fe, su papel de subalterno, había narrado a sus entrevistadores los hallazgos de su joven consejero en el transcurso de aquellos tres días memorables, de modo que cabía dedicarse a hacer las suposiciones más precipitadas.

Y nadie se abstenía de hacerlo así. Expertos y entendidos del crimen, escritores y dramaturgos, jueces y ex jefes de seguridad, todos los jubilados y todos los Herlock Sholmes de vocación, tenían cada uno su teoría y la exponían en exuberantes artículos. Cada quien tomaba por su cuenta el expediente y lo remataba a su manera. Todo ello usando como base el trabajo realizado por el joven alumno de retórica, Isidore Beautrelet.

Pero era necesario decirlo, realmente se estaba en posesión de los indicios completos de la verdad. Entonces, ¿en qué consistía el misterio? Se había encontrado el escondrijo donde Arsène Lupin se había ocultado y donde había agonizado, y sobre este asunto no cabía duda alguna. El doctor Delattre, que siempre se protegía detrás del secreto profesional y se negó a hacer cualquier revelación, no obstante, le confesó a sus íntimos, quienes de inmediato se apresuraron a decírselo a otros, que en efecto había sido una cripta donde había sido trasladado para atender a un paciente a quien sus compañeros le presentaron con el nombre de Arsène Lupin. Y como en esa misma cripta había sido encontrado el cadáver de Esteban de Vaudreix, quien no era otra persona que Arsène Lupin, tal como lo demostraba el expediente, la identidad de Arsène Lupin hallaba en esto un suplemento indudable.

Por lo tanto, muerto Arsène Lupin, identificado el cadáver de la señorita de Saint-Véran gracias a la pulsera de oro que llevaba, el drama había finalizado.

Pero no, no había finalizado. No había terminado para nadie, ya que Beautrelet había expresado lo contrario. De ningún modo se sabía por qué no había terminado, sino que por la sola razón de haberlo dicho el joven estudiante, el drama continuaba en pie. El testimonio de la realidad no superaba la afirmación de Beautrelet. Había algún detalle ignorado, y no se ponía en duda que tal cosa no pudiera explicarlo.

En consecuencia, era extraordinaria la ansiedad con que eran esperados los boletines sobre la salud del herido que publicaban los médicos de Dieppe, a quienes el conde les confió la atención de aquel. ¡Qué tristeza durante los primeros días cuando se llegó a creer que su vida estaba en peligro!... ¡Y qué alegría la mañana que los periódicos publicaron que ya no había nada que temer!... Los detalles más insignificantes apasionaban a los lectores. La gente se conmovía al saberlo protegido por su anciano padre, quien había sido llamado urgentemente mediante un telegrama. Igualmente, admiraba la entrega de la señorita de Gesvres, que transcurría la noche entera a la cabecera del herido.

Después vino la convalecencia, rápida y alegre. Finalmente, ahora se sabrían muchas cosas. Se sabría lo que Beautrelet había ofrecido revelarle al señor Filleul y las palabras decisivas que el cuchillo del delincuente le habían impedido mencionar. También se sabría todo aquello que aparte del drama, *per se*, se mantenía misterioso e inaccesible frente al trabajo de la justicia.

Estando Beautrelet libre y sano de su herida, habría una certeza sobre el señor Harlington, el misterioso cómplice de Arsène Lupin, que seguía detenido en la cárcel de la Santé. Y se sabría qué había hecho posteriormente al crimen el secretario Brédoux, ese otro cómplice cuya temeridad había sido verdaderamente inesperada.

Una vez libre Beautrelet, cabría hacerse una idea precisa sobre la misteriosa desaparición de Ganimard y el rapto de Herlock Sholmes. ¿Cómo era posible que hubieran podido ocurrir dos atentados de tal naturaleza? Los detectives ingleses, igual que sus colegas franceses, no poseían ninguna pista en ese sentido. Ganimard no había vuelto a su casa el domingo de Pentecostés, tampoco el lunes, ni posteriormente en seis semanas.

En Londres, el lunes de Pentecostés, a las cuatro de la tarde, Herlock Sholmes subía a un coche de alquiler para ir a la estación. Apenas subió al mismo, intentó bajarse de él inmediatamente, cuando seguramente advirtió el peligro. Pero dos individuos se subieron al coche por el lado derecho y por el lado izquierdo, tumbaron al viajero sobre el asiento y lo mantuvieron inmóvil entre ellos, o mejor dicho, debajo de ellos, en vista de lo pequeño de la carroza. Y esto sucedió frente a diez testigos, que no tuvieron oportunidad de interponerse para darle auxilio a la víctima. El coche huyó al trote del caballo. ¿Y después de eso? Nada. No se sabía nada.

Posiblemente, por medio de Beautrelet, se hallaría alguna explicación completa del documento, del misterioso papel al que el secretario Brédoux le daba tanta importancia como para tomar la decisión de apoderarse de él a cuchilladas, tratando de matar a quien lo poseía. *El caso de la aguja hueca*, como lo nombraban los innumerables Edipos que, inclinándose sobre las cifras y los puntos, trataban de hallar su significado... ¡La aguja hueca! ¡Una desconcertante asociación de dos palabras! ¿Sería una expresión sin significado, un acertijo de un escolar que mancha de tinta la esquina de un papel? ¿O se trata de dos palabras mágicas, a través de las cuales toda la inmensa aventura del inquieto Arsène Lupin encontraría su verdadero sentido? No era posible saberlo.

Pero sí se iba a saber. Hacía varios días que los periódicos divulgaban la llegada de Beautrelet. La batalla estaba cerca de comenzar. Y esta vez sería inclemente por parte del joven, que se inflamaba con el deseo de tomar revancha.

Y justamente su nombre, impreso en grandes titulares, llamó mi atención. El *Grand Journal* publicó la siguiente nota a la cabeza de sus columnas:

> *Hemos logrado del señor Isidore Beautrelet la promesa de que nos reserve la exclusiva de sus revelaciones. Mañana miércoles, antes de que la propia justicia sea informada, el Grand Journal revelará la verdad completa sobre el caso de Ambrumésy.*

—Esto luce prometedor, ¿eh? ¿Querido, usted qué piensa de todo ello?

Di un salto en mi butaca. Cerca de mí se encontraba una persona a quien yo no conocía.

Me levanté y con la vista busqué un arma. Pero como la actitud de aquel desconocido parecía totalmente inofensiva, me dominé y me aproximé a él.

Era un hombre joven, de expresión enérgica, con cabellos rubios largos y cuya barba, de color algo castaño, estaba dividida en dos cortos extremos. Su traje hacía pensar en el traje de un sacerdote inglés, y adicionalmente, su persona tenía algo de sobrio y de formal que provocaba respeto.

—¿Quién es usted? —pregunté.

Como no me contestó, repetí:

—¿Quién es usted? ¿Cómo entró usted aquí? ¿Qué ha venido a hacer aquí?

Me observó y preguntó:

—¿No me reconoce?

—¿Quién es usted? ¿Cómo entró usted aquí? ¿Qué ha venido a hacer aquí?

Me observó y preguntó:

—¿No me reconoce?

—No... no.

—¡Ah! Es realmente extraño... Piense usted... uno de sus amigos... un amigo muy especial...

Lo tomé por un brazo con fuerza y respondí:

—Usted miente... usted no es quien dice ser... no es cierto...

—Entonces, ¿por qué usted piensa en ese en vez de pensar en otro? —replicó sonriendo.

¡Ah! Aquella risa juvenil y serena, cuya feliz ironía me había divertido tan a menudo... Experimenté un escalofrío. ¿Sería posible?

—No, no es posible —negué yo, con una especie de alarma—. No puede ser...

—Es posible que no sea yo, porque ahora estoy muerto... y usted no cree en aparecidos.

Y volvió a sonreír.

—¿Es que, quizás, yo sea de esos que mueren? ¡Dios! ¡Morir de ese modo, por un proyectil disparado en la espalda y por una joven! Ciertamente, eso es juzgarme mal. ¡Como si yo fuera a permitir semejante final!

—Entonces sí es usted —murmuré yo, aún incrédulo y absolutamente emocionado—. Casi no soy capaz de creer lo que estoy viendo.

—Entonces puedo sentirme tranquilo —respondió alegremente—. Si la única persona a quien me he mostrado bajo mi verdadera apariencia no es capaz de reconocerme hoy, cualquier persona que me observe de ahora en adelante, tal como me veo ahora, tampoco me reconocerá cuando me vea bajo mi apariencia real... si es que efectivamente yo tengo una apariencia real.

—Arsène Lupin —susurré yo.

—Sí, Arsène Lupin —afirmó él—. El propio y único Arsène Lupin, que regresa del reino de las sombras, ya que, según dicen, yo he agonizado y fallecido en una cripta. Lupin vivo con toda su fuerza, actuando con toda su energía, libre y feliz, y decidido, más que nunca, a disfrutar de esta oportuna independencia en un mundo en el que hasta el momento solo ha encontrado favores y privilegios.

Esta vez fui yo quien se echó a reír.

—Entonces, sea bienvenido y más feliz que el día en que tuve el placer de verlo el año pasado...

Hice alusión a su última visita. Visita que fue posterior a la célebre aventura de la diadema[2], la rotura de su matrimonio, su escape con Sonia Krichnoff, y la espantosa muerte de la joven rusa. Aquel día yo había descubierto a un Arsène Lupin que yo desconocía, frágil, decaído, con los ojos cansados de llorar y a la caza de un poco de simpatía y afecto...

—No hable más —dijo él—. El pasado ya está lejos.

—Eso ocurrió hace apenas un año —señalé yo.

—Eso ocurrió hace diez años —corrigió él—. Cada año de Arsène Lupin equivale a diez veces más que los de cualquier otro.

No insistí y cambié el tema.

—¿Y cómo logró entrar aquí?

—¡Pero por Dios! Como todo el mundo, por la puerta. Entonces, como no encontré a nadie, crucé el salón y continué hacia el balcón.

—Pero ¿y la llave de la puerta?

—Usted sabe que para mí no hay llaves. Yo requería su apartamento y entré.

2 Del libro, *Arsène Lupin, obra en cuatro actos.*

—Está a sus órdenes. ¿Tengo que retirarme?

—¡Oh no, de ningún modo! Usted no me molestará. Inclusive, puedo señalarle que la velada será bastante interesante.

—¿Está esperando a alguien?

—Sí, lo he citado aquí.

Sacó su reloj y señaló:

—Ya son las diez. Si el telegrama fue entregado, la persona que fue citada no tardará en llegar...

El timbre sonó en el vestíbulo.

—¿Qué le dije? No, no se moleste..., abriré yo mismo.

¿A quién diablos habría citado él? ¿A qué tipo de escena teatral o cómica tendría que asistir yo? Para que el mismo Lupin la considerara digna de interés, era necesario que la situación fuera excepcional.

Al cabo de unos minutos regresó, se colocó a un lado, y dejó pasar a un joven delgado, alto y con el rostro muy pálido.

Sin decir ni una palabra, con cierta solemnidad en sus gestos que me desconcertaba, Lupin encendió todas las luces eléctricas. La habitación quedó bañada de claridad. Entonces, ambos hombres se miraron profundamente, como si con aquel esfuerzo de sus radiantes ojos trataran de descubrir cada uno de los pensamientos y las intenciones del otro. Era una situación impresionante observarlos de ese modo, graves y silenciosos. Pero ¿quién era aquel recién llegado?

En el mismo instante en que yo estaba a punto de adivinarlo, por el parecido que ofrecía con una fotografía recientemente publicada de él, Lupin giró hacia mí y me dijo:

—Mi estimado amigo, le presento al joven Isidore Beautrelet.

Y de inmediato, dirigiéndose al joven, agregó:

—Antes que nada, señor Beautrelet, debo agradecerle a usted el haber tenido la consideración, de acuerdo con mi carta, de retrasar sus revelaciones hasta después de esta conversación, y por haberme concedido esta entrevista con tanta generosidad.

Beautrelet sonrió y contestó:

—Le suplico que observe que dicha generosidad consiste, especialmente, en obedecer sus órdenes. La amenaza que usted me hizo en la carta que refiere era mucho más obligante ya que no estaba dirigida a mí, sino que se dirigía a mi padre.

—En realidad —contestó Lupin, con una sonrisa— se actúa como se puede, y es necesario servirse de los mecanismos de acción de los que uno dispone. Por experiencia, ya sabía que su propia seguridad le era bastante indiferente, puesto que usted ya mostró resistencia a los argumentos del señor Brédoux. Solo quedaba su padre... su padre a quien usted quiere profundamente... Entonces, halé de esa cuerda...

—Pues heme aquí —dijo afirmativamente Beautrelet.

Les pedí que se sentaran y así lo hicieron. Y Lupin, con el habitual tono de ironía que le es tan propio, manifestó:

—En cualquier caso, señor Beautrelet, si usted no desea aceptar mis agradecimientos, al menos, no rechace mis disculpas.

—¡Disculpas! ¿Y por qué?

—Por la violencia que el señor Brédoux mostró con relación a usted.

—Manifiesto que esa acción me sorprendió. No es la manera habitual de proceder del caballeroso Lupin. Una cuchillada...

—La verdad es que yo no intervine en ello para nada. El señor Brédoux es nuevo en nuestras filas. Mis colaboradores, durante el tiempo que han mantenido el control de nuestros asuntos, supusieron que podía sernos útil.

—Y sus colaboradores no se equivocaron del todo.

—Así es. Brédoux, a quien habían designado especialmente para seguirlo a usted, nos fue de un valor incalculable. Pero, con ese brío propio de cualquier novato que quiere distinguirse, llevó su ímpetu demasiado lejos y se comportó contrariamente a mis métodos, permitiéndose herirlo a usted, por iniciativa propia.

—¡Oh!, eso puede ser un pequeño problema...

—No, de ningún modo y ya fue reprendido severamente. No obstante, debo decir en su favor que usted lo tomó por sorpresa, por la inesperada velocidad de la investigación que usted realizó. Si nos hubiera dejado unas horas más, usted no hubiera sufrido ese imperdonable atentado.

—¿Y entonces, habría tenido la inmensa ventaja de sufrir la misma suerte que los señores Sholmes y Ganimard?

—Exacto —respondió Lupin, riendo con alegría—. Y yo no hubiera padecido las crueles angustias que la herida, que usted sufrió, me ha causado. Puedo jurarle a usted que he pasado horas atroces por esa razón y, aún hoy, su palidez, para mí, es un remordimiento que me agobia.

—La prueba de confianza que usted me ha brindado al presentarse ante mí... —respondió Beautrelet—, pues me hubiera sido muy sencillo haber venido con algunos amigos de Ganimard..., esa prueba de confianza lo borra todo.

¿Estaba hablando en serio? Revelo que yo me sentía muy desconcertado. La batalla entre aquellos dos individuos comenzaba de un modo en el que yo no comprendía nada.

Yo, que había estado presente en el primer encuentro de Lupin con Sholmes[3] en el café de la estación Montparnasse, no podía dejar de recordar el porte altivo de ambos combatientes, el fuerte choque de su respectivo orgullo bajo la elegancia de sus maneras, los duros golpes que intercambiaban, sus engaños, su arrogancia.

Aquí no había nada similar. Por su parte, Lupin no había cambiado. Lucía la misma táctica y la misma cordialidad burlona. Pero ¡a qué diferente adversario se estaba enfrentando! Inclusive, ¿sería realmente un adversario? La verdad es que no tenía ni el acento ni el aspecto de tal. Muy sereno, pero con una serenidad real que no ocultaba ni disfrazaba el carácter de un hombre que se contiene. Muy correcto, pero sin exagerar. Sonriendo, pero sin ninguna ironía. Al compararlo con Arsène Lupin, mostraba el más absoluto contraste, tan perfecto, que Lupin se encontraba tan desconcertado como yo.

No, seguramente Lupin no tenía la certeza de que estaba dando muestras de comportamiento ordinario frente a este frágil adolescente, que tenía las mejillas sonrosadas como una joven y ojos ingenuos y atractivos. En varias oportunidades noté en él rasgos de vergüenza. Dudaba, vacilaba, no atacaba de forma manifiesta, ni perdía su tiempo con frases presuntuosas.

Se podría decir que a él también le faltaba algo. Tenía la apariencia de encontrarse en la búsqueda de algo, de estar esperando. ¿Qué? ¿Qué ayuda?

Nuevamente llamaron a la puerta. El mismo Lupin bajo rápidamente a abrir.

Retornó con un sobre.

---

3 Del libro, Arsène Lupin contra Herlock Sholmes.

—¿Señores, me permiten…? —dijo.

Abrió el sobre, el cual traía un telegrama. Lo leyó.

Y entonces se desencadenó en él como una transformación. Su rostro resplandeció, su cuerpo se irguió y vi como se hinchaban las venas de su frente. Era el gimnasta que aparecía de nuevo, el exigente, seguro de sí mismo, jefe de los acontecimientos y amo de las personas. Apoyó el telegrama sobre la mesa y, dándole un golpe con el puño, gritó:

—Y ahora sí vamos a vernos las caras usted y yo.

Beautrelet adoptó una postura de atención y Lupin comenzó con voz prudente, pero seca y voluntariosa:

—Vamos a quitarnos las caretas, ¿no cree?, y acabemos con las necedades hipócritas. Somos dos enemigos que sabemos a la perfección a qué atenernos el uno con relación al otro, y es como enemigos, que nos comportamos el uno contra el otro y, en consecuencia, nos vamos a tratar como enemigos.

—¿Tratar? —preguntó Beautrelet, extrañado.

—Sí, tratar. Y no pronuncié esa palabra al azar y la repito, me cueste lo que me cueste. Y le advierto que me cuesta mucho. Es la primera vez que la uso frente a un contendiente. Pero se lo digo de inmediato, también es la última. Aprovéchese. No saldré de este lugar como no sea con una promesa suya. Si no, será la guerra.

Beautrelet se mostraba cada vez más sorprendido. Dijo con suavidad:

—Yo… no me esperaba esto... usted me está hablando de una manera muy rara... Es tan diferente de lo que yo creía... Sí. Yo me lo había imaginado a usted de otro modo... ¿Por qué su ira? ¿Por qué sus amenazas? ¿Acaso somos enemigos porque los sucesos nos oponen el uno al otro? ¿Por qué somos enemigos...?

Lupin lució un tanto confuso, pero, inclinándose hacia el joven, le respondió:

—Óigame, joven, no se trata de elegir formas de expresión. Estamos hablando de un hecho, de un hecho real, indiscutible que es este: desde hace diez años, jamás me había tropezado con un adversario con su fuerza; con Ganimard y con Herlock Sholmes, yo he jugado como se juega con unos niños. Pero con usted me veo obligado a protegerme, es más, yo diría que a retroceder. Sí, en este momento usted y yo sabemos, bastante bien, que debo considerarme como el derrotado. Isidore Beautrelet vence a Arsène Lupin. Mis planes han quedado desbaratados. Lo que yo intenté dejar en la sombra, usted lo ha expuesto a plena luz. Usted me incomoda, usted se me cruza en el camino. Pues bien, ya es suficiente... Brédoux se lo ha dicho a usted sin ningún resultado. Pues, yo vuelvo a decírselo, e insisto para que usted lo considere.

Beautrelet bajó la cabeza, y dijo:

—Pero, en definitiva, ¿qué es lo que desea usted?

—La paz... Cada quien en su casa, cada quien en sus dominios.

—Quiere decir, que usted queda libre para robar a su antojo, y yo quedo libre para regresar a mis estudios.

—A sus estudios o a lo que usted se le antoje... eso no me interesa... Pero usted debe dejarme en paz...

—¿Pero en qué puedo yo alterar su paz?

Lupin le tomó una mano con violencia.

—Usted lo sabe muy bien. No trate de fingir que no lo sabe. Usted, actualmente, es conocedor de un secreto al que yo le doy la mayor importancia. Ese secreto usted tenía el derecho de adivinarlo, pero usted no tiene ningún derecho para hacerlo público.

—¿Y usted está convencido de que yo conozco tal secreto?

—Estoy seguro de ello. Usted lo sabe. Día tras día, hora tras hora, yo he estudiado la marcha de su pensamiento y los progresos de su investigación. En el preciso instante en que Brédoux lo atacó a usted, usted iba a decirlo todo. Por el afecto hacia su padre, usted ha retrasado sus revelaciones. Pero usted se las prometió para hoy a este periódico. El artículo ya está escrito y la galera será levantada dentro de una hora. Mañana aparecerá publicado.

—Exactamente.

Lupin se puso de pie y, cortando el aire con un gesto de su mano, gritó:

—¡Ese artículo no debe aparecer!

—Sí aparecerá —replicó Beautrelet, levantándose de improviso.

Ambos hombres se hallaban erguidos uno frente al otro. Tuve la impresión de un choque, como si se hubieran lanzado a una pelea cuerpo a cuerpo. Una repentina energía brillaba en Beautrelet. Se hubiera podido decir que una chispa había encendido en él nuevos destellos de coraje, de amor propio, de voluntad de lucha, de necesidad de peligro.

Mientras que yo advertí en Lupin, en el brillo de su mirada, la felicidad del duelista que cruza su espada con la del oponente a quien detesta.

—¿El artículo ya fue entregado? —preguntó Lupin.

—Aún no ha sido entregado.

—Y… ¿lo tiene aquí... con usted?

—Vamos, no sería tan tonto como para eso. Ya no lo tendría si fuera así...

—¿Entonces?

—Uno de los redactores lo tiene guardado bajo doble sobre. Si antes de medianoche yo no he llegado al periódico, él lo mandará a publicar.

—¡Ah!, qué astuto —murmuró Lupin—. Lo tiene todo previsto.

Su rabia crecía, evidente, aterradora.

Beautrelet sonrió con burla, a la vez que embriagado con su victoria.

—¡Guarda silencio, chiquillo! —aulló Lupin—. ¿Será que no sabes quién soy yo? Y que si yo lo deseara..., palabra de honor... ¡Él se atreve a reír!

Un intenso silencio se cruzó entre ellos. Entonces, Lupin avanzó hacia el joven y con voz inalterable, clavando sus ojos en los de Beautrelet, le indicó:

—Vas a ir velozmente al *Grand Journal*...

—No.

—Vas a romper tu artículo.

—No.

—Hablarás con el redactor jefe.

—No.

—Le dirás que te equivocaste.

—No.

—Entonces, escribirás otro artículo, o le darás la versión oficial de este caso, esa que todo el mundo ha tomado por cierta.

—No.

Lupin cogió con su mano una regla de hierro que se hallaba encima de mi escritorio y sin ningún esfuerzo la partió en dos. Su lividez era aterradora. Secó las gotas de sudor que humedecían su frente. A él, que nunca había enfrentado resistencia alguna a su voluntad, la obstinación de aquel joven lo enloquecía.

Posó sus manos enérgicamente sobre los hombros de Beautrelet, y le dijo:

—Beautrelet, tú harás todo eso, dirás que tus últimas investigaciones te han convencido de mi muerte y que sobre ello no queda ninguna duda. Vas a decirlo porque yo lo quiero así, porque es necesario que se crea que yo he fallecido. Y lo dirás, sobre todo, porque si no lo dices...

—Porque si no lo digo, ¿qué?...

—Tu padre será raptado esta noche, igual que lo fueron Ganimard y Herlock Sholmes.

Beautrelet sonrió.

—No has... ¡Habla!...

—Digo que me resulta muy odioso contradecirlo, pero yo he prometido hablar, y lo haré.

—Puedes hablar en la dirección que yo te he señalado.

—Hablaré en la dirección de la verdad —manifestó Beautrelet con ímpetu—. Es algo que usted no puede entender, el gusto, más bien la necesidad de decir la verdad, y de manifestarla en voz alta. La verdad se encuentra aquí, en esta cabeza que la ha descubierto y verá la luz completamente desnuda y convulsa. Por lo tanto, el artículo será publicado tal como yo lo he escrito. Se sabrá que Lupin no ha muerto y se sabrá la razón por la cual él deseaba que se le creyera muerto.

Y agregó serenamente:

—Y mi padre no será raptado.

De nuevo, ambos guardaron silencio, pero con la mirada

fija el uno en el otro, vigilándose. Era el duro silencio que prevalece antes del golpe mortal. ¿Quién lo recibiría? Lupin señaló:

—Esta noche, a las tres de la madrugada, a menos que yo indique lo contrario, mis amigos tienen indicaciones de dirigirse a la habitación de tu padre y atraparlo, de buen modo o por la fuerza, llevárselo y reunirlo con Ganimard y con Herlock Sholmes.

La respuesta fue una carcajada.

—Pero ¿no lo has entendido, bandido —exclamó Beautrelet—, que yo ya tomé mis precauciones? ¿Será que imaginas que yo soy lo bastante ingenuo como para haber enviado, necia, estúpidamente, a mi padre a su casa, a una casita aislada que se encuentra en pleno campo? —Una irónica sonrisa iluminaba el rostro del joven. Una nueva sonrisa asomaba en sus labios..., sonrisa en la que podía observarse la misma influencia de Lupin... Y con un insolente tuteo que, de pronto, lo ubicó al mismo nivel de su adversario... Siguió:

—¿Ves, Lupin? Tu gran error es pensar que tus combinaciones no fallan. ¡Tú te estás dando por vencido! ¡Qué cómico! Estás convencido de que, a fin de cuentas, siempre saldrás victorioso... y te olvidas de que hay otros que también pueden hacer sus combinaciones. La mía es muy sencilla.

Resultaba placentero oírlo hablar. Iba y venía por la habitación con sus manos en los bolsillos, con la pedantería y la desfachatez de un chico que golpea a una bestia encadenada. Realmente, en ese momento estaba vengando, con la más espantosa venganza, a todas las víctimas del gran bandido. Y finalizó:

—Lupin, mi padre no se encuentra en Saboya. Está en el otro lado de Francia, en medio de una gran ciudad, resguardado por veinte de nuestros amigos, que tienen orden expresa de no dejar de observarlo hasta que finalice nuestra batalla. ¿Quieres que te dé más detalles? Se encuentra en Cherbourg, en la vivienda de uno de los empleados del arsenal..., arsenal que se halla cerrado de noche y donde solo se puede penetrar durante el día con una autorización y acompañado de un guía.

Se había parado de frente a Lupin y lo provocaba, igual que un niño le hace muecas a un compañero.

—¿Maestro, qué me dices de eso?

Desde hacía varios minutos, Lupin permanecía inmóvil. No movía ni siquiera un solo músculo de su rostro. ¿Qué estaría pensando? ¿Qué decisión tomaría? Para cualquiera que hubiera conocido la feroz violencia de su orgullo, solo había un desenlace posible: el total, inmediato y concluyente derrumbe de su enemigo. Sus dedos se retrajeron. Por un instante tuve la sensación de que iba a lanzarse sobre él y a estrangularlo.

—¿Maestro, qué me dices de eso? —repitió Beautrelet.

Lupin agarró el telegrama que se hallaba sobre la mesa, se lo entregó y enteramente dueño de sí mismo, señaló:

—Toma, niño, lee.

Beautrelet se puso serio, sorprendido de pronto por la delicadeza del gesto de Lupin. Desplegó el papel y de inmediato, alzando la mirada, murmuró:

—¿Qué significa esto?... No logro entender nada...

—Entenderás bien la primera palabra —le dijo Lupin—. La primera palabra del telegrama... o sea, el nombre del sitio desde donde fue enviado... Mira... *Cherbourg*...

Lupin agarró el telegrama que se hallaba sobre la mesa, se lo entregó y enteramente dueño de sí mismo, señaló:

—Toma, niño, lee.

—Sí..., sí... —susurró Beautrelet—. Sí... *Cherbourg*... ¿y lo otro?

—¿Y lo otro?... Creo que lo que sigue está igual de claro: *"Búsqueda del paquete postal efectuada..., compañeros salieron con él y aguardarán instrucciones hasta las ocho mañana. Todo marcha bien"*. ¿Qué es lo que hay, entonces, que te parezca poco claro? ¿La palabra paquete postal? ¡Bueno! No podían escribir, de ningún modo, *"el señor Beautrelet padre"*. Entonces, ¿qué más? ¿El modo en la que la operación fue realizada? ¿El prodigio gracias al que fue extraído del arsenal de Cherbourg, a pesar de los veinte vigilantes? ¡Vamos! Esa es la niñez del arte. El asunto es que el paquete postal ya fue expedido. ¿Niño, qué tienes que decir de todo eso?

Con un desesperado esfuerzo y con todo su cuerpo en tensión, Isidore intentaba mantenerse tranquilo. Pero se notaba el temblor de sus labios, la contracción de su mandíbula, sus ojos que trataban de fijarse, vanamente, sobre un punto. Susurró unas palabras, guardó silencio, y de pronto, derrumbándose sobre sí mismo, con sus manos cubriendo su rostro, rompió a llorar:

—¡Oh, papá, papá!...

¡El desenlace inesperado! Un desenlace que era el absoluto desmoronamiento que requería el amor propio de Lupin, pero que además era algo más, algo definitivamente emocionante y completamente ingenuo. Lupin hizo un gesto de molestia y agarró su sombrero, como si le fuera insostenible soportar tan insólita crisis de sentimentalismo. Pero al llegar al umbral de la puerta se detuvo y volvió paso a paso, muy despacio.

El suave sonido de los sollozos sonaba como la queja de un niño quien está abrumado por la pena. Los hombros iban marcando el desgarrador ritmo. Las lágrimas se deslizaban entre los dedos cruzados. Lupin se aproximó al joven Beautrelet y sin tocarlo le dijo con un tono que no mostraba el más mínimo asomo de burla, ni tampoco la ofensiva piedad de los vencedores:

—No llores, amigo. Estos son golpes que debemos esperar siempre, cuando nos lanzamos a la batalla con la cabeza baja, tal como tú lo has hecho. Te aguardan las peores calamidades... Nuestro destino de luchadores es quien lo ha querido así. Y hay que soportarlo valientemente.

Después, con cierta ternura, continuó:

—Tenías razón. Ya ves, no somos enemigos. Hace mucho tiempo que lo sé... Desde el primer momento yo he sentido por ti, por el ser tan inteligente que eres, una involuntaria simpatía... admiración... Y es por esa razón que me gustaría decirte esto..., en especial, no te ofendas... no quisiera ofenderte... pero necesito decírtelo... Pues bien, abandona tu lucha contra mí... No te lo menciono por vanidad... ni tampoco porque te subestime..., pero ya ves..., la batalla es demasiado desigual... Tú desconoces..., nadie conoce todos los recursos de los cuales dispongo... Mira, el misterio de la aguja hueca que en vano estás buscando descifrar, acepta por un instante que es un tesoro tremendo, inagotable..., o tal vez, un refugio invisible, asombroso, ficticio..., o bien, ambas cosas posiblemente. Piensa en la fuerza sobrehumana que yo puedo obtener de eso... Tú también desconoces todos los recursos que yo guardo dentro de mí..., todo lo que mi voluntad y mi capacidad imaginativa me permiten organizar y lograr. Piensa, entonces, que mi vida está orientada hacia el mismo objeto, que he trabajado como un condenado antes de convertirme en lo que soy, así como para lograr con absoluta perfección el tipo que yo quería y que he conseguido crear... Entonces, ¿qué puedes hacer? En el preciso instante en que creas que tienes la victoria en tus manos, se te escapará..., siempre habrá algo en lo que no habías pensado... un pequeño grano de arena que yo habré puesto en el lugar preciso a tus espaldas... Te lo ruego..., renuncia..., porque me veré forzado a hacerte mal, y eso me desconsuela...

Y colocando la mano sobre su frente, repitió:

—Por segunda vez te pido, muchacho, que te retires. Tendré que lastimarte. ¿Y quién sabe si el agujero en el que vas a caer, inevitablemente, no se encuentra abierto bajo tus pies?

Beautrelet levantó la cara. Ya no lloraba. ¿Habría escuchado lo que le dijo Arsène Lupin? Era posible dudarlo, a juzgar por su actitud distraída. Guardó silencio durante un par de minutos. Parecía como si pensara qué decisión debía tomar, como si evaluara los pros y los contras y enumerara las posibilidades favorables y las desfavorables. Al fin, le dijo a Lupin:

—Si yo modifico el texto de mi artículo, si confirmo la versión de su muerte y si me comprometo a nunca desmentir la versión falsa que voy a declarar, ¿usted me jura que liberará a mi padre?

—Sí. Lo juro. Mis amigos han viajado en automóvil con tu padre a otra ciudad de la provincia. Mañana temprano, a las siete, si el artículo del *Grand Journal* es publicado tal y como yo te lo he pedido, los llamaré y pondrán a tu padre en libertad.

—Está bien —contestó Beautrelet—, me rindo.

Velozmente y como si pensara que era inútil, después de

aceptar su derrota, el prolongar su estadía, se puso de pie, tomó su sombrero, me saludó, saludó a Lupin y se retiró.

Lupin lo vio marcharse y, al escuchar el ruido de la puerta que se cerraba, susurró:

—¡Pobre muchacho!...

La mañana siguiente, a las ocho de la mañana, mandé a buscar el *Grand Journal*. Me lo trajeron después de veinte minutos, ya que a esa hora ya se encontraba agotado en la mayoría de los quioscos.

Febrilmente abrí el periódico. En el titular de la primera página figuraba el artículo de Beautrelet. Helo aquí, tal como lo publicaron los periódicos de todo el mundo:

EL DRAMA DE AMBRUMÉSY

El objetivo de estas líneas no es exponer en detalle la serie de reflexiones e investigaciones gracias a las cuales logré rehacer el drama, o mejor dicho el doble drama, de Ambrumésy. A mi parecer, ese tipo de trabajo y los comentarios que comporta en conjeturas, inferencias, análisis, etcétera, solo ofrece un interés relativo, y en cualquier caso, muy superficial. No, yo me sentiré conforme con exponer las dos ideas principales de mis esfuerzos, y por ello se observará que al exponerlas y solucionar los dos problemas a que dan origen, habré narrado esta historia con la mayor sencillez, siguiendo el mismo orden de los hechos que la constituyen.

Quizá se advierta que muchos de esos hechos no están confirmados y que yo dejo una parte bastante considerable a las suposiciones. Es cierto. Pero considero que mi hipótesis está apoyada en una cantidad bastante grande de incertidumbres, para que el desarrollo de los hechos, aunque no estén demostrados, se imponga con rigurosa firmeza. Aunque la fuente original se pierde con frecuencia bajo el lecho de piedras, no por esa razón deja de ser la misma fuente que vuelve a observarse, a intervalos, cuando sobre ella se refleja el azul del cielo...

Expongo de este modo el primer enigma que me solicita: ¿cómo es que Lupin, herido de gravedad, podría decirse, haya vivido durante cuarenta días sin cuidados, sin medicinas, sin comida, en el fondo de un oscuro agujero?

Regresemos al comienzo. El jueves 16 de abril, a las cuatro de la madrugada, Arsène Lupin, sorprendido en medio de uno de sus robos más intrépidos, trata de escapar por el camino de las ruinas y cae herido por una bala. Avanza con dificultad, vuelve a caer y se levanta con la anhelante esperanza de alcanzar la capilla. Allí se encuentra con la cripta que la providencia le ha revelado. Si logra esconderse allí, tal vez se salve. Con gran energía se acerca a ella y se encuentra a pocos metros, cuando se escucha el sonido de unos pasos. Cansado y perdido, se abandona. El enemigo llega. Es la señorita Raymonde de Saint-Véran. Este es el prólogo del drama o más bien, la primera escena del drama:

¿Qué pasó entre ellos? Esto es más fácil adivinarlo, ya que la continuación del evento nos dará todas las indicaciones. A los pies de la joven se halla un hombre herido, agotado por el dolor y que dentro de un par de minutos será capturado. Ella fue quien hirió a ese hombre. ¿Ira también a entregarlo?

Si este hombre es quien asesinó a Jean Daval, entonces sí, ella va a dejar que el destino se cumpla. Pero él le narra, con breves frases, la verdad sobre aquel crimen cometido por su tío, el señor de Gesvres, en defensa propia. Ella cree en su palabra. ¿Qué hará? Nadie los ha visto. Víctor, el criado, vigila la puerta pequeña. El otro, Albert, quien permaneció de pie en la ventana del salón los ha perdido de vista a ambos. ¿Dejará libre al hombre a quien ha herido?

Un sentimiento de excesiva lástima, que las mujeres comprenderán fácilmente, se apodera de la joven. Bajo la dirección de Lupin, con muy pocos movimientos, ella cura la herida con su pañuelo para impedir las manchas que le dejaría la sangre. Después, usando la llave que él le entrega, ella abre la puerta de la capilla. Él entra auxiliado por la joven. Ella cierra nuevamente la capilla y se aleja. Albert llega.

Si en ese instante se hubiera examinado la capilla, o por lo menos se hubiera hecho durante los minutos siguientes, Lupin, al no tener tiempo para recuperar sus fuerzas, levantar la losa y esfumarse por la escalera de la cripta, hubiera sido atrapado... Pero dicha visita a la capilla solo ocurrió seis horas más tarde, aparte de que fue hecha de la manera más superficial. ¿Lupin fue salvado? ¿Salvado por quién? Por la misma persona que estuvo a punto de matarlo.

A partir de este momento, lo quiera ella o no, la señorita de Saint-Véran es su cómplice. No solo ella ya no puede entregarlo, sino que es necesario que siga con su trabajo, sin el cual el herido morirá en el refugio donde ella ayudó a ocultarlo. Así que ella continúa... Por otro lado, si su instinto femenino hace que para continuar la tarea esta sea obligada, él por su parte se la hace igual-

A partir de este momento, lo quiera ella o no, la señorita de Saint-Véran es su cómplice. No solo ella ya no puede entregarlo, sino que es necesario que siga con su trabajo, sin el cual el herido morirá en el refugio donde ella ayudó a ocultarlo.

mente fácil. Ella tiene todas las consideraciones para con él, lo prevé todo. Es ella quien entrega al juez de instrucción unas pistas falsas sobre Arsène Lupin (debe recordarse la diferencia de opinión entre las dos primas en ese sentido). Es ella, quien evidentemente, por algunos indicios que yo desconozco, descubre bajo su disfraz de chofer al compinche de Lupin. Es ella quien le avisa. Es ella quien le indica la urgencia de una operación. Y sin duda, es ella quien cambia una gorra por otra. También es ella quien hace enviar la célebre nota en la que aparece señalada y amenazada directamente... ¿Cómo, después de esta última acción, podría alguien desconfiar de ella?

Es ella quien, en el instante en que yo iba a mencionarle al juez de instrucción mis primeras impresiones, fingió haberme visto el día anterior entre el bosque, hizo que el señor Filleul se inquietara con mi presencia y me redujera al silencio. Estrategia peligrosa, en efecto, pues ella despertó mi atención y dirigió esta contra ella, que me agobió con una acusación que yo sabía que era falsa; pero al mismo tiempo fue muy eficaz, ya que se trataba, ante todo, de ganar tiempo y de mantenerme callado. Y es ella quien, durante cuarenta días, le da de comer a Lupin, le lleva medicinas (puede interrogarse al farmacéutico de Ouville, quien podrá mostrar las recetas que le preparó a la señorita de Saint-Véran) y es ella, finalmente, quien atiende al herido, lo ayuda, lo cuida y lo sana.

Aquí está uno de nuestros dos problemas resuelto, al mismo tiempo que queda expuesto el drama. Arsène Lupin encontró cerca de él, dentro del mismo castillo, la ayuda que le era necesaria, primero para no ser atrapado y después para sobrevivir.

Entonces vive. Y es a partir de allí que se plantea el segundo problema cuyo examen me sirvió como hilo conductor y que concierne al segundo drama de Ambrumésy. ¿Por qué Lupin vivo, libre, nuevamente a la cabeza de su banda, todopoderoso como siempre, hizo desesperados esfuerzos, esfuerzos contra los que estuve tropezando continuamente, para hacerle creer a la Justicia y al público la idea de su fallecimiento?

Hay que tener en cuenta que la señorita de Saint-Véran era muy hermosa. Las imágenes que los periódicos han mostrado después de su desaparición solo dan una idea injusta de su belleza. Sucedió entonces lo que tenía que suceder. Lupin, que durante cuarenta días estuvo bajo el cuidado de esta bella joven, que anhelaba su presencia cuando ella no se encontraba a su lado, que padece, cuando lo está, bajo el influjo de su atractivo y de su elegancia, se enamora de su cuidadora. Para él, ella es su salvación, pero también es la felicidad de sus ojos, el sueño de sus horas solitarias, su luz, su ilusión, su vida misma.

Como la señorita de Saint-Véran no se dejó afectar por un sentimiento que la perturbaba, y como en la medida en que ya no eran necesarias, había comenzado a hacer sus visitas menos frecuentes y terminaron el mismo día en que él había sanado..., trastornado por el dolor, tomó una terrible decisión. Salió del refugio, preparó su golpe, y el sábado 6 de junio, con ayuda de sus cómplices, raptó a la hermosa joven.

Y eso no es todo. Es necesario que tal rapto quede

ignorado. Necesita obstruir el camino a las investigaciones, inclusive a las esperanzas, la señorita de Saint-Véran será dada por muerta. Se simula el crimen y se dan pruebas a los investigadores. El crimen es auténtico. Está previsto. Además, es un crimen advertido por los cómplices. Fue un crimen ejecutado para compensar la muerte del jefe y por ese motivo —nótese la agudeza de semejante concepción—, por esa razón se encuentra, ¿cómo podría decirlo?, reforzada la creencia de dicha muerte.

Pero no basta con promover una creencia e imponer una certeza. Lupin anticipa mi intervención. Yo lograría descubrir la falsificación de la capilla. Yo encontraría la cripta. Y como dicha cripta estará vacía, todo el andamiaje se derrumbaría.

La cripta no estará vacía.

Del mismo modo, la muerte de la señorita de Saint-Véran solo será definitiva si el mar arroja su cadáver sobre las piedras.

El mar arroja el cadáver de la señorita de Saint-Véran sobre las piedras.

¿Las dificultades son tremendas? ¿El doble obstáculo es insuperable? Sí, para cualquier persona que no sea Lupin..., pero no para Lupin...

Tal como él lo había previsto, yo descubrí la falsificación de la capilla, descubrí la cripta, y descendí a la cueva donde él se había escondido. ¡Y su cadáver se encontraba allí!

Cualquier persona que hubiera aceptado la muerte de Lupin como posible, hubiera permanecido desorientada. Pero yo no había aceptado semejante eventuali-

dad ni siquiera por un segundo. El recurso resultaba inútil y también resultaban superficiales todas las combinaciones. Yo me dije de inmediato que el bloque de piedra que se desprendió por un golpe de pico había sido puesto allí con una exacta precisión, de manera que el menor choque lo hiciera caer, y que si esto ocurría, inevitablemente debía convertir en papilla la cabeza del falso Arsène Lupin, de forma que fuera irreconocible.

Otra revelación. Cerca de media hora más tarde me entero de que el cadáver de la señorita de Saint-Véran fue encontrado en los acantilados de Dieppe..., o mejor dicho, un cuerpo que se creía podía ser el de la señorita de Saint-Véran, porque tenía en un brazo una pulsera idéntica a una que usaba la joven. Por lo demás, esa era la única marca de identificación, puesto que el cadáver era imposible de reconocer.

Acerca de este hecho, yo recordé y advertí que unos días antes, yo había leído en un ejemplar del periódico Vigié de Dieppe que una joven pareja de estadounidenses, que pasaban unas vacaciones en Envermeu, se habían envenenado por voluntad propia y que la misma noche de su fallecimiento desaparecieron los cadáveres de ambos. Fui corriendo a Envermeu para verificar que la historia era verdadera, me fue confirmada, salvo en lo relativo a la desaparición, pues fueron los hermanos de ambas víctimas quienes fueron a reclamar los cadáveres y los trasladaron después de las confirmaciones habituales. Estos hermanos nadie puede dudar que sus nombres sean Arsène Lupin y amigos.

Por lo tanto, la prueba está hecha. Conocemos el motivo por el que Lupin fingió la muerte de la joven y ase-

guró el rumor de su propia muerte. Él está enamorado y no desea que se sepa. Y para que no se sepa, no se detiene ante nada, llegando inclusive a emprender el increíble robo de los dos cadáveres que necesita para que representen su persona y la de la señorita de Saint-Véran. Así él puede estar tranquilo. Nadie podrá inquietarlo. Nadie podrá sospechar la verdad que él quiere ocultar.

¿Nadie? Sí... Tres contrincantes, que dado el caso, podrían mostrar ciertas dudas: Ganimard, cuya llegada se espera en el castillo, Herlock Sholmes, que debe cruzar el canal de la Mancha, y yo, que estoy en el mismo lugar de los hechos. Existe un triple peligro. Secuestra a Ganimard, secuestra a Herlock Sholmes. Hace que Brédoux me dé una puñalada.

Solo un detalle permanece oscuro: ¿Por qué Lupin había puesto tanto empeño en robarme el documento de la aguja hueca? Él no tenía una clara intención de hacerlo, ya que no podía suponer que al apoderarse de él, se borraría de mi memoria el texto de cinco líneas que lo formaban. ¿Entonces, por qué? ¿Tendría miedo de que la naturaleza del propio papel o cualquier otra pista, me brindara alguna información?

Sea como sea, esa es la verdad del caso de Ambrumésy. Insisto en decir que la hipótesis incorpora un cierto papel en la explicación que estoy dando, lo mismo que ha representado un gran papel en mi búsqueda personal. Pero si se espera a obtener pruebas para luchar contra Lupin, se correría un enorme riesgo. Por un lado, de esperarlas para siempre, o por otro, de encontrar que, preparadas por el mismo Lupin, llevarían justamente al lado opuesto.

Yo tengo absoluta confianza en que los hechos, cuando todos sean develados, confirmarán mi hipótesis sobre cada uno de los puntos.

Así fue como Beautrelet, vencido un instante por Arsène Lupin, afligido por el secuestro de su padre y resignado a la derrota, a final de cuentas no pudo decidirse a guardar silencio. La verdad era demasiado bonita e inusual, las pruebas que él estaba dando eran demasiado lógicas y demasiado indiscutibles para que él aceptara enmascararlas. El mundo entero estaba esperando sus revelaciones. Y él habló.

La misma noche del día en que fue publicado su artículo, los periódicos informaron el rapto del señor Beautrelet padre. Isidore ya había sido notificado por medio de un telegrama que recibió a las tres, desde Cherbourg.

Capítulo 5

Sobre la pista

La violencia de aquel golpe dejó atolondrado al joven Beautrelet. En el fondo, incluso cuando al publicar su artículo hubiera seguido uno de esos impulsos irresistibles que lo llevan a uno a despreciar cualquier prudencia, él nunca creyó realmente en la posibilidad del secuestro. Sus previsiones habían sido muy bien tomadas. Sus amigos de Cherbourg no solo tenían el mandato de vigilar al señor Beautrelet en persona, sino además todas sus idas y venidas, y hasta tenían instrucciones de no entregarle ninguna correspondencia sin haberla visto antes. No, no podía haber peligro. Para el joven, Lupin solo quería engañarlo con falsas amenazas. Lupin, con el deseo de ganar tiempo, buscaba asustar a su adversario. Así que el golpe resultó para el joven prácticamente inesperado y toda esa tarde, hasta el final del día, bajo la incapacidad en que se encontraba para actuar, se encontró bajo los efectos del doloroso golpe. Una sola idea lo sostenía en pie: ir allá, observar por sí mismo lo que había sucedido y restablecer la ofensiva. Despachó un telegrama a Cherbourg. Hacia las ocho de la noche arribó a la estación de Saint-Lazare y pocos minutos más tarde se encontraba rodando a bordo del tren expreso.

Solo fue una hora más tarde, al abrir maquinalmente un periódico vespertino que había comprado en el andén de la estación, cuando supo de la célebre carta por medio de la cual Arsène Lupin daba respuesta a su artículo de aquel día. El artículo decía así:

Señor director:

No pretendo de manera alguna que mi moderada personalidad, la cual realmente, en situaciones más heroicas hubiera pasado absolutamente inadvertida, no logre algún relieve en nuestra época de indiferencia y mediocridad. Pero existe un límite que la nociva curiosidad de las multitudes no debería rebasar bajo pena de degradante indiscreción. Si ya no se guarda respeto por los muros de la vida privada, ¿cuál será, entonces, la protección de los ciudadanos?

¿Se invocará el máximo beneficio de la verdad? Es una vana excusa a mi parecer, puesto que la verdad ya se conoce y no haré ningún tipo de oposición para escribir una confesión oficial de la misma. Sí, la señorita de Saint-Véran está viva. Es verdad, yo la amo. Sí, tengo el dolor de no ser correspondido por ella. Sí, la investigación del joven Beautrelet es sorprendente, en cuanto a precisión y detalle. Sí, nosotros estamos de acuerdo sobre cada uno de los puntos. Por lo que ya no hay enigma alguno. Bien... ¿Y entonces?...

Herido hasta las mismas profundidades de mi alma, aún sangrando por las más feroces heridas morales, solicito que no se entreguen aún más a la perversidad pública mis emociones más íntimas y mis esperanzas más privadas. Pido la paz, la paz que necesito para con-

quistar el corazón de la señorita de Saint-Véran, y para borrar de su memoria los infinitos pequeños ultrajes que sufrió por parte de su tío y de su prima —y esto no se ha mencionado— su situación de pariente pobre. La señorita de Saint-Véran olvidará ese abominable pasado. Todo cuanto ella llegara a desear, aunque fuera la joya más valiosa del mundo, aunque fuera el tesoro más inaccesible, yo lo pondré a sus pies. Ella será completamente feliz. Ella me amará. Pero para poder lograrlo, una vez más, necesito la paz. Es por ello por lo que bajo las armas, es por lo que les brindo a mis enemigos la rama de olivo..., advirtiéndoles al mismo tiempo, generosamente además, que una negativa por su parte podría acarrear para ellos las más funestas consecuencias.

Y aún una palabra más con relación al señor Harlington. Bajo ese nombre se encubre un excelente joven, secretario del multimillonario norteamericano Cooley, y encargado de trasladar desde Europa todos los objetos de arte antiguo que le fuera posible encontrar. Quiso la mala fortuna que fuera a encontrarse con mi amigo Esteban de Vaudreix, alias Arsène Lupin, alias yo. Así fue como se enteró, aunque por otro lado fuera mentira, que un tal señor de Gesvres quería deshacerse de cuatro obras de Rubens, con la condición de que fueran remplazadas por copias de los mismos y que se guardara en absoluto secreto, la operación de venta que él aprobaba. Mi amigo Vaudreix estaba decidido a convencer al señor de Gesvres para que vendiera la Capilla divina. Las negociaciones avanzaban de absoluta buena fe por parte de mi amigo Vaudreix, y con una encantadora inocencia por parte del señor Harlington, hasta el día en que las obras de Rubens y las piedras esculpidas de la Capilla divina se encontraron en un lugar seguro... y el señor Harlington en la cárcel. No queda otra salida que, poner en libertad al desdichado norteamericano, ya que él se conformó únicamente con el modesto papel de víctima inocente y poner al rojo vivo al acaudalado Cooley, ya que para evitar posibles complicaciones, este no se quejó en contra de la detención de su secretario; y felicitar a mi amigo Esteban de Vaudreix, alias yo, ya que él repara la moral pública, al conservar los quinientos mil francos que por adelantado recibió en pago del muy poco amable Cooley.

Señor director, discúlpeme por la extensión de esta carta, y crea en mis sentimientos más gentiles.

ARSÈNE LUPIN.

Posiblemente, Beautrelet estudió los términos de esta carta con la misma exactitud con que había estudiado el papel de la aguja hueca. Partía del principio, cuya certeza era fácil demostrar, que Lupin jamás se había tomado la molestia de enviar ni una sola de sus entretenidas notas a los periódicos sin una necesidad absoluta, sin una razón que los acontecimientos nunca dejaban de mostrar en relieve, un día u otro. Entonces, ¿cuál sería la razón de esta carta? ¿Habría que buscarla en las explicaciones relacionadas con el señor Harlington donde, entre líneas y detrás de todas esa palabrería, cuyo aparente significado tal vez, no tenía otra razón que el de insinuar una mala, infame y desorientadora idea?

El joven estuvo encerrado en su cabina del tren, pensativo y nervioso durante horas. Aquella respuesta le inspiraba poca confianza, como si hubiera sido escrita para él y estuviera destinada a llevarlo a cometer un error a él en persona. Por primera vez, y porque se hallaba frente a frente, no de un ataque directo, sino de una táctica de lucha ambigua e indefinible, advirtió la sensación muy clara del miedo. Y pensando en su viejo padre, secuestrado por su culpa, comenzó a preguntarse con ansiedad si no sería una locura continuar con un duelo tan desigual. ¿Acaso no se sabía el resultado? Ante todo, ¿Lupin no había ganado ya la partida?

Fue un breve decaimiento. A las seis de la mañana, cuando llegó a su destino ya había recobrado toda su confianza.

En el andén, el señor Froberval, el trabajador del puerto militar que había dado albergue al padre de Beautrelet, lo esperaba en compañía de su hija Carlota, una niña de doce a trece años.

—Entonces, ¿qué sucedió? —preguntó Beautrelet.

El buen hombre comenzó a lamentarse, pero el joven lo interrumpió y fueron hasta un pequeño café cercano, pidió que les sirvieran café y comenzó a hablar con claridad, sin permitirle a su interlocutor ninguna interrupción, diciendo:

—Mi padre no fue raptado, ¿cierto? Eso era imposible.

—Imposible, sí. Sin embargo, ha desaparecido.

—¿Desde cuándo?

—No podemos saberlo.

—¿Cómo?

—Bueno. Ayer en la mañana, a las seis, cuando advertí que no bajaba, abrí la puerta de su habitación y no estaba allí.

—Pero ¿antes de ayer aún estaba?

—Sí. Anteayer no salió de su habitación. Se encontraba algo cansado y Carlota le subió el almuerzo al mediodía y la cena a las siete de la noche.

—Entonces, ¿fue entre las siete de la noche de anteayer y las seis de la mañana de ayer, cuando desapareció mi padre?

—Sí. La noche anterior a esta última. Pero...

—¿Pero qué?

—Pues bien..., durante la noche no se puede salir del arsenal.

—Entonces, eso quiere decir que no ha salido.

—¡Es improbable! Mis compañeros y yo hemos buscado por todo el puerto militar.

—Entonces eso quiere decir que sí salió.

—Es imposible. Todo se encuentra vigilado.

Beautrelet pensó, y después dijo:

—¿Estaba deshecha su cama en la habitación?

—No.

—Y la habitación, ¿estaba ordenada?

—Sí. En el mismo lugar de siempre hallé su pipa, su tabaco y el libro que él estaba leyendo. Inclusive, en medio de las páginas del libro estaba esta pequeña fotografía suya.

—Muéstremela.

Froberval le dio la fotografía. Beautrelet soltó una expresión de sorpresa. En aquella imagen, acababa de verse erguido, con ambas manos en los bolsillos y alrededor de él un campo donde se levantaban árboles y ruinas. Froberval agregó:

—Esta debe de ser la última fotografía que usted le mandó.

—No —señaló Beautrelet—. Ni siquiera sabía de la

—Esta debe de ser la última fotografía que usted le mandó.

—No —señaló Beautrelet—. Ni siquiera sabía de la existencia de esta fotografía. Fue tomada sin yo saberlo en las ruinas de Ambrumésy, seguramente por el secretario del juez de instrucción, que era cómplice de Arsène Lupin.

existencia de esta fotografía. Fue tomada sin yo saberlo en las ruinas de Ambrumésy, seguramente por el secretario del juez de instrucción, que era cómplice de Arsène Lupin.

—Y ahora, ¿qué?

—Pues que esta imagen fue la credencial, el amuleto gracias al cual ellos se ganaron la confianza de mi padre.

—Pero ¿quién..., quién pudo entrar en mi casa?

—No lo sé, pero mi padre cayó en la trampa. Le habrán dicho, y él lo creyó, que yo estaba en estas inmediaciones y que quería verlo. Él fue a verme y entonces lo atraparon. Eso fue todo.

—Pero, caramba, ¿cómo pudo ocurrir eso si él permaneció en su habitación todo el día de anteayer?

—¿Lo vio usted?

—No, pero le repito, Carlota le llevó sus comidas...

Se hizo un largo silencio. Los ojos del joven y los de la niña se cruzaron, y con gran suavidad Beautrelet puso su mano sobre la de ella. Ella lo vio un instante, como perdida, como agobiada. Después, escondiendo bruscamente su cabeza entre sus brazos doblados, comenzó a llorar.

—¿Qué es lo que te pasa? —le preguntó Froberval, aturdido.

—Déjeme hablar a mí —le pidió Beautrelet.

Dejó que la niña llorara, y al cabo de un momento le dijo:

—Fuiste tú quien lo hizo, ¿verdad? Fuiste tú quien sirvió de intermediaria. Fuiste tú quien llevó la fotografía. Lo confiesas, ¿verdad? Y cuando anteayer tú decías que mi padre se encontraba en su habitación, tú sabías perfectamente que no era verdad, ¿no es cierto?, porque fuiste tú quien lo ayudó a salir.

La niña no contestó. Beautrelet le preguntó:

—¿Por qué lo hiciste? Seguro que te ofrecieron dinero... para comprarte cintas... un vestido...

Le apartó los brazos a Carlota y le levantó la cabeza. Vio su rostro bañado de lágrimas. Un rostro gracioso, turbador y de expresión versátil.

—Vamos —siguió Beautrelet—. Se terminó... no hablemos más de eso... Tu padre no te va a reñir. Solo vas a decirme todo aquello que pueda serme útil... ¿Pudiste atrapar algo..., alguna palabra de esas personas? ¿Cómo hicieron el rapto?

Carlota respondió de inmediato:

—En automóvil... los escuché hablar de eso.

—¿Y por qué carretera se marcharon?

—¡Ah! Eso no lo sé.

—¿Delante de ti dijeron alguna palabra que pueda darnos una idea?

—Ninguna... No obstante, uno de ellos dijo: “Tenemos tiempo suficiente para pasear... es mañana temprano, a las ocho, que el patrón nos llamará allá...”.

—¿Qué quiere decir allá?... Piénsalo... ¿era el nombre de una ciudad? ¿no es así?

—Sí... era un nombre... un nombre como... *chateau*...

—¿Chateaubriand?... ¿Chateau-Thierry?...

—No... no...

—¿Chateauroux?

—Eso es... Chateauroux...

Beautrelet apenas escuchó pronunciar la última sílaba de aquel nombre se levantó y sin preocuparse más de Froberval y sin preocuparse de la niña, abrió la puerta del café y se fue a la estación.

—Para Chateauroux..., un billete para Chateauroux —mencionó en la ventanilla del vendedor de billetes.

El día siguiente, por la mañana, Isidore Beautrelet se bajaba en la estación de Chateauroux, enmascarado, totalmente irreconocible. Era un inglés de unos treinta años, llevaba un traje de color castaño con cuadros grandes, pantalón corto, medias de lana, gorra de viaje, el rostro colorado y collar rojo con una pequeña barca.

En horas de la tarde ya se había enterado, por testimonios irrechazables, que una limusina que viajaba por la carretera de Tours había cruzado la aldea de Buzancais, luego la pequeña ciudad de Chateauroux y que se había detenido alejada de la ciudad en las adyacencias del bosque. Cerca de las diez, un coche ligero, conducido por un hombre, se había estacionado cerca de la limusina y luego se había dirigido hacia el Sur por el valle de Bouzanne. En ese lapso, al lado del conductor estaba viajando alguien más. En cuanto a la limusina, esta se había marchado hacia el Norte, hacia Issoudun.

Isidore descubrió con facilidad al dueño del coche ligero. Pero ese señor nada pudo decirle. Había alquilado su coche y su caballo a una persona que se los había retornado al día siguiente.

De todo se podía inferir, en la forma más definitiva, que el padre de Beautrelet se hallaba en aquellas inmediaciones. De no ser de ese modo, ¿cómo admitir que unos personajes viajaran cerca de quinientos kilómetros cruzando Francia solo para venir a llamar por teléfono a Chateauroux y luego volver a subir en ángulo agudo por la carretera de París? Ese tremendo paseo tenía un objetivo preciso: llevar al padre de Beautrelet al sitio que le estaba designado. "Y este lugar se encuentra al alcance de mi mano —se decía Isidore, conmovido de esperanza—. A 50, a 70 kilómetros de aquí, mi padre está esperando que yo vaya en su auxilio. Él está allí. Respirando el mismo aire que yo".

Pero, pasados quince días de infructuosa búsqueda, su entusiasmo terminó por decaer y pronto perdió toda su confianza. Como el éxito demoraba en producirse, de la mañana a la noche, él ya casi lo consideraba imposible, y aunque continuara respetando su esquema de investigaciones, habría sufrido una verdadera sorpresa si aquellos esfuerzos lo hubieran llevado al más pequeño descubrimiento.

Transcurrieron días, aún más aburridos y deprimentes. Por los periódicos se informó que el conde de Gesvres y su hija habían dejado Ambrumésy y que se habían reinstalado en los alrededores de Niza. También supo que el señor Harlington había sido liberado, ya que su inocencia quedó comprobada, de acuerdo con las indicaciones de Arsène Lupin.

Isidore mudó su cuartel general, y durante un par de días se estableció en La Chatre y otros dos más en Argenton.

De esta acción no logró ningún resultado.

En aquel momento estuvo a punto de dejar la partida. Era evidente que el coche ligero que había trasladado a su padre solo debía haber servido para cubrir una etapa, a la cual había seguido otra etapa en la que seguramente había sido usado otro vehículo diferente. Y su padre se encontraba, pues, lejos. Así que pensó en marcharse.

Pero, el lunes por la mañana, notó en el sobre de una carta sin sello que le reenviaban desde París un tipo de letra que lo perturbó. Su emoción fue tal, durante unos instantes, que no se atrevía a abrir la carta por miedo a sufrir una decepción. Su mano estaba temblorosa. ¿Sería posible? ¿No sería otra trampa que le tendía su maléfico enemigo? Con un gesto brusco abrió el sobre. Era, en efecto, una carta de su padre... escrita por su propio padre. La escritura mostraba todas las características, todos los rasgos particulares del tipo de letra paterno que él conocía tan bien. Leyó:

¿Querido hijo, llegarán a ti estas palabras? No me atrevo a creerlo.

Toda la noche del rapto nos trasladamos en automóvil y después por la mañana en coche. No pude ver nada. Tenía una venda sobre los ojos. El castillo donde me encuentro detenido debe estar, considerando su construcción y la vegetación del parque, en el centro de Francia. La habitación que ocupo se halla en el segundo piso. Una habitación con dos ventanas, una de las cuales está casi obstruida por una cortina de glicinas. Durante la tarde me dejan en libertad durante ciertas horas, para ir y venir por el parque, pero siempre bajo una severa vigilancia que no cede nunca.

Con mucho riesgo te escribo esta nota y la ato a una piedra. Tal vez cualquier día pueda lanzarla sobre los muros y cualquier campesino la recoja. No te agobies. Me tratan con todas las consideraciones.

Tu viejo padre que te quiere y que se pone triste al pensar en las preocupaciones que te causa.

BEAUTRELET

Seguidamente, Isidore observó los sellos del correo. Decían: Cuzion - Indre. ¡Indre! ¡Era el departamento administrativo que él estaba empeñado en investigar desde hacía semanas!

Consultó una pequeña guía de bolsillo, de la que jamás se separaba. Cuzion, región de Eguzon... Por allí también había transitado.

Por prudencia renunció al disfraz de inglés, que ya comenzaba a ser conocido en la región y se disfrazó de obrero para ir a Cuzion, aldea poco significativa, donde le fue muy fácil hallar a quien le había enviado la carta.

—¿Una carta lanzada al correo el pasado miércoles...? —exclamó el alcalde, magnífico burgués, a quien Isidore se confió y que se puso a su disposición—. Oiga, yo creo que puedo darle una valiosa información... El sábado por la tarde, el viejo afilador, el señor Charel, con quien me encontré al extremo de la aldea, me preguntó:

—Señor alcalde, una carta que no tiene sello, ¿puede mandarse de todas maneras?

—Sí.

—¡Caramba! ¿Y llega a su destino?

—Sí, pero con un recargo en el envío.

—¿Y de dónde venía el señor Charel? —preguntó Beautrelet.

—Venía de Fresselines.

—Por lo tanto, fue a lo largo de ese camino que él halló la carta.

—Es lo más seguro.

Al día siguiente, Isidore comió en Fresselines y vio a un buen hombre que atravesaba la plaza llevando un carrito de afilar. De inmediato comenzó a seguirlo desde lejos.

El viejo afilador hizo dos paradas interminables, durante las cuales afiló dos docenas de cuchillos. Luego, finalmente, se retiró por un camino que iba hacia Crozant y a la aldea de Eguzon.

Beautrelet continuó detrás de él por ese camino. Pero no había avanzado más de cinco minutos, cuando tuvo la impresión de no ser el único que iba detrás del viejo afilador. Entre ambos caminaba otro personaje que se detenía y volvía a caminar al mismo tiempo que lo hacía el viejo Charel, sin tomar precauciones, por lo demás, de no ser visto.

"Lo están vigilando —pensó Beautrelet—. Supieron que el viejo recogió una carta y quieren saber si se va a detener frente a los muros del castillo".

Su corazón latía con violencia. Los hechos se aproximaban.

Los tres hombres, uno detrás del otro, subían y bajaban las escarpadas calles de la región, y así llegaron hasta Crozant. En ese lugar, el viejo Charel hizo un alto de una hora. Después bajó hacia el río y cruzó el puente. Pero en ese momento sucedió un hecho que sorprendió a Beautrelet. El otro individuo no cruzó el puente. Vio alejarse al afilador y cuando lo perdió de vista se retiró por un sendero que lo llevaba a pleno campo. ¿Qué hacer? Beautrelet dudó unos momentos, y después, repentinamente, se decidió. Comenzó a seguir al individuo.

"Habrá verificado —se dijo— que el viejo Charel siguió derecho. Está tranquilo y ahora se retira. Pero ¿adónde? ¿Al castillo?".

Estaba llegando a su objetivo. Podía presentirlo por la alegría que experimentaba.

El desconocido entró en un bosque sombrío que se levantaba sobre el río y después surgió a plena luz en el horizonte del camino. Cuando Beautrelet, a su vez, salió del bosque, quedó muy extrañado al no ver más al personaje.

Lo buscaba con la mirada cuando de repente tuvo que ahogar un grito de sorpresa, y dando un salto hacia atrás, volvió a cubrirse con la línea de árboles de donde acababa de salir. A su derecha estaba una gran muralla que cercaba, a distancias iguales, unos sólidos contrafuertes.

¡Es allí! ¡Es allí! ¡Esos son los muros que encarcelaban a su padre! Había encontrado el lugar oculto donde Lupin encerraba a sus víctimas.

No tuvo el coraje de abandonar el refugio que le brindaba el espeso follaje del bosque. Despacio, echado sobre la tierra y casi arrastrándose sobre su vientre, se deslizó hacia la derecha y logró alcanzar así la cima de una colina que alcanzaba el nivel de la copa de los árboles más cercanos. Las murallas eran aún más altas. Sin embargo, logró divisar el techo del castillo, un antiquísimo techo Louis XIII que cubría unas torrecillas especialmente agudas ubicadas en forma de cesta alrededor de otra flecha más aguda y más alta.

Ese día, Beautrelet ya no hizo nada más. Precisaba reflexionar y preparar un plan de ataque. Ahora le tocaba a él elegir el momento y el arma de combate contra Lupin. Se retiró.

Ya cerca del puente, se topó con dos campesinas que trasladaban cántaros llenos de leche y les preguntó:

—¿Cuál es el nombre del castillo que está allí, detrás de aquellos árboles?

—Ese es el castillo de la Aguja, señor.

Hizo aquella pregunta sin ninguna intención. Pero la respuesta lo dejó estupefacto.

—El castillo de la Aguja... ¡Ah! Pero este lugar… ¿dónde estamos? ¿En el departamento de Indre?

—¿Cuál es el nombre del castillo que está allí, detrás de aquellos árboles?

—Ese es el castillo de la Aguja, señor.

—Realmente, no. Indre está del otro lado del río... Este es el lado de Creuse[4].

Isidore quedó boquiabierto. El Castillo de la Aguja y el departamento de Creuse. ¡La aguja hueca! ¡La clave oculta del documento! Era el éxito asegurado, definitivo, absoluto...

Sin decir ni una palabra más, les dio la espalda a las dos campesinas, y avanzó, tambaleándose de pura emoción igual que un hombre ebrio.

4 En francés, uno de los significados de la palabra *creuse* es hueco, por lo que al traducir al español *L'Aiguille Creuse*, la obra quedó intitulada: *La Aguja Hueca.*

Capítulo 6

Un secreto histórico

La decisión de Beautrelet fue inmediata: actuaría solo. Avisar a la policía resultaba demasiado riesgoso. Además de que no había nada que pudiera presentar, aparte de sus sospechas, desconfiaba de la lentitud de la justicia, de las ineludibles e indudables indiscreciones y de toda la investigación pertinente, durante la cual Lupin, que irremediablemente sería informado de todo ello, tendría tiempo para hacer su retirada.

Al día siguiente, a las ocho de la mañana, con su bulto de cosas debajo del brazo, dejó la posada en donde se había hospedado en los alrededores de Cuzion, se ocultó en la primera espesura que encontró, se quitó las ropas de obrero y volvió a disfrazarse nuevamente de joven pintor inglés, tal como lo había hecho con anterioridad. De este modo se presentó en casa del notario de Eguzon, la aldea más importante de aquella zona.

Le mencionó al notario que aquella región le había gustado mucho y que si podía encontrar una vivienda conveniente se mudaría allí con sus padres de muy buena gana. El notario le señaló varias propiedades. Beautrelet asomó que le habían mencionado el Castillo de la Aguja, a orillas del Creuse.

—En efecto, pero el Castillo de la Aguja, que es propiedad de uno de mis clientes desde hace cinco años, no está a la venta.

—¿Entonces, él vive allí?

—Él vivía allí..., o más bien su madre. Pero a esta le parecía un poco triste el castillo y no estaba muy a gusto. Así que lo abandonaron el año pasado.

—¿Y ahora no hay nadie allí?

—Sí, un italiano a quien mi cliente se lo alquiló para la temporada de verano. El barón Anfredi.

—¡Ah! El barón Anfredi… es un hombre aún joven, con una apariencia bastante afectada...

—La verdad, no lo sé... Mi cliente negoció directamente con él. No hubo fianza... fue suficiente una simple carta...

—Pero ¿usted no conoce al barón?

—No. Él nunca sale del castillo... Sale en automóvil algunas veces, al parecer durante la noche. La compra de alimentos la hace una vieja cocinera que no habla con nadie. Son unas personas muy extrañas...

—¿Y su cliente aceptaría vender el castillo?

—No lo creo.

—¿Puede usted decirme su nombre?

—Luis Valméras, calle Mont-Thabor, número treinta y cuatro.

Beautrelet fue hasta la estación más cercana y tomó el tren de París. Dos días más tarde, después de tres visitas inútiles, encontró finalmente a Luis Valméras. Era un hombre de unos treinta años, de expresión espléndida y simpática. Beautrelet, que consideraba inútil seguir fingiendo, se dio a conocer abiertamente y le señaló sus esfuerzos y el objetivo de su gestión.

—Todo me hace pensar —terminó— que mi padre está confinado en el Castillo de la Aguja en compañía, no cabe duda, de otras víctimas. Y yo estoy aquí para preguntarle a usted qué es lo que sabe de su arrendatario, el barón Anfredi.

—La verdad, no sé gran cosa. Conocí al barón Anfredi el invierno pasado en Monte Carlo. Cuando él se enteró, por casualidad, que yo era dueño de un castillo y como él deseaba pasar una temporada en Francia, me hizo la oferta para alquilármelo.

—Es un hombre aún joven...

—Sí, tiene una mirada muy potente y el cabello rubio.

—¿Tiene barba?

—Sí, una barba que finaliza en dos puntas que caen sobre un cuello postizo que se abrocha por detrás como el cuello de un sacerdote.

—Es él —susurró Beautrelet—. Es él, tal como yo lo he observado. Son sus señas exactas.

—¿Cómo? ¿Y usted cree que?...

—No solo lo creo, sino que estoy totalmente seguro de que su inquilino no es otra persona que Arsène Lupin.

Semejante historia le hizo mucha gracia a Luis Valméras. Seguía todas las aventuras de Lupin y las incidencias de su lucha contra Beautrelet. Se frotó las manos con regocijo. El Castillo de la Aguja iba a hacerse famoso...

—Únicamente —señaló Valméras— le pido a usted que actúe con la mayor prudencia. Porque ¿y si resulta que mi inquilino no es Arsène Lupin?

Beautrelet le mencionó su plan. Iría él solo durante la

noche, saltaría por encima del muro y se ocultaría en el parque...

Valméras lo interrumpió en el acto.

—Usted no puede saltar unos muros de semejante altura con tanta facilidad. Y aunque usted lo logre, será recibido por dos formidables perros que son de mi madre y que yo he dejado en el castillo.

—¡Bah! Con unas albóndigas...

—No, te lo agradezco. Pero supongamos que usted se escapa de los perros. ¿Y después? ¿Cómo va a entrar usted en el castillo? Las puertas son macizas, las ventanas tienen barrotes. Además, una vez que haya logrado entrar, ¿quién lo guiará por el castillo? Hay veinticuatro habitaciones.

—Sí, pero la habitación que estoy buscando tiene dos ventanas en el segundo piso...

—La conozco. La llamamos la habitación de las glicinas. Pero ¿cómo la hallará usted? Hay tres escaleras y un auténtico laberinto de pasillos. De nada serviría que yo le explicara a usted cuál es el camino que tendría que seguir. Usted se perdería igual...

—Entonces, usted puede ir conmigo —dijo Beautrelet, sonriendo.

—Me es imposible. Le prometí a mi madre que me reuniría con ella en el Sur.

Beautrelet retomó el camino de vuelta al hotel donde se hospedaba e inicio los preparativos. Pero en horas de la tarde, hacia el final del día recibió la visita de Valméras.

—¿Usted aún desea que lo ayude? —preguntó Valméras.

—¡Claro que lo deseo!

—Está bien, yo lo acompañaré. Sí, esta expedición me llama la atención. Creo que no nos aburriremos y me resulta divertido verme envuelto en todo eso... Fíjese, aquí ya tiene un comienzo de mi colaboración.

Y le mostró una gorda llave llena de herrumbre y de aspecto respetable.

—Esta llave, ¿qué abre?... —preguntó Beautrelet.

—Una pequeña puertecilla oculta entre dos contrafuertes, abandonada hace siglos, y que yo no consideré mi deber mostrársela a mi inquilino. Ella da hacia el campo, justamente al lindero del bosque...

Beautrelet lo interrumpió bruscamente:

—Ellos conocen esa puerta. Es evidente que fue por allí que el individuo a quien yo seguía entró en el parque. ¡Vamos! Es una bonita jugada y nosotros la ganaremos. Pero, caramba, hay que jugar con mucha prudencia.

Dos días después, al paso de un caballo desnutrido, llegaba a Crozant una carroza de feriantes llena de gitanos y cuyo conductor logró conseguir una autorización para acampar al extremo de la aldea debajo de un viejo cobertizo.

Aparte del conductor, quien no era otro que Valméras, se encontraban tres jóvenes que se dedicaban a tejer butacas con varas de mimbre, eran Beautrelet y dos de sus amigos.

Acamparon allí tres días esperando una noche propicia y merodeando aisladamente por los alrededores del parque. En una de esas, Beautrelet percibió la puertecilla. Ubicada entre dos contrafuertes, detrás del velo de zarzas que la ocultaba, casi se confundía con el diseño creado por las piedras del muro. Finalmente, el cuarto día, el cielo se oscureció con espesas nubes negras y Valméras decidió ir a efectuar un reconocimiento del terreno, pero con la disposición de regresar de inmediato si las circunstancias no eran propicias.

Los cuatro atravesaron el pequeño bosque. Luego, Beautrelet trepó por entre los brezos, se destrozó las manos en el seto de espinos y levantándose a medias, introdujo despacio la llave en la cerradura. La hizo girar lentamente y la puerta se abrió sin rechinar, sin dificultad. Ya estaba dentro del parque.

—¿Beautrelet, ya está adentro? —preguntó Valméras desde afuera—. Ahora espere por mi. Y ustedes dos, amigos míos, vigilen esta puerta para que nada nos impida una retirada.

Tomó a Beautrelet por una mano y penetraron las densas sombras de la espesura. En ese instante, un rayo de luna se coló entre las nubes y vieron el castillo con sus torrecillas puntiagudas, dispuestas alrededor de aquella flecha aguda, a la que, sin duda, el castillo debía su nombre. No se advertía ninguna luz en las ventanas, ni se escuchaba ningún ruido. Valméras tomó del brazo a su compañero.

—¡Guarde silencio! —le ordenó.

—¿Qué pasa?

—Los perros están allí... ¿puede verlos?

Se oyeron unos gruñidos. Valméras silbó muy bajo. Dos figuras blancas surgieron en la sombra y en cuatro saltos vinieron a echarse en los pies de su amo.

—Hola, los dos... Ahh...buenos chicos... tranquilos... quietos allí... Bueno... ya no se muevan...

Y le comentó a Beautrelet:

—Ahora sí estoy tranquilo.

—¿Usted está seguro del camino?

—Sí. Ahora nos estamos acercando a la terraza. En la planta baja hay una ventana que no cierra bien y que se puede abrir desde afuera.

Así fue, cuando llegaron, después de un muy pequeño esfuerzo, la ventana cedió. Después, con la punta de un diamante, Valméras cortó un cristal e hizo girar el pestillo. Uno detrás del otro entraron por el balcón. Ya se encontraban dentro del castillo.

—La habitación donde nos encontramos ahora —dijo Valméras— se encuentra al extremo del pasillo. Luego hay un salón inmenso decorado con estatuas, y al final, una escalera que lleva hasta la habitación que ocupa su padre.

Dio un paso adelante.

—¿Beautrelet, me acompaña?

—Sí. Sí.

—Pero... usted no viene... ¿Qué le sucede?

—¡Tengo miedo!...

—¿Tiene miedo?

—Sí —confesó Beautrelet con ingenuidad—. A veces, mis nervios flaquean..., con frecuencia los domino... pero hoy... el silencio... la emoción... Y además, desde que el secretario me dio la puñalada... Pero ya pasará... ya pasará..., mire, ya está pasando...

En efecto, logró dominarse, y Valméras le llevó afuera de aquella estancia. A tientas avanzaron por un pasillo tan levemente que ninguno de los dos sentía la presencia del otro. Una tenue luz parecía iluminar el lugar hacia el cual se dirigían, Valméras sacó la cabeza. Era una lamparilla situada en el fondo de la escalera, encima de un velador que se observaba a través de las pequeñas ramas de una palmera.

—¡Alto! —murmuró Valméras.

Cerca de la lamparilla se hallaba un hombre de centinela, de pie y armado con un rifle. ¿Los habría descubierto?

—¿Beautrelet, me acompaña?
—Sí. Sí.
—Pero... usted no viene... ¿Qué le sucede?
—¡Tengo miedo!...

Posiblemente. Al menos, algo lo alarmó, ya que levantó el arma a su cara para disparar.

Beautrelet cayó de rodillas contra un matero donde estaba sembrado un arbusto y permanecía inmóvil, mientras que su corazón parecía que se había desbocado dentro de su pecho.

No obstante, el silencio y la estabilidad de las cosas apaciguaron al centinela y este bajó su arma. Pero su mirada permaneció dirigida hacia el matero del arbusto.

Habrán transcurrido de diez a quince aterradores minutos. Un rayo de luna se había colado por una ventana de la escalera. Y, de repente, Beautrelet advirtió que aquel rayo se iba desplazando y que, antes de otros quince o de otros diez minutos, se posaría directamente sobre él, iluminando por completo su rostro.

De su cara y de sus temblorosas manos comenzaron a surgir gruesas gotas de sudor. Su angustia era tanta, que estuvo a punto de levantarse y echarse a correr... pero al recordar que Valméras también se encontraba allí, lo buscó con la mirada y permaneció sorprendido al darse cuenta, o más bien adivinar, que se deslizaba entre las tinieblas. Ya estaba a punto de llegar al fondo de la escalera al nivel y a muy pocos pasos del centinela.

¿Qué pensaba hacer? ¿Pasaría fuera como fuera? ¿Subiría él solo para liberar al prisionero? Pero, ¿lograría pasar? Beautrelet ya no podía verlo y tenía la sensación de que sucedería algo, algo que el silencio más denso y más espantoso también parecía anticipar.

Y de repente, una sombra saltó sobre el centinela, apagó la lamparilla, y pudo escucharse el sonido de la lucha... Beautrelet se acercó. Ambos cuerpos habían caído al suelo rodando sobre las losas. Iba a inclinarse, pero oyó un gemido ronco, un suspiro y, de inmediato, uno de los adversarios se levantó.

—Rápido... Vamos.

Era Valméras.

Subieron los dos pisos y llegaron a la entrada de un pasillo cuyo suelo estaba recubierto con una alfombra.

—A la habitación —dijo Valméras—. La cuarta puerta del lado izquierdo.

Pronto hallaron la puerta de la habitación. Tal como lo esperaban, el prisionero estaba encerrado bajo llave. Fueron necesarios medía hora de fatigosos esfuerzos y de silenciosos intentos para abrir la cerradura. Al fin lograron entrar en la habitación. A tientas, Beautrelet encontró la cama. Su padre dormía. Lo despertó suavemente.

—Papá, soy yo... Isidore... y un amigo... No temas..., levántate..., no hables...

El padre se vistió, pero justo al momento de salir les dijo en voz baja:

—No estoy solo aquí en el castillo...

—¡Ah! ¿Quién más está aquí? ¿Ganimard? ¿Sholmes?

—No... Al menos yo no los he visto.

—¿Entonces?

—Una joven.

—La señorita de Saint-Véran. No cabe duda.

—No lo sé... Yo la he observado desde lejos varias veces en el parque... y también inclinándome por mi ventana puedo ver la suya... Ella me ha hecho señas.

—¿Tú sabes dónde se encuentra su habitación?

—Sí, en este pasillo, a la derecha.

—La habitación azul —mencionó Valméras—. La puerta es de dos hojas. Nos dará menos trabajo.

Muy rápido, ciertamente, una de las hojas de la puerta cedió. Fue el padre de Beautrelet quien se encargó de informar a la joven.

Diez minutos más tarde salía con ella de la habitación y le comentaba a su hijo:

—Tenías razón... Es la señorita de Saint-Véran.

Beautrelet pudo reconocer a la joven. Estaba pálida y parecía muy agotada. Isidore no perdió tiempo haciéndole preguntas. Bajaron los cuatro. Al llegar al fondo de la escalera Valméras se detuvo, se inclinó sobre el centinela, y después, llevándolos hacia la habitación de la terraza, comentó:

—Está muy bien.

—¡Ah! —exclamó Beautrelet con un suspiro de alivio.

—Lo golpeé lo más suavemente que pude.

Esta primera victoria no era suficiente para Beautrelet. Una vez que hubo situado a su padre y a la joven, les preguntó sobre las personas que habitaban en el castillo y en especial sobre las costumbres de Arsène Lupin. Entonces se enteró de que Lupin solo venía al castillo cada tres o cuatro días. Llegaba durante la tarde en automóvil y volvía a marcharse en la mañana. En cada uno de sus viajes hacía una visita a los dos prisioneros, y estos estuvieron de acuerdo en alabar todas las consideraciones de Lupin para con ellos y su extrema amabilidad. Por el momento no debía estar en el castillo.

—Pero sus compañeros sí lo están —dijo Beautrelet—. Son piezas de caza que no debemos menospreciar. Y si no perdemos tiempo...

Subió sobre una bicicleta, fue a la aldea de Eguzon y al llegar allí despertó a la gendarmería, puso a todo el mundo

Beautrelet pudo reconocer a la joven. Estaba pálida y parecía muy agotada. Isidore no perdió tiempo haciéndole preguntas.

en alerta, hizo sonar la botasilla y volvió a Crozant a las ocho de la mañana, acompañado del brigadier y de seis gendarmes.

Dos de estos últimos permanecieron de guardia cerca del carro de los gitanos. Otros dos se ubicaron delante de la puertecilla. Y el resto, al mando de su jefe y acompañados de Beautrelet y de Valméras, fue hacia la entrada del castillo. Fue demasiado tarde. La puerta se encontraba abierta de par en par. Un campesino les indicó que una hora antes había visto salir un automóvil del castillo.

De hecho, la investigación realizada en el castillo no dio ningún resultado. De acuerdo con todas las probabilidades, la banda seguramente se había instalado en el castillo en campo volante. Hallaron algunos trajes, algo de ropa blanca, utensilios de cocina y eso era todo.

Lo que más asombró a Beautrelet y a Valméras fue la desaparición del herido. No lograron hallar la menor huella de lucha, ni siquiera una mínima gota de sangre sobre las losas del vestíbulo.

En definitiva, ninguna prueba material podía probar la presencia de Lupin en el Castillo de la Aguja y hubiera existido un absoluto derecho a descartar las afirmaciones de Beautrelet y de su padre, de Valméras y de la señorita de Saint-Véran, de no haber sido porque, finalmente, terminaron descubriendo en la habitación al lado de la que ocupaba la joven, media docena de admirables ramos de flores que estaban identificados con tarjetas de Arsène Lupin. Flores rechazadas por ella, ramos marchitos, olvidados... Al lado de uno de ellos, además de la tarjeta, se encontraba una carta que Raymonde no había visto. En horas de la tarde, cuando la carta fue abierta por el juez de instrucción, se hallaron diez páginas de súplicas, ruegos, promesas, amenazas, y desesperación..., toda la demencia de un amor que solo ha conocido el rechazo y el desprecio. La carta finalizaba así: "Raymonde, yo vendré el martes por la noche. De aquí allá piénselo. Por mi parte, estoy decidido a todo".

El martes por la noche era justamente la misma noche del día en que Beautrelet acababa de liberar a la señorita de Saint-Véran.

Aún se recuerda la sorprendente explosión de asombro y de alegría que se produjo en el mundo entero con la noticia de aquel inesperado desenlace. ¡La señorita de Saint-Véran libre! ¡La joven rescatada de las garras de Lupin! ¡Libre también el padre de Beautrelet, el hombre que Lupin, en su gigantesco deseo de una tregua que necesitaban las demandas de su pasión, había tomado como rehén! ¡Ambos libres!

Y el secreto de la Aguja, que se había pensado imposible de descubrir, ahora era conocido y publicado en todos los países del mundo.

Realmente, las multitudes se divertían. Se compusieron canciones sobre el aventurero derrotado, tales como *"Las lágrimas de Arsène"*... *"Los lamentos del rufián"*... *"El ladrón enamorado"*. Y estas se cantaban en las calles de Francia y se tarareaban en los talleres.

Asediada a preguntas, hostigada por los entrevistadores de prensa, Raymonde contestaba con la mayor reserva. Pero la carta se encontraba allí, junto a los ramos de flores y a toda la triste aventura. Lupin, menospreciado, ridiculizado, caía de su pedestal. Y Beautrelet pasó a ser el ídolo. Quien lo había visto todo, previsto todo, descubierto todo. La declaración que hizo la señorita de Saint-Véran frente al juez de instrucción, con relación a su secuestro, reafirmó la tesis que había planteado el joven. En todos los aspectos, la realidad parecía estar sujeta a lo que él había dicho por anticipado. Lupin, finalmente, había encontrado la horma de su zapato.

Beautrelet demandó que su padre, antes de volver a sus montañas de Saboya, se tomara unos meses de reposo al sol, y él mismo lo condujo, así como a la señorita de Saint-Véran, a los alrededores de Niza, donde el conde de Gesvres y su hija Suzanne ya se habían instalados para pasar el invierno. Dos días más tarde, Valméras también llevó a su madre junto a sus nuevos amigos y todos ellos crearon una pequeña colonia reunida alrededor del palacete de Gesvres, el cual se hallaba vigilado las 24 horas por media docena de hombres empleados por el conde.

A comienzos de octubre, Beautrelet regresó a París para retomar las clases de sus estudios. Y la vida se reinició calmada y sin incidentes esta vez. En cualquier caso, ¿qué podía ocurrir? ¿Acaso aquella guerra no había finalizado?

Por su lado, Lupin debía tener una impresión bien clara de que no tenía más remedio que aceptar el hecho consumado, pues un día cualquiera sus otras dos víctimas, Ganimard y Herlock Sholmes, también reaparecieron. El regreso de estos dos, a la normalidad de este mundo, no tuvo ningún crédito, por lo demás. Quien los descubrió frente a la jefatura de Policía, ambos dormidos y atados, fue un ropavejero.

Después de una semana de total confusión, lograron volver a recobrar el orden de sus pensamientos, y entonces narraron —o más bien narró Ganimard, ya que Herlock Sholmes se encerró en un silencio absoluto— que habían efectuado, a bordo del yate *Golondrina*, un viaje alrededor de África, viaje instructivo y sorprendente, durante el cual podían sentirse en libertad, salvo en ciertos momentos, que debían bajar al fondo de la bodega, mientras la tripulación descendía en los exóticos puertos. Con relación a su repentina aparición en el muelle de los Orfévres de París, no recordaban nada, dormidos como estaban por medio de algún somnífero desde hacía un par de días.

El que hubieran sido liberados de ese modo era la mejor confesión de la derrota. Y al no seguir luchando, Lupin anunciaba sin restricciones su fracaso.

Por otro lado, ocurrió un acontecimiento que lo hizo más indecoroso, el compromiso matrimonial entre Luis Valméras y la señorita de Saint-Véran. En aquella cercanía que creaban entre ellos las actuales circunstancias de sus vidas, ambos jóvenes se enamoraron el uno del otro. Valméras amaba el nostálgico encanto de Raymonde, y esta, lastimada por la vida y deseosa de poseer alguna protección, experimentó los efectos de la fortaleza y la energía de aquel que había colaborado tan valientemente con su salvación.

El día de la boda era esperado con cierta inquietud. Lupin, ¿no intentaría reanudar la ofensiva? Pero la ceremonia se celebró el día y la hora fijados, y Raymonde de Saint-Véran se convirtió en la esposa de Luis Valméras.

Era como si el propio destino hubiera tomado posición a favor de Beautrelet y firmado el boletín de la victoria. La multitud lo sintió de ese modo, a tal extremo, que en ese instante surgió entre sus admiradores la idea de un inmenso banquete en el que se celebraría su éxito y la derrota de Lupin. La idea resultó maravillosa y despertó el entusiasmo.

En quince días se habían recibido trescientas adhesiones. Fueron repartidas invitaciones en los institutos de París, a razón de dos alumnos por cada clase de retórica. La prensa entonaba cánticos. Y el banquete fue lo que debía ser: una apoteosis.

Pero una apoteosis simple y encantadora, ya que Beautrelet era el héroe. Su presencia fue suficiente para poner las cosas en su lugar. Se mostró discreto como de costumbre, un poco extrañado por las excesivas ovaciones y algo turbado por los hiperbólicos elogios en los que se aseveraba su superioridad sobre los más famosos policías... Sí, estaba algo turbado, pero también bastante emocionado. Así lo manifestó en pocas palabras, que cautivaron a todos y que pronunció con el candor de un niño que enrojece cuando lo ven. Manifestó su alegría y su orgullo. Y la verdad, por muy razonable, por muy dueño de sí que fuera, en esa ocasión experimentó instantes de embriaguez inolvidables. Sonreía a sus amigos, a sus compañeros del instituto Janson, a Valméras, quien vino especialmente para aplaudirlo, al señor de Gesvres, y a su padre.

Pero en el instante en que estaba finalizando de hablar y aún sostenía su copa en la mano, se escuchó un ruido de voces en el extremo del salón y se pudo ver a alguien que manoteaba agitando un periódico. El silencio fue restablecido, el inoportuno volvió a sentarse, pero una sacudida de curiosidad se dispersó por toda la mesa. Aquel periódico iba pasando de mano en mano, y cada vez que uno de los presentes echaba una mirada sobre la página marcada prorrumpía en exclamaciones.

—¡Que lo lean..., que lo lean! —gritaban del otro lado de la mesa.

En la mesa de honor un hombre se levantó. Era el padre de Beautrelet, quien fue a tomar el periódico y se lo dio a su hijo.

—¡Que lo lean..., que lo lean! —se escuchó gritar más fuerte.

Otros manifestaban:

—Oigan..., oigan... Lo va a leer... lo va a leer...

Beautrelet, de pie, de frente al público, buscaba con la mirada en el periódico de la tarde que su padre le había entregado, el artículo que estaba causando semejante alboroto, y de pronto, habiendo visto el título subrayado con lápiz azul, levantó la mano para pedir silencio, y con una voz que la turbación alteraba cada vez más, leyó estas asombrosas revelaciones que reducían a cero todos sus esfuerzos, alteraban sus ideas acerca de la Aguja hueca y advertían lo vano de su batalla contra Arsène Lupin:

Carta abierta del señor de Massiban, de la Academia de Inscripciones y Bellas letras.

Señor director,

El 17 de marzo de 1679 —insisto de 1679, o sea, bajo el mandato de Louis XIV— fue publicado en París un pequeño libro intitulado EL MISTERIO DE LA AGUJA HUECA. Toda la verdad expuesta por primera vez.

Cien ejemplares impresos por mi persona y para la instrucción del expediente del tribunal.

A las nueve horas de la mañana, el mismo día 17 de marzo, el autor, un hombre bastante joven, muy bien vestido, cuyo nombre desconozco, se dedicó a entregar este libro en las manos de los principales personajes del tribunal. A las diez, cuando ya había entregado cuatro de sus ejemplares, fue detenido por un capitán de la guardia, quien lo condujo al gabinete del rey y salió de nuevo a buscar los cuatro ejemplares distribuidos. Cuando los cien ejemplares fueron reunidos, contados, hojeados con cuidado y comprobados, el rey los lanzó todos al fuego, menos uno que él guardó para sí. Después ordenó al capitán de la guardia que llevara al autor del libro ante la presencia del señor de Saint-Mars, quien encerró a su prisionero en Pignerol y después, en el bosque de la isla de Sainte-Marguerite. Este hombre no era otro, claramente, que el célebre hombre de la Máscara de hierro.

La verdad, o al menos una parte de la verdad, nunca hubiera sido conocida si el capitán de la guardia que había estado presente en la entrevista, aprovechando un momento en que el rey había girado hacia un lado, no hubiera tenido la tentación de rescatar de la chimenea, antes de que el fuego lo consumiera, uno de aquellos ejemplares. Seis meses más tarde, ese capitán fue encontrado muerto en la carretera real de Gaillon a Nantes. Los asesinos lo habían desposeído de todas sus ropas, olvidando sin embargo, dentro del bolsillo derecho, una joya que más tarde se descubrió que era un diamante de considerable valor.

Entre sus documentos fue hallada una nota manuscrita. En ella no se decía nada del libro rescatado de las llamas, pero sí presentaba un resumen de los primeros capítulos. Se refería a un secreto que fue conocido por los reyes de Inglaterra y perdido por ellos, en el instante en que la corona del pobre Henri VI pasó a la cabeza del duque de York, y después fue revelado al rey de Francia, Carlos VII, por Jeanne d'Arc, y que, transformado en secreto de Estado, fue confiado sucesivamente, de un soberano a otro, mediante una carta sellada y lacrada que se hallaba a la cabecera del lecho de muerte del difunto rey con esta referencia: "Para el rey de Francia". Ese secreto detallaba la existencia y señalaba el lugar donde se hallaba un formidable tesoro poseído por los reyes y que iba creciendo de siglo en siglo. La familia del capitán asesinado no le dio ninguna importancia a la nota manuscrita, ya que solo vio en ella una curiosa anécdota inventada de principio a fin.

Pero ciento catorce años más tarde, Louis XVI, al ser prisionero en el Temple, llamó aparte a uno de los oficiales encargados de vigilar a la familia real y le preguntó:

—Señor, bajo el imperio de mi abuelo, el gran rey, ¿no tenía usted un antepasado que prestaba servicio como capitán de la guardia?

—Así es, señor.

—Pues bien, ¿sería usted hombre… sería usted hombre…?

Dudaba. Pero el mismo oficial terminó la frase:

—¿Capaz de traicionarlo? ¡Oh, mi señor!...

—Entonces, oiga.

El rey sacó de su bolsillo un librito, de donde arrancó una de las últimas páginas. Pero luego cambiando de idea, agregó:

—No. Será mejor que yo lo copie...

Tomó un trozo grande de papel, el cual cortó de ma-

nera que solo conservó un pequeño cuadrado rectangular sobre el cual copió cinco líneas de puntos y de cifras que mostraba la página impresa. Después quemó esta última, dobló en cuatro la hoja manuscrita, la selló con lacre rojo y se la dio al oficial, diciéndole:

—Señor, después de mi muerte usted le entregará este papel a la reina y le dirá: "Señora, de parte del rey... para su majestad y para su hijo...". Si ella no comprendiera...

—Sí, ¿y si ella no comprendiera?...

—Usted agregará que "se trata del secreto de la aguja". Entonces la reina entenderá.

Después que habló de esa manera, lanzó el pequeño libro entre los leños al rojo vivo que se quemaban en el lar de la chimenea.

El 21 de enero, el rey subió al cadalso.

El oficial tardó dos meses, después del traslado de la reina a la Conserjería, para cumplir la labor que le había sido encargada. Finalmente, a fuerza de engorrosas intrigas, un día logró encontrarse frente a Marie-Antoinette. Y de manera que ella apenas pudo escuchar, le dijo:

—Señora, de parte del difunto rey, para su majestad y su hijo…

Y le dio la carta sellada.

La reina, después de asegurarse que sus guardianes no la observaban, rompió los sellos, y pareció extrañada a la vista de aquellas líneas incomprensibles, luego, pareció entenderlas de inmediato. Sonrió amargamente y el oficial escuchó estas palabras dichas por ella:

—¿Por qué tan tarde?

La reina titubeó. ¿Dónde podría ocultar aquel peligroso documento? Finalmente, abrió su libro de oraciones, y en una especie de bolsillo oculto que había entre el cuero de la encuadernación y el pergamino que lo revestía deslizó el trozo de papel.

—¿Por qué tan tarde?... —dijo ella.

Es posible, en efecto, que si ese papel le hubiera podido dar la salvación, estaba llegando demasiado tarde, pues el siguiente mes de octubre, la reina Marie-Antoinette también fue llevada al cadalso.

Pero aquel oficial, al hojear los documentos de su familia, se topó con la nota manuscrita por su bisabuelo, el capitán de la guardia de Louis XIV. A partir de ese instante ya solo tuvo un objetivo: dedicar todos sus momentos libres a descifrar aquel extraño enigma. Estudió todos los autores latinos, leyó todas las crónicas de Francia y de los países vecinos, se metió en los monasterios, interpretó los libros de cuentas, los cartularios, los tratados, y así logró descubrir algunas citas dispersas a lo largo del tiempo.

En el libro III de los Comentarios *de César sobre la guerra de las Galias se narra que después del fracaso de Viridovix, por G. Titulius Sabinus, el jefe de los caletas fue llevado frente a César, y que por algún motivo este reveló el secreto de la aguja...*

El tratado de Saint-Clair-sur-Epte, entre Carlos el Simple y Roll, jefe de los bárbaros del Norte, hace continuar el nombre de Roll en todos los títulos, entre los cuales podemos leer el de dueño del secreto de la aguja.

La Crónica Sajona *(edición de Gibson, página 134), cuando menciona a Guillermo el del gran valor (Guillermo el Conquistador), menciona que el asta de su*

—¿Por qué tan tarde?... —dijo ella.

Es posible, en efecto, que si ese papel le hubiera podido dar la salvación, estaba llegando demasiado tarde, pues el siguiente mes de octubre, la reina Marie-Antoinette también fue llevada al cadalso.

bandera finalizaba en una punta acerada y perforada con un agujero copiando la forma de una aguja...

En una frase bastante imprecisa de su interrogatorio, Jeanne d'Arc confiesa que ella aún tiene un secreto que tiene que confesarle al rey de Francia, a lo que sus jueces responden: "Sí, Jeanne, sabemos a qué se refiere y es por eso que usted morirá".

¡Por el poder de la aguja!, juró, varias veces, el bondadoso rey Henri IV.

Con anterioridad, en 1520, François I moralizaba a los notables de Le Havre articulando esta frase que nos comunica el diario de un burgués de Honfieur: "Los reyes de Francia guardan secretos que dictaminan la dirección de las cosas y el destino de las ciudades".

Señor director, todas estas sentencias; todas las narraciones que pertenecen a la Máscara de hierro, al capitán de la guardia y a su bisnieto; yo las encontré hoy en un folletín escrito justamente por ese bisnieto y publicado en junio de 1815, el día antes o el día siguiente, de la batalla de Waterloo, es decir, en un momento de disturbios en el que las declaraciones que contenía ese folletín tenían que pasar inadvertidas.

¿Tiene valor el folletín? Usted me dirá que no y que no se le debe conceder ningún crédito. Esa fue mi primera opinión, pero cuál sería mi sorpresa, cuando al leer los Comentarios *de César en el capítulo preciso, descubrí la frase contenida en el folletín. Igual comprobación resulta en lo relacionado con el tratado de Saint-Clair-sur-Epte,* La Crónica Sajona, *el interrogatorio de Jeanne d'Arc y, en definitiva, todo lo que he podido comprobar hasta este momento.*

Pero, hay un hecho aún más riguroso que menciona el autor del folletín de 1815. Durante la campaña de Francia, cuando aquel era oficial de Napoleón, y luego de haber fallecido su caballo, él llamó a la puerta de un castillo donde fue acogido por un anciano caballero de San Luis. Hablando con ese hombre se enteró, detalle a detalle, de que aquel castillo, ubicado a la orilla del río Creuse, llevaba por nombre Castillo de la Aguja, que había sido edificado y bautizado por Louis XIV y que por orden expresa suya había sido decorado con torrecillas y una flecha que representaba la aguja. En ese momento fue fechado y aún debe estarlo, con el año 1680.

¡1680! Un año después de que el libro fuera publicado y del encarcelamiento de la Máscara de hierro. Todo se aclaraba. Louis XIV, anticipando que el secreto pudiera ser descubierto, había hecho construir y había bautizado este castillo para brindar a los curiosos una explicación natural del viejo misterio. ¿La aguja hueca? Pues era solamente un castillo con torrecillas puntiagudas, ubicado en la orilla del río Creuse, nombre que significa hueco, y que le pertenecía al rey. Como resultado, se creería descubierta la respuesta del enigma y terminaría la búsqueda.

El razonamiento, pues, fue exacto, ya que más de dos siglos más tarde el señor Beautrelet cayó en el mismo engaño. Y es aquí, señor director, a lo que yo deseaba llegar cuando escribí esta carta. Si Lupin, detrás del nombre de Anfredi, le solicitó en alquiler, al señor Valméras, el Castillo de la Aguja a la orilla del Creuse y si albergó allí a sus dos prisioneros, es que ya sabía por adelantado el éxito de las seguras investigaciones del señor Beau-

trelet, y con la intención de lograr la paz que le había solicitado, astutamente, le tendió al señor Beautrelet la misma trampa histórica de Louis XIV.

Es por todo lo anterior que podemos llegar a la incuestionable conclusión de que fue él, el señor Lupin con sus propias luces, que sin saber, ni estar al tanto de otros hechos diferentes a los que nosotros también sabemos, quien logró, por el encanto de un genio realmente extraordinario, descifrar lo que parecía un texto indescifrable. Y es que Lupin, último heredero de los reyes de Francia, está en conocimiento del verdadero misterio de la aguja hueca.

Allí finalizaba el artículo. Pero al cabo de unos minutos, después del texto que se refería al Castillo de la Aguja, ya no era Beautrelet quien le daba lectura. Al comprender su derrota, apabullado bajo el peso de la humillación sufrida, había soltado el periódico y se había sentado en su silla, con el rostro escondido entre sus manos.

Jadeante y estremecida por la emoción por aquella sorprendente historia, la multitud se había acercado lentamente y se apretujaba a su alrededor. Con temblorosa angustia todos aguardaban las palabras con las que él respondería, las negaciones que haría. Pero ni siquiera se movió.

Con un delicado gesto, Valméras le separó las manos del rostro y le levantó la cabeza.

Isidore Beautrelet estaba llorando.

Capítulo 7

El tratado de la aguja

Son las cuatro de la mañana e Isidore no ha vuelto al instituto. Ya no volverá hasta que finalice la guerra sin cuartel que le ha declarado a Lupin. Así se lo juró a sí mismo, en voz baja, mientras sus amigos lo trasladaban en un coche totalmente desfallecido. ¡Juramento sin sentido! ¡Una guerra absurda! ¿Qué podía hacer él, criatura solitaria y sin armas, contra aquel prodigio de energía y fuerza? ¿Por dónde podría atacarlo? Porque es inatacable. ¿Por dónde podría lastimarlo? Porque es imbatible. ¿Por dónde podría alcanzarlo? Porque es inalcanzable.

Las cuatro de la mañana... Isidore se queda a dormir en casa de uno de sus compañeros del instituto Janson. De pie frente a la chimenea de su habitación, con los codos apoyados, rectos sobre el mármol y el mentón apoyado sobre sus dos puños, observa su imagen reflejada en el espejo.

Deja de llorar. Ya no quiere seguir haciéndolo, ni retorcerse en su cama, ni angustiarse, como estuvo haciéndolo durante dos horas. Quiere pensar, pensar y entender.

Y su mirada no se aparta de sus ojos en el espejo, como si así quisiera duplicar la fuerza de sus pensamientos viendo aquella imagen pensativa, y hallar en el fondo de esa imagen la insondable solución que no logra hallar dentro de sí mismo. Así continúa hasta las seis de la mañana. Y es muy lentamente que, liberada de todos los detalles que la complican y ensombrecen, la pregunta se le plantea a su espíritu con toda aridez, desnuda, con la rigurosidad de una ecuación. Sí, se ha equivocado. Sí, la interpretación que hizo del documento es errónea.

La palabra "aguja" no está vinculada para nada con el castillo de la orilla del Creuse. Igualmente, la palabra "señorita" no puede ser aplicada a Raymonde de Saint-Véran y a su prima, ya que el texto del documento se remonta a siglos atrás.

Por lo tanto, hay que reconstruirlo todo. ¿Pero cómo?

Una sola base de documentación resultaría fiable: el libro publicado bajo Louis XIV. Pero de los cien ejemplares impresos por el hombre, que debía ser la Máscara de hierro, únicamente dos se salvaron de las llamas. Uno fue robado por el capitán de la guardia y se perdió. El otro fue conservado por Louis XIV, entregado a Louis XV y también quemado por Louis XVI. Pero se conservó una copia de la página fundamental, aquella que tenía la solución del problema o al menos la solución cifrada. Esa que le fue entregada a Marie-Antoinette y que ella ocultó debajo de la cubierta de su libro de oraciones.

¿Qué ocurrió con ese papel? ¿Sería el mismo que Beautrelet sostuvo entre sus manos y que Lupin recuperó por medio del secretario Brédoux? O ¿aún se encuentra en el libro de oraciones de Marie-Antoinette?

Entonces el asunto se concentra en esto: ¿Qué ocurrió con el libro de oraciones de la reina?

Después de tomarse unos minutos de reposo, Beautrelet le preguntó al padre de su amigo, virtuosísimo coleccionista, a quien llaman con frecuencia como experto no oficial y a quien hace poco, el director de uno de los museos del país consultó para la elaboración de su catálogo.

—¿El libro de oraciones de Marie-Antoinette? —repitió—. Le fue entregado por la reina a su criada, con el secreto encargo de que el mismo fuera entregado al conde de Fersen. Atesorado devotamente por la familia del conde, desde hace cinco años se exhibe en una vitrina del museo Carnavalet.

—¿Y el museo estará abierto?

—Abrirá de aquí a veinte minutos.

En el preciso instante en que la puerta de la vieja mansión de madame de Sevigné era abierta, Beautrelet saltaba de un coche con su amigo.

—¡Caramba! ¡El señor Beautrelet!

Diez personas lo saludaron a su llegada. Y con gran sorpresa logró reconocer a todo el grupo de periodistas que seguían el "asunto de la aguja hueca". Uno de ellos manifestó:

—¡Que gracioso! Todos tuvimos la misma idea. Cuidado, tal vez Arsène Lupin se encuentra entre nosotros.

Entraron todos al mismo tiempo. El director, quien fue avisado de inmediato, se puso a su completa disposición, los llevó frente a la vitrina y les mostró un humilde volumen, sin ningún ornamento, y que, en realidad, no tenía nada de elemento perteneciente a la realeza. Sin embargo, a todos los invadió la emoción frente a la visión de aquel libro que las manos de la reina habían sostenido en días tan trágicos y que sus ojos inflamados por las lágrimas habían observado... Nadie se atrevió a tomarlo y hojearlo, como si hubieran tenido la sensación de cometer sacrilegio...

—Beautrelet, esa es una tarea que le corresponde a usted.

Sostuvo el libro con gesto nervioso. La descripción era exactamente igual a la que el autor del folletín había mencionado. Primero, la cubierta de pergamino, un pergamino sucio, oscurecido, muy usado en algunas secciones y, debajo de él, la auténtica encuadernación en cuero rígido.

¡Con qué nerviosismo buscó Beautrelet el bolsillo oculto! ¿Sería una leyenda? ¿O encontraría allí el papel escrito por Louis XVI y legado por la reina a su leal amigo?

En la primera tapa, en la parte superior del libro, no había ningún bolsillo secreto.

—Nada —susurró Beautrelet.

Pero en la última página, después de forzar levemente la abertura del libro, advirtió que el pergamino se despegaba de la encuadernación. Deslizó sus dedos en el interior... y allí había algo… Podía palpar una cosa... un papel...

—¡Oh! —exclamó con tono triunfal—. ¡Aquí está!... ¿Será posible?

—Rápido —gritó alguien—. ¿Qué está esperando?

Sacó un trozo de papel doblado al medio.

—Bueno..., léalo… Hay algunas palabras en tinta roja... Podría decirse que es sangre... sangre totalmente pálida... Lea...

Leyó: “A usted, Fersen. Para mi hijo. 16 de octubre de 1793... Marie-Antoinette”.

Y de improviso, Beautrelet lanzó un grito de estupor. Debajo de la firma de la reina... estaban escritas con tinta negra dos palabras resaltadas... Dos palabras: “Arsène Lupin”.

Y de improviso, Beautrelet lanzó un grito de estupor. Debajo de la firma de la reina... estaban escritas con tinta negra dos palabras resaltadas... Dos palabras: "Arsène Lupin".

Todos, uno tras otro, sostuvieron el papel entre sus manos, y el mismo grito emergió de cada uno de los presentes: "Marie-Antoinette... Arsène Lupin". Permanecieron sumidos en el silencio. Aquella doble firma, aquellos dos nombres vinculados, hallados en el fondo del libro de oraciones, aquella manifestación en la que reposaba, desde hacía más de un siglo, el clamor desesperado de la pobre reina, aquella espantosa fecha, 16 de octubre de 1793, fecha en la que rodó la cabeza real..., todo mostraba un sorprendente carácter dramático.

"Arsène Lupin", murmuró una de las voces, destacando lo sorprendente que era ver el diabólico nombre al final de aquel papel sagrado.

—Sí, Arsène Lupin —repitió Beautrelet—. El amigo de la reina no logró entender el desesperado clamor de la doliente. Vivió con el recuerdo que la mujer a quien él amaba le había enviado, pero no consiguió adivinar el trasfondo de aquel recuerdo.... Lupin... Ah, él sí pudo descubrirlo todo... Y se lo llevó.

—¿Se llevó qué?

—¡Rayos! ¡El documento! El documento manuscrito por Louis XVI, el mismo que yo tuve entre mis manos. La misma apariencia, la misma forma, los mismos sellos rojos. Ahora entiendo por qué Lupin no ha permitido que estudie un documento del cual yo podía descubrir algo por el solo examen del papel, los sellos, etcétera.

—¿Entonces?

—Entonces, ya que el documento del que yo conozco el texto es genuino, ya que yo he observado los surcos de los sellos rojos, ya que la misma Marie-Antoinette lo certifica con estas palabras trazadas por su puño y letra, ya que todo el relato del folleto transcrito por el señor Massiban es auténtico, y ya que ciertamente existe un enigma histórico de la aguja hueca, estoy seguro del éxito.

—¿Y cómo? Sea genuino o no dicho documento, si usted no lo descifra no será de ninguna utilidad, ya que Louis XVI quemó el libro que tenía la explicación.

—Sí, pero el otro ejemplar, rescatado de las llamas por el capitán de la guardia del rey Louis XVI, no fue destruido.

—¿Y usted, cómo puede saberlo?

—Pruebe usted lo contrario.

Beautrelet guardó silencio. Después, lentamente, con sus ojos cerrados, como si tratara de resumir su pensamiento, dijo:

—Como dueño del secreto, el capitán de la guardia comenzó a revelar el mismo por partes, en el diario manuscrito que su bisnieto encontró más tarde. Luego, el silencio. Él no reveló la clave del enigma. ¿Por qué? Porque la tentación de utilizar el secreto lo fue asaltando poco a poco y sucumbió a ella. ¿La prueba? Su asesinato. ¿Otra prueba? La estupenda joya hallada en su poder y que, sin duda, él había restado de aquel tesoro real cuyo escondite, ignorado por todos, es justamente el misterio de la aguja hueca. Lupin me lo ha hecho entender. Y Lupin no estaba mintiendo.

—¿Entonces, Beautrelet, qué concluye usted…?

—Mi conclusión es que es necesario hacer el máximo de publicidad alrededor de este asunto y que todo el mundo sepa que nosotros estamos buscando un libro intitulado *El tratado de la aguja*. A lo mejor alguien lo desentierra del fondo de alguna biblioteca de provincia.

La nota respectiva fue redactada de inmediato, y luego,

sin siquiera aguardar a que esta tuviera algún resultado, Beautrelet se puso a trabajar.

Se presentó el comienzo de una pista: el asesinato del capitán había sucedido en las cercanías de Gaillon. Ese mismo día, Beautrelet viajó a esa ciudad. La verdad es que no esperaba lograr reconstruir un asesinato perpetrado doscientos años atrás. Pero, de igual modo, hay ciertos sucesos que dejan rastros en la memoria y en las tradiciones de los lugares donde suceden.

Las crónicas locales las recogen. Un día, un erudito de provincias, un recitador de viejas leyendas o un evocador de los pequeños incidentes de la vida pasada, los convierte en el objeto de un artículo de prensa o de una comunicación a la Academia de su ciudad.

Habló con tres o cuatro de esos eruditos y con uno de ellos en particular, un viejo notario, buscó y verificó en los registros de la cárcel local, en los registros de los antiguos bailes y en las parroquias. Pero ninguna noticia hacía alusión al asesinato de un capitán de la guardia en el siglo XVII.

No se desanimó por ello y siguió con su búsqueda en París, donde posiblemente se hubiera llevado a cabo la investigación judicial del asunto. Pero sus esfuerzos fueron infructuosos.

Aunque la idea de otra pista lo orientó hacia una nueva dirección. ¿Acaso sería posible encontrar el nombre del capitán de la guardia, cuyo bisnieto sirvió en los ejércitos de la república, y fue destacado en el Temple durante el arresto de la familia real en ese lugar, que sirvió a Napoleón y luchó en la campaña de Francia?

Con mucha paciencia, Beautrelet terminó haciendo una lista en la que, al menos, dos nombres mostraban una similitud casi completa: el señor Larbeyrie, bajo Louis XIV, y el ciudadano Larbrie, bajo el Terror.

Esto ya era un punto importante. Logró dejarlo claro mediante una nota que envió a los periódicos solicitando si alguien le podría dar alguna información sobre aquel Larbeyrie o sobre sus descendientes.

Y fue el señor Massiban, el mismo Massiban del folletín, y miembro de la Academia de Inscripciones y Bellas letras de Francia, quien le contestó:

Señor:

Le señalo a usted un párrafo de Voltaire que he tomado de su manuscrito sobre El siglo de Louis XIV (Capítulo XXV. Particularidades y anécdotas del reino). Ese párrafo ha sido suprimido en diversas ediciones. Y dice: "He oído decir al difunto sir de Caumartin, intendente de finanzas y colaborador del ministro Chamiliard, que un día el rey salió apresuradamente en su carroza cuando supo la noticia de que el señor de Larbeyrie había sido asesinado y robadas sus preciosas joyas. El rey parecía estar poseído por una emoción muy grande y repetía: "Todo está perdido..., todo está perdido...". El año siguiente, el hijo de Larbeyrie y su hija, quien había esposado al marqués de Vélines, fueron expatriados de sus tierras de Provence y Bretagne. No cabe duda de que en todo eso existía alguna peculiaridad.

Es indudable, tanto más, cuando debo agregar que el señor Chamiliard, de acuerdo con Voltaire, fue el primer ministro que se enteró del extraño secreto de la Máscara de hierro.

Señor, usted puede observar el provecho que puede

obtener de ese trozo y los lazos ciertos que establece entre ambas aventuras. En mi caso, no me atrevo a elaborar hipótesis demasiado precisas sobre el comportamiento, los recelos y sobre los temores de Louis XIV en esas circunstancias; pero por otro lado, ya que el señor Larbeyrie tuvo un hijo que seguramente fue el abuelo del ciudadano oficial Larbrie, y una hija, ¿no es posible imaginar que gran parte de aquellos papeles dejados por Larbeyrie hayan pasado a manos de su hija, y que entre esos papeles se hallara el famoso libro que el capitán de la guardia salvó del fuego?

Ya he examinado el Anuario de los Castillos. *En las cercanías de Rennes vive un barón de Vélines. ¿Será este un pariente del marqués? Sea como sea, ayer le escribí a este barón para preguntarle si no tenía en su biblioteca un viejo librito cuyo título mencionara la palabra aguja. Estoy esperando su respuesta.*

Me sentiré muy contento de hablar de todos estos asuntos con usted. Si no le molesta, venga a visitarme.

Quedo de usted, etcétera.

Postdata. Es obvio que yo no suelo comunicar a los periódicos estos pequeños hallazgos. Y ahora que usted se aproxima al objetivo, se impone la discreción.

Esa también era la decisión de Beautrelet. Inclusive él llegó más lejos. Cuando dos periodistas lo asediaron esa mañana él les brindó las informaciones más engañosas sobre su estado de ánimo y sobre sus planes.

Esa tarde se apresuró a ir a la casa de Massiban, quien vivía en el número 17 del muelle de Voltaire. Con gran sorpresa para él, le informaron que Massiban acababa de retirarse de improviso, y que le había dejado un mensaje en el caso de que él asistiera. Isidore abrió el sobre y leyó:

Acaba de llegar un telegrama que me da algunas esperanzas. Viajo, entonces, a Rennes y dormiré allá. Usted puede tomar el tren nocturno y, sin detenerse en Rennes, seguir hasta la pequeña estación de Vélines. Podemos encontrarnos en el castillo, ubicado a cuatro kilómetros de allí.

A Beautrelet le gustó este plan. Regresó a casa de su amigo y se quedó durante el día con él. En la noche tomó el tren expreso para Bretagne. A las seis de la mañana, llegó a Vélines. Recorrió caminando, entre espesos bosques, los cuatro kilómetros de camino. A lo lejos pudo ver, encima de una colina, una amplia casa solariega, de fabricación bastante híbrida, una mezcolanza de Renacimiento y de Louis-Philippe, sin embargo, provista de una gran fachada. Contento y lleno de confianza, llamó a la puerta.

—¿Qué desea el señor? —le preguntó un criado que salió al umbral de la puerta.

—Deseo hablar con el barón de Vélines.

Le entregó una tarjeta.

—El señor barón aún no se ha levantado, pero si el señor desea esperarlo...

—¿Por casualidad no se encuentra aquí otro señor que vino a visitarlo..., un hombre de barba blanca, algo encorvado? —preguntó Beautrelet, que había visto a Massiban en las fotografías que los periódicos habían publicado de su persona.

—Sí. El señor llegó hace diez minutos y está esperando en la sala.

El encuentro de Massiban con Beautrelet fue muy cordial. Intercambiaron sus impresiones sobre las probabilidades que existían de hallar el libro, y Massiban repitió lo que había averiguado con respecto al barón de Vélines. El barón era un hombre de sesenta años que había enviudado muchos años atrás, vivía con su hija, Gabriela de Villemon, quien acababa de sufrir un terrible golpe con la pérdida de su esposo y de su hijo mayor, fallecidos en un accidente de automóvil.

—Caballeros, el señor barón les ruega que suban.

El criado los llevó hasta el primer piso, haciéndolos entrar en una gran habitación de paredes desnudas y amueblada sencillamente, con mesas y escritorios repletos de papeles. El barón los acogió con gran cordialidad y con esa inmensa necesidad de hablar que sienten con frecuencia las personas que se encuentran demasiado solas. Les costó un gran trabajo explicar el objeto de su visita.

—¡Ah, señor Massiban! Sí, es verdad, usted me escribió a propósito de ello. Disculpe usted, aquí si acaso se lee el periódico. ¿Se trata de un libro, en el que se menciona una aguja y que yo habría heredado de un antepasado, no es así.

—Así es.

—Pues debo confesarles a ustedes que mis antepasados y yo estamos enemistados. En esos tiempos ellos tenían unas ideas muy extrañas.

—Sí —objetó Beautrelet impaciente—. Pero ¿usted no tendrá alguna idea de haber visto el libro?

—Pero por supuesto, y le envié un telegrama al señor Massiban... Al menos, a mi hija le pareció haber visto ese título entre varios miles de libros que se hallan amontonados en la biblioteca. Porque, señores, para mí la lectura... Yo no leo nada... Mi hija todavía lee ciertas cosas de vez en cuando, y para ello, el hijo que le queda, el pequeño Georges, tiene que portarse muy bien..., además, por mi parte, que mis arrendamientos lucren bien, que mis vigas estén en buen estado... Ya pueden ver ustedes... los libros de registro... Señores, yo vivo de ellos...

Isidore Beautrelet, espantado por ese parloteo, lo interrumpió abruptamente:

—Perdón, señor, pero, entonces… el libro...

—Sí, claro… pues bien..., mi hija lo halló hace un par de horas.

—¿Y dónde está?

—¿Que dónde está? Pues ella lo puso sobre esta mesa... véalo..., allí está.

Isidore sufrió un sobresalto. Al extremo de la mesa, encima de un montón de papeles, se encontraba un librito encuadernado en piel roja. Le puso el puño encima con violencia, como si prohibiera que alguna persona en el mundo lo tocara... y también, como si él mismo no tuviera el valor de hacerlo.

—Bueno, ¿entonces?... —dijo Massiban, emocionado.

—Lo tengo..., aquí está...

—Pero ¿el título?... ¿usted está seguro?...

—Sí. Claro... Véalo.

Y le mostró las letras de oro grabadas sobre el cuero: *El misterio de la aguja hueca*.

—¿Ya está convencido? Finalmente, ¿somos nosotros los dueños del secreto?

—Ábralo... ¿Qué hay en la primera página?

—“Toda la verdad expuesta por primera vez. Cien ejemplares impresos por mí persona y para la instrucción del expediente del tribunal”.

—Sí, eso es, eso es… —dijo Massiban con la voz trémula por la emoción—. Ese es el ejemplar que fue arrancado al fuego. Es el mismo libro que Louis XIV había condenado.

Comenzaron a hojearlo. La primera parte narraba las explicaciones dadas por el capitán de Larbeyrie en su nota manuscrita.

—Pasemos, pasemos —decía Beautrelet, apurado por encontrar la solución.

—¿Cómo qué pasemos? No, de ninguna manera. Esto es apasionante. Así sabremos la verdadera causa por la que Jeanne d’Arc fue quemada. ¡Tremendo enigma resuelto!... Piénselo usted... ¡El hombre de la Máscara de hierro fue apresado porque sabía el secreto de la casa real de Francia! ¡Vaya! Estos son asuntos primordiales.

—¡Luego, luego! —respondió Beautrelet, como si tuviera miedo de que el libro fuera a desaparecer de sus manos antes de lograr aclarar el misterio—. No tenemos tiempo, luego... Antes que nada veamos la explicación...

Repentinamente, Beautrelet se detuvo. ¡El documento! En medio de una hoja a la izquierda, sus ojos vieron las cinco misteriosas líneas de puntos y de cifras. Con una sola ojeada comprobó que ese texto era exacto al que él había estudiado tantas veces. La misma disposición de las cifras... los mismos intervalos que permitían aislar la palabra “señorita” y verificar separadamente, unos de otros, los dos términos de la aguja hueca.

Antecedía una corta nota que decía: “Parece ser que todas las informaciones necesarias han sido limitadas, por el rey Louis XIII, al pequeño esquema que transcribo más abajo".

Seguía el esquema. Luego venía la misma explicación del documento.

Beautrelet leyó entrecortadamente:

Como puede verse, este cuadro, incluso cuando se han sustituido las cifras por vocales, no brinda ninguna luz. Podría decirse que para descubrir este misterio es necesario ante todo conocerlo ya. Cuando mucho, es un hilo que se facilita a quienes ya conocen los caminos del laberinto. Entonces, tomemos el hilo y vayamos adelante que yo los guiaré.

Primero veamos la cuarta línea. La cuarta línea señala medidas e indicaciones. Siguiendo las indicaciones y tomando las medidas, literalmente se alcanza el objetivo, con la condición, bien entendida, de que uno sepa donde se encuentra; en una palabra, estar enterado del verdadero sentido de la aguja. Eso es lo que se puede asimilar de las tres primeras líneas. La primera está pensada de ese modo para vengarme del rey y yo le había advertido la situación por adelantado...

Beautrelet se detuvo, confundido.

—¿Qué? ¿Qué sucede? —preguntó Massiban.

—Que esto carece de sentido.

—Cierto —confirmó Massiban—. "La primera está pensada de ese modo para vengarme del rey...". ¿Qué será lo que eso quiere decir?

—¡Maldita sea! —gritó Beautrelet.

—¿Qué pasa?

—¡Arrancadas! ¡Dos páginas arrancadas! Las siguientes... Vea las marcas...

Temblaba, estremecido por la rabia y la frustración. Massiban se inclinó para ver el libro, y dijo:

—Cierto... quedan los bordes de las dos hojas, como cartivanas de encuadernador. Esas marcas lucen bastante frescas. No fueron cortadas, sino arrancadas..., arrancadas violentamente... Vea, todas las páginas del final muestran marcas de arrugamiento.

—Pero ¿quién…? ¿quién…? —imploraba Isidore, retorciéndose las manos—. ¿Un criado...? ¿Un cómplice…?

—A pesar de su apariencia, esto puede haber sucedido hace meses —señaló Massiban.

—Sí. Sin embargo... es necesario que alguien haya descubierto... haya tomado el libro... Veamos… Usted, señor —dijo Beautrelet, increpando al barón—. ¿Usted no sabe nada?... ¿No sospecha de alguna persona?

—Podríamos interrogar a mi hija.

—Sí, sí..., eso es.

El señor de Vélines llamó a su criado. A los pocos minutos, llegó la señora de Villemon. Era una dama joven, con rostro apesadumbrado y expresión resignada. De inmediato, Beautrelet le preguntó:

—¿Señora, usted encontró este libro en la biblioteca?

—Sí, en un paquete de otros libros que no estaba desatado.

—¿Y usted lo leyó?

—Sí, ayer durante la noche.

—Y cuando usted lo leyó, ¿ya faltaban estas dos hojas? Piénselo bien, ¿las dos hojas que siguen a este esquema de cifras y de puntos?

—¡No! ¡No! —contestó ella, muy sorprendida—. No faltaba ninguna hoja.

—Sin embargo, alguien arrancó...

—Pero si el libro permaneció en mi habitación durante la noche.

—¿Y esta mañana?

—Esta mañana, yo lo bajé aquí cuando fue anunciada la llegada del señor Massiban.

—¿Entonces?

—Entonces, no lo entiendo... A menos que... Jorge..., mi hijo..., esta mañana..., Jorge estuvo hojeando este libro.

La señora salió apresuradamente, en compañía de Beautrelet, de Massiban y del barón. El niño no se encontraba en su habitación. Lo buscaron por todas partes. Y finalmente lo encontraron jugando en la parte de atrás del castillo. Pero todas esas personas parecían tan agitadas y le exigían cuentas al niño con tanta inclemencia, que este se puso a dar gritos. Todo el mundo iba de un lado al otro. Los criados eran interrogados. Se armó un tumulto indescriptible. Y Beautrelet percibía la terrible impresión de que la verdad se estaba alejando de él igual que el agua se escapa entre los dedos. Hizo un esfuerzo por mantenerse sereno, tomó del brazo a la señora de Villemon y, acompañado del barón y de Massiban, la llevó al salón y le dijo:

—El libro está incompleto. Fueron arrancadas dos hojas... pero usted las leyó, ¿señora, no es así?

—Así es.

—¿Sabe usted lo que decían?

—Sí.

—¿Podría usted decírnoslo?

—Perfectamente. Leí todo ese libro con mucha atención,

pero especialmente esas dos páginas me sorprendieron, considerando lo interesante de las revelaciones que contenían.

—Entonces, señora, hable usted. Hable, se lo ruego. Tales revelaciones son de una especial importancia. Le suplico que hable, el tiempo no se recupera nunca. La aguja hueca...

—¡Oh!, es muy sencillo, la aguja hueca quiere decir...

En ese instante entró un criado anunciando:

—Carta para la señora...

—¿Cómo? Pero si el cartero ya vino.

—Me la entregó un joven.

La señora de Villemon abrió el sobre, leyó la carta y puso una mano sobre su corazón, a punto de desplomarse, repentinamente se puso lívida y mostró una expresión de pánico.

La carta cayó al suelo. Beautrelet la levantó y, sin siquiera disculparse, la leyó:

Guarde silencio... si no, su hijo no despertará...

—Mi hijo... mi hijo... —murmuró ella, sintiéndose tan débil que no era capaz de ir en auxilio de aquel a quien estaban amenazando.

Beautrelet la tranquilizó:

—Esto no es en serio..., seguro es una broma.... Vamos a ver, ¿quién podría tener interés...?

—A menos —señaló Massiban— que no sea Lupin.

Beautrelet le hizo un gesto para que se callara. ¡Caramba! Él lo sabía bien, que el enemigo estaba allí otra vez, atento y decidido a todo, y es por esa razón que deseaba arrancarle a la señora de Villemon las palabras importantes, esperadas por tanto tiempo, y arrancárselas de inmediato, en ese preciso instante.

—Se lo ruego, señora, serénese usted... No existe ningún peligro...

¿Hablaría ella? Él creyó que sí, lo esperó. Ella tartamudeó unas sílabas. Pero la puerta se abrió otra vez. Esta vez entró la sirvienta quien parecía trastornada.

—Señora, el niño Jorge... el niño Jorge...

Repentinamente, la madre recuperó todos sus bríos. Y con mayor rapidez que la de todos los presentes, guiada por un instinto que no la engañaba, corrió escaleras abajo, atravesó el vestíbulo y fue a la terraza. Allí, encima de una butaca, el pequeño Jorge estaba acostado inmóvil.

—Bueno... está durmiendo...

—Se durmió de golpe, señora —objetó la sirvienta—. Yo traté de impedirlo y de llevarlo a su habitación. Pero él cayó dormido y sus manos... sus manos están frías.

—Frías... —murmuró la madre—, es cierto... ¡Oh! ¡Dios mío, Dios mío!... el caso es que se despierte...

Beautrelet deslizó su mano en uno de sus bolsillos, agarró la culata de su revólver, colocó el índice sobre el gatillo, sacó el arma con brusquedad e hizo fuego sobre Massiban.

Adelantándose, como si hubiera estado estudiando los gestos del joven, Massiban había esquivado el golpe. Pero Beautrelet se arrojó sobre él, gritándole a los criados:

—¡A mí, a mí!... ¡es Lupin!...

Con la brusquedad del choque, Massiban cayó derribado encima de una de las butacas de mimbre.

Pasados siete u ocho segundos, se levantó, dejando a Beautrelet inconsciente, sofocado. Y entre sus manos sostenía el revólver del joven.

—Muy bien... estupendo.... No te muevas... Tienes dos o tres minutos... ni uno más. Pero la verdad, te tomó tiempo reconocerme... Ciertamente, debo haber copiado muy bien la cabeza de Massiban...

Se levantó, y de pie, sosteniéndose firmemente en sus piernas, con el pecho macizo y una actitud temible, dijo irónicamente, mientras miraba a los tres criados petrificados y al sorprendido barón:

—Isidore, has cometido otra tontería. Si no les hubieras dicho que yo soy Lupin, me habrían caído encima. Y con unos corpulentos como esos, caramba, ¿qué habría sido de mí? Dios mío, uno contra cuatro...

Se aproximó a ellos y agregó:

—Vamos, muchachos, no tengan miedo..., no les haré daño... escuchen, ¿quieren un terroncito de azúcar? ¡Ah!, tú, por ejemplo, me vas a devolver mi billete de cien francos. Sí, sí, yo te reconozco. Es a ti a quien yo le pagué hace poco para que le entregaras la carta a tu patrona... Vamos, rápido, mal asistente...

Tomó el billete que le tendía el criado y lo rompió en pequeños trocitos.

—El dinero de la traición... me quema los dedos.

Levantó el sombrero e, inclinándose gentilmente ante la señora de Villemon, le dijo:

—¿Señora, me perdona? Los albures de la vida, en especial de la mía, obligan con frecuencia a crueldades ante las cuales yo soy el primero en sonrojarme. Pero no tema por su hijo, es una sencilla inyección. Una pequeña inyección que yo le puse en el brazo mientras era interrogada. Dentro de una hora ya le habrá pasado el efecto... Una vez más, mis disculpas. Pero necesito su silencio.

—Isidore, has cometido otra tontería. Si no les hubieras dicho que yo soy Lupin, me habrían caído encima. Y con unos corpulentos como esos, caramba, ¿qué habría sido de mí? Dios mío, uno contra cuatro...

Se inclinó nuevamente, le agradeció al señor de Vélines por su cordialidad, agarró su bastón, encendió un cigarrillo, le ofreció otro al barón, saludó en círculo con el sombrero y le gritó a Beautrelet con tono paternal: "Adiós, bebé". Y se fue tranquilamente arrojando bocanadas de humo frente a los criados...

Beautrelet aguardó unos minutos. La señora de Villemon, ya más despejada, cuidaba a su hijo. Beautrelet se acercó a ella para hacerle un último ruego. Sus miradas se cruzaron. Y él no dijo nada. Pudo darse cuenta que, desde ahora, ella nunca diría nada. En su cerebro de madre, el secreto de la aguja hueca había sido enterrado tan profundamente como en las sombras del pasado.

Entonces, Beautrelet desistió y se marchó.

Eran las diez y media y había un tren que partía a las once y cincuenta. Con lentitud siguió la calle del parque y tomó la vía que lo llevaría a la estación.

—Y bien, ¿qué me dices de eso?

Era Massiban, o más bien, Lupin, que salía del bosque al lado del camino.

—¿Fue una buena combinación? Tu viejo amigo sabe bailar en la cuerda floja, ¿no? Estoy seguro de que aún no te lo puedes creer y que te estás preguntando si el llamado Massiban, miembro de la Academia de Inscripciones y Bellas letras, ha existido alguna vez. Pues sí, sí existe. Incluso, te lo presentaré si te portas bien. Pero primero, te devolveré el revólver, revisa si está cargado... Perfecto... Quedan cinco balas y con una de ellas es suficiente para enviarme al infierno. Guárdala en tu bolsillo... Ese es el espíritu... mejor que lo que hiciste allá. ¡Travieso tu pequeño gesto! Pero eres joven, de repente ¡un relámpago! Y te das cuenta de que ese bendito Lupin te ha engañado una vez más y que está allí a dos pasos frente a ti y ¡pum! Disparas… No te culpo. Acompáñame hasta París... te invito a tomar asiento en mi cuarenta caballos. ¿Vienes?…

Se metió los dedos en la boca y silbó.

El contraste era delicioso, entre la formal apariencia del viejo Massiban y el acento y los gestos infantiles que mostraba Lupin. Beautrelet no pudo evitar reírse.

—¡Sonrió... sonrió! —exclamó Lupin, dando saltos de alegría—. Ves, eso es lo que te falta, bebé, la sonrisa..., eres demasiado serio para tu edad... Tú eres muy simpático, tienes un perfecto encanto de ingenuidad y sencillez... Pero si es cierto… estás sonriendo.

Se plantó frente a él.

—Mira, apuesto a que te hago llorar. ¿Sabes cómo supe tu investigación? ¿Cómo supe de la carta que te escribió Massiban y la cita que había acordado para esta mañana en el castillo de Vélines? Por los chismes de tu amigo, de ese con el que vives... Tú te confías a ese tonto, y él va corriendo a contarle todo a su novia... Y su novia no tiene secretos para Lupin. ¿Qué te dije? Mira en qué situación te encuentras. Se te humedecen los ojos... la amistad traicionada. Mira, eres encantador, pequeño... Por menos de eso te daría un beso... para todo pones una cara de asombro que me toca el alma...

En eso se escuchó el sonido de un motor muy cerca. Lupin cogió bruscamente a Beautrelet por el brazo, y con un tono bastante frio y viéndolo directo a los ojos le dijo:

—Y ahora te vas a estar quietecito, ¿te parece? Ya te diste cuenta de que no tienes nada que hacer. Entonces, ¿qué vas a lograr malgastando tus fuerzas y perdiendo el tiempo? Ya hay suficientes bandidos en el mundo... Puedes ir detrás de ellos y a mí, déjame en paz... si no... Lo acordamos así, ¿no es cierto?

Sacudió a Beautrelet por el brazo para imponerle su voluntad. Después añadió con tono de ironía.

—¡Ay, pero qué tonto soy! ¿Tú? ¿Dejarme en paz? Tú eres de los que no abandonan... ¡Ah!, no sé qué es lo que me impide... En dos segundos y tres movimientos te tendría amarrado, amordazado y... y podría retirarme al sereno refugio que me han dejado mis abuelos, los reyes de Francia, y disfrutar de los tesoros que ellos tuvieron la amabilidad de acumular para mí... Pero no, está decidido que yo tengo que meter la pata hasta el final... ¿Qué quieres? Uno tiene sus debilidades... Y yo tengo cierta debilidad por tu persona... Y además que... aún no está resuelto. De aquí a que hayas logrado poner el dedo en el hueco de la aguja tendrá que correr mucha agua bajo el puente... ¡Qué diablos! Yo, Arsène Lupin, requerí diez días. Tú, necesitarás diez años. La verdad es que existe mucha distancia entre nosotros.

El automóvil llegó. Era una limusina grande, de carrocería cerrada.

Lupin abrió la portezuela y Beautrelet dio un grito. Adentro de la limusina se encontraba un hombre, y ese hombre… era Lupin o más bien, Massiban.

Beautrelet soltó la carcajada, entendiendo todo ahora. Lupin le señaló:

—No te aguantes, está bien dormido. Yo te prometí que lo verías. ¿Ahora te logras explicar las cosas? Cerca de la medianoche, yo supe de su encuentro en el castillo. A las siete de la mañana, yo ya me encontraba cerca del mismo. Así, cuando pasó Massiban, solo tuve que apoderarme de él...

Y después, una pequeña inyección... y ya está... Duerme, buen hombre... Te dejaremos sobre la colina... En pleno sol, para que no te dé frío... y con tu sombrero en la mano... pidiendo una limosna por el amor de Dios... ¡Ah, mi buen Massiban, hazte cargo de Lupin!

Era una broma enorme el observar uno frente al otro a ambos Massiban, uno dormido balanceando la cabeza, y el otro serio, colmado de atención y de respeto.

—Y ahora, muchachos, vámonos a toda velocidad... Al coche, Isidore... Chofer, más rápido, solo vamos a ciento quince... ¡Ah!, Isidore, y no se te ocurra decir que la vida es aburrida, sino que la vida es algo adorable, hijo mío, solo que hay que saber vivirla... y yo sé cómo hacerlo... No me digas que no era para desternillarse de risa, hace un momento en el castillo, cuando tú conversabas con el barón Vélines, y yo, de pie contra la ventana, arrancaba las páginas del libro histórico... Y después, cuando estabas interrogando a la señora de Villemon sobre la aguja hueca... ¿Hablaría? Sí, hablaría... No, no hablaría... Sí... No... Yo tenía la carne de gallina... Si ella hablaba, yo tendría que reconstruir mi vida, toda la estructura quedaría destruida... El criado, ¿llegaría a tiempo? Sí... No... Llegó... Y Beautrelet, ¿me descubrirá? Jamás, es demasiado calabaza. Sí... No... Ya... No, no está... Me echó el ojo... Ya está... va a agarrar su revólver... ¡Dios, qué voluptuosidad!... Isidore, hablas demasiado... Vamos a dormir, ¿quieres? Yo me estoy cayendo de sueño... Buenas noches…

Beautrelet lo observó. Parecía encontrarse casi dormido. Ya dormía.

El vehículo, rodando a través de la distancia, avanzaba hacia un horizonte que parecía alcanzado a cada segundo, pero que huía permanentemente. Ya no habían ciudades ni caseríos, ni campos ni parques. Durante largo rato, Beautrelet miraba a su compañero de viaje con ansiosa curiosidad y también con el deseo de observar, penetrando la máscara que lo cubría, su verdadero rostro. Y reflexionaba sobre las circunstancias que los encerraban a uno tan cerca del otro, en el pequeño espacio de aquel automóvil.

Pero después de tantas emociones y decepciones experimentadas esa mañana, también cansado, se durmió.

Al despertar, Lupin estaba leyendo. Beautrelet se inclinó para leer el titulo del libro. Era *Cartas a Lucillo*, de Séneca, el filósofo.

Capítulo 8

De César a Lupin

"¡Qué diablos! Yo, Arsène Lupin, requerí diez días. Tú, necesitarás diez años".

Esa frase, dicha por Lupin a la salida del castillo de Vélines, tuvo una gran influencia sobre la conducta de Beautrelet. Muy tranquilo en el fondo y siempre dueño de sí, Lupin, sin embargo, tenía salidas como esa algo románticas, a veces teatrales y muy de muchacho, en las que a veces se le escapaban algunas confesiones, algunas palabras de las que un joven como Beautrelet podía sacar ventaja.

Con razón, o sin ella, Beautrelet creyó ver en esa frase una de esas confesiones involuntarias. Estaba en todo su derecho de concluir que si Lupin comparaba sus esfuerzos con los de él en la búsqueda de la verdad sobre la aguja hueca, era entonces porque los dos poseían recursos idénticos para lograr el mismo objetivo... Y que Lupin no disponía de elementos de éxito diferentes a los que poseía su adversario. Las probabilidades eran las mismas para ambos. Pero con esas mismas probabilidades, con esos mismos elementos de éxito, a Lupin le habían sido suficientes diez días. ¿Cuáles eran esos elementos y esas probabilidades? Todo se centraba al conocimiento del folletín publicado en 1815, folletín que Lupin, como Massiban, había encontrado por casualidad, y gracias a ello había logrado descubrir en el libro de oraciones de Marie-Antoinette el documento necesario. Por lo tanto, el folletín y el documento eran las bases sobre las que Lupin se había sostenido. Con esos elementos había rearmado todo el edificio. Nada de elementos extraños. El estudio del documento y el estudio del folletín. Eso era todo.

Por consiguiente, ¿no podía Beautrelet acampar también sobre el mismo terreno? ¿Para qué sostener una lucha imposible? ¿Para qué sus triviales investigaciones, con las que él se hallaba seguro de llegar a fin de cuentas —mientras sorteaba las crecidas emboscadas bajo sus pasos—, al más triste de los resultados?

Su decisión fue tranquila e inmediata y, al ajustarse a ella, tenía la feliz intuición de que se hallaba en el camino apropiado. Antes que nada, y sin vanas recriminaciones, dejó a su compañero del instituto Janson-de-Sailly y, junto a su maleta, se instaló en un pequeño hotel ubicado en el mismo centro de París. De ese hotel no salió en absoluto durante varios días. Cuando mucho comía en el restaurante. El resto del tiempo, pensaba. Encerrado con llave y con las cortinas de las ventanas cerradas herméticamente.

"Diez días", dijo Lupin. Beautrelet hacía un esfuerzo por olvidar todo aquello que había hecho y por recordar únicamente los elementos contenidos en el folletín y en el documento, deseando, con vehemencia, el mantenerse dentro de los límites de aquellos diez días. Pero transcurrieron el décimo, el undécimo, y el duodécimo. Pero, al decimotercer día la luz se hizo en su cerebro y velozmente, con la sorprendente rapidez de esas ideas que surgen en nosotros igual que plantas milagrosas, la verdad brotó, se amplió, se fortificó. La noche de ese decimotercer día no sabía con certeza la clave del problema, pero descubrió uno de los métodos que podían permitir descubrirla..., el fructífero método que Lupin, sin ninguna duda, había usado.

Método bastante simple y que surgía de esta cuestión única: ¿existía un vínculo de unión entre todos los hechos históricos, más o menos importantes, a los que el folletín ataba el misterio de la aguja hueca?

La pluralidad de los acontecimientos hacía que la respuesta no fuera fácil. Sin embargo, del exhaustivo examen al cual se entregó Beautrelet, terminó por mostrarse un carácter esencial a todos aquellos acontecimientos. Todos, sin excepción, ocurrían en los límites de la vieja Neustrie, límites que pertenecían, más o menos, a la actual Normandía. Todos los héroes de la fabulosa aventura fueron normandos, o se convirtieron en tales, u obraron en tierra normanda.

¡Qué interesante cabalgata a través de los siglos! ¡Qué apasionante espectáculo el de todos aquellos barones, duques y reyes partiendo de lugares tan opuestos y encontrándose en este rincón del mundo!

Por complacencia, Beautrelet hojeó la historia.

Fue Roll o Rollón, el primer duque normando que fue dueño del secreto de la aguja posterior al tratado de Saint-Clair-sur-Epte.

Fue Guillermo el Conquistador, duque de Normandía y rey de Inglaterra, cuyo estandarte estaba perforado en forma de aguja.

Fue en Rouen el lugar donde los ingleses quemaron a Jeanne d'Arc, dueña del secreto.

Y al comienzo de la aventura, ¿quién fue el jefe de los caletas que pagó su rescate a César con el secreto de la aguja, sino el regente de los hombres de la tierra de Caux...? La tierra de Caux, ubicada en el mismo corazón de Normandía.

La hipótesis quedó determinada. El campo se redujo. Rouen, las orillas del Sena, la tierra de Caux..., realmente parecía que todos los caminos convergían en ese lugar. Si se citan, en especial dos reyes de Francia, ahora que el secreto perdido por los duques de Normandía y por sus herederos los reyes de Inglaterra, se ha transformado en secreto de la casa real de Francia, fue Henri IV... el mismísimo Henri IV... quien sitió a Rouen y ganó la batalla de Arquez a las puertas de Dieppe. Y también fue François I, quien fundó Le Havre y pronunció esta reveladora frase: "Los reyes de Francia guardan secretos que dictaminan la dirección de las cosas y el destino de las ciudades". Rouen, Dieppe, Le Havre..., las tres puntas del triángulo, las tres grandes ciudades que se hallan en las tres puntas, los tres ángulos. Y en el centro, la tierra de Caux.

Llegó el siglo XVII. Louis XIV quemó el libro donde un desconocido reveló la verdad. El capitán De Larbeyrie rescató un ejemplar, se aprovechó del secreto que él mismo violó, robó un cierto número de joyas y, atacado por unos asaltantes de caminos, muere asesinado. Pero ¿en qué sector se produjo el asalto de los bandidos y el asesinato? En Gaillon, pequeña ciudad ubicada en la carretera que lleva desde Le Havre, desde Rouen, o desde Dieppe, a París.

Un año después, Louis XIV compra un terreno y construye el Castillo de la Aguja. ¿Y qué zona escogió para ello? El centro de Francia. De esa manera, los curiosos permanecen desorientados. Nadie busca en Normandía.

Rouen..., Dieppe..., Le Havre... El triángulo... Todo se encuentra allí... De un lado, está el mar, del otro, el Sena y del otro, el par de valles que llevan de Rouen a Dieppe.

Un rayo iluminó el espíritu de Beautrelet. Esa zona de terreno, esa región de altas llanuras que van desde los acantilados del Sena hasta los acantilados de la Mancha, era continuamente, casi invariablemente, el campo de operaciones donde prosperaba Lupin.

Desde hacía una década era justamente en esa región donde él operaba como en tierra propia y como si hubiera tenido su escondite en el propio centro del país y donde se vinculaba más estrechamente la leyenda de la aguja hueca.

¿El caso del barón de Cahorn[5]? Había sucedido en las orillas del Sena, entre Rouen y Le Havre. ¿El caso de Tibermesnil[6]? Había ocurrido en el otro extremo de la planicie, entre Rouen y Dieppe. ¿Los robos de Cruchet, de Montigny y de Grasville? Acontecieron en plena tierra de Caux. ¿A qué lugar se dirigía Lupin cuando fue atacado y amarrado en su cabina del tren por Pedro Anfrey, el asesino de la calle Lafontaine[7]? A Rouen. ¿En qué lugar fue embarcado Herlock Sholmes, prisionero de Lupin[8]? Muy cerca de Le Havre.

Y todo el caso reciente, ¿dónde tuvo su teatro? En Ambrumésy, vecino a la carretera de Le Havre a Dieppe.

Rouen, Dieppe, Le Havre... siempre el triángulo.

Por lo tanto, algunos años atrás, Lupin, en posesión del folletín y en conocimiento del escondite donde Marie-

5 Del libro, *Arsène Lupin, caballero ladrón.*

6 Idem.

7 Idem.

8 Del libro, *Arsène Lupin contra Herlock Sholmes.*

Antoinette había ocultado el documento, terminó metiendo sus manos en el famoso libro de oraciones. Y una vez en posesión del documento, se puso en acción, halló lo que buscaba y se asentó en ese lugar como en un país conquistado.

Beautrelet también se puso en acción.

Se puso en marcha con auténtica excitación, pensando en el mismo viaje que había hecho Lupin, con la misma esperanza con la que debió palpitar cuando fue a buscar el secreto que le iba a dotar de tan gran poder. ¿Tendrían sus esfuerzos, los de Beautrelet, los mismos resultados victoriosos?

Salió de Rouen a primera hora de la mañana, a pie, con el rostro disfrazado y la bolsa en la punta de un bastón al hombro, como un aprendiz que hace su ronda por Francia. Se dirigió directamente a Duclair, donde almorzó. Al salir de esta ciudad, siguió el Sena y prácticamente no lo perdió de vista. Su instinto, reforzado además por numerosas influencias, le llevaba siempre a las sinuosas orillas del majestuoso río. Cuando el castillo de Malaquis fue asaltado, los objetos robados de la colección del barón Cahorn fueron transportados por el Sena. Las antiguas tallas sustraídas de la capilla de Ambrumésy también terminaron a orillas del Sena. Se imaginó a toda la flota de botes realizando un servicio regular entre Rouen y Le Havre y vaciando las obras de arte y los tesoros de la campiña para enviarlos desde allí a la tierra de los millonarios.

—¡Me estoy quemando! Me estoy quemando! —murmuró el muchacho, jadeando ante la verdad, que le llegó en una poderosa serie de sacudidas y le quitó el aliento.

Los controles encontrados en los primeros días no lo desanimaron. Tenía una firme y profunda creencia en la exactitud de la hipótesis que le guiaba. Era audaz, tal vez, y extravagante; no importaba: era digna del adversario perseguido. La hipótesis estaba a la altura de la prodigiosa realidad que llevaba el nombre de Lupin. Con un hombre así, ¿de qué serviría buscar en otra parte que no fuera el dominio de lo enorme, lo exagerado, lo sobrehumano?

Jumièges, la Mailleraye, Saint-Wandrille, Caudebec, Tancarville, Quillebeuf eran lugares llenos de sus recuerdos. ¡Cuántas veces habrá contemplado la gloria de sus campanarios góticos o el esplendor de sus inmensas ruinas!

Pero Le Havre, el barrio de Le Havre, atraía a Isidore como un faro.

"Los reyes de Francia guardan secretos que dictaminan la dirección de las cosas y el destino de las ciudades". Palabras crípticas que, de repente, para Beautrelet, brillaron con claridad. ¿Acaso no era una declaración exacta de las razones que determinaron a Francis I a crear una ciudad en este lugar y no estaba el destino de Le Havre de Grâce ligado al propio secreto de la aguja?

—Eso es, eso es —tartamudeó Beautrelet, emocionado—. El viejo estuario normando, uno de los puntos esenciales, uno de los centros originales en torno a los cuales se formó nuestra nacionalidad francesa, se completa con esas dos fuerzas, una a la vista, viva, conocida por todos, el nuevo puerto que comanda el océano y se abre al mundo; la otra tenue y oscura, desconocida y tanto más alarmante cuanto que es invisible e impalpable. La aguja explica toda una parte de la historia de Francia y de la casa real, así como explica toda la historia de Arsène Lupin. Las mismas fuentes de energía y poder suministran y renuevan las fortunas de los reyes y del aventurero.

Beautrelet rastreaba y buscaba de aldea en aldea, del río al mar, con la nariz al viento y los oídos aguzados, tratando de obligar a las cosas inanimadas a entregarle su profundo significado. ¿Debería cuestionarse esta ladera? ¿O ese bosque? ¿O las casas de esta aldea? ¿O es que entre las insignificantes frases pronunciadas por aquel campesino de allá podría esperar recoger la pequeña palabra esclarecedora?

Una mañana mientras almorzaba en una posada teniendo ante sus ojos Harfleur, vieja ciudad del estuario, frente a él estaba comiendo uno de esos tratantes normandos, sonrosados y gordos, que transitan por las ferias con un látigo en la mano y vestidos con una larga blusa. Al cabo de un rato a Beautrelet le dio la impresión de que aquel hombre lo observaba con cierta atención, como si lo conociera o, por lo menos, como si intentara reconocerlo.

"Creo que me equivoco —pensó—. Nunca he visto a este tratante antes de ahora".

La verdad es que el hombre pareció no fijarse más en él. Prendió su pipa, pidió café y coñac. Beautrelet, cuando terminó su almuerzo, pagó y se levantó. Un grupo de personas estaba entrando justo en el momento en el que él iba a salir del restaurante. Tuvo que permanecer de pie unos momentos al lado de la mesa donde el tratante estaba sentado, y entonces escuchó que le decía:

—Buenos días, señor Beautrelet.

Isidore no vaciló. Tomó asiento al lado del personaje y le dijo:

—Sí, soy yo... ¿y usted...? ¿Quién es usted? ¿Cómo me reconoció?

—No es difícil... Aunque, yo solo he visto su retrato en

los periódicos. Pero usted está tan mal..., ¿cómo es que dicen ustedes en francés?... tan mal deformado.

Tenía un acento extranjero muy marcado y Beautrelet creyó distinguir, al estudiar a aquel hombre, que él también tenía algo que deformaba su auténtico rostro.

—¿Quién es usted? —volvió a preguntar Beautrelet.

El extraño sonrió y dijo:

—¿No me reconoce?

—No. Yo nunca lo he visto a usted.

—De mí también publican retratos en los periódicos... y lo hacen con frecuencia. ¿Qué, ya sabe quién soy?

—No.

—Soy Herlock Sholmes.

Aquel encuentro era único. Y también era revelador. De inmediato, el joven comprendió su alcance. Luego de un intercambio de elogios mutuos, le preguntó a Herlock Sholmes:

—¿Me imagino que usted está aquí a causa de él?

—¡Claro!

—Entonces... dígame... ¿usted cree que tenemos alguna posibilidad por este lado?

—Estoy convencido de ello.

La emoción que Beautrelet experimentó al ver que la opinión de Sholmes coincidía con la suya, no dejaba de tener una cierta contradicción. Si el inglés lograba el objetivo, entonces sería una victoria dividida y además, quién sabe si este no lo alcanzaba antes que él.

—¿Tiene usted pruebas... algún indicio? —preguntó el joven.

—No tenga miedo —dijo el inglés con ironía, reconociendo la inquietud de Beautrelet—. Yo no voy tras las hue-

—De mí también publican retratos en los periódicos... y lo hacen con frecuencia. ¿Qué, ya sabe quién soy?

—No.

—Soy Herlock Sholmes.

llas que usted sigue. Para usted es el documento, el folletín..., elementos que a mí no me inspiran ninguna confianza.

—¿Y usted?

—Para mí no es el documento.

—¿Sería indiscreto?...

—De ningún modo. ¿Recuerda la historia de aquella joya, la historia del duque de Charmerace[9]?

—Sí.

—¿Usted no habrá olvidado a Victoria, la vieja niñera de Lupin, aquella que mi buen amigo Ganimard dejó escapar en un falso coche?

—No, no la he olvidado.

—Yo he encontrado el rastro de Victoria. Habita en una granja cerca de la carretera nacional número veinticinco. Y la carretera nacional veinticinco es la carretera que va de Le Havre a Lille. A través de Victoria llegaré fácilmente a Lupin.

—Será un camino largo.

—¿Qué importa? He dejado todos mis casos. Solo hay este que me interesa. Entre Lupin y yo hay una batalla iniciada... Una batalla a muerte.

Mencionó esas palabras con una cierta violencia en la que se notaba un odio feroz contra el gran enemigo que lo había engañado.

—Retírese —murmuró el inglés—. Nos están vigilando... y es riesgoso... Pero recuerde mis palabras, el día que Lupin y yo nos topemos frente a frente será... será algo fatídico.

Beautrelet se despidió de Sholmes tranquilo por completo. Ya no había que temer que el inglés lo venciera por rapidez.

9 Del libro *Arsène Lupin, obra en cuatro actos.*

Y qué dato le proporcionaba la casualidad con ese encuentro... En efecto, la carretera de Le Havre a Lille atraviesa Dieppe. Es la carretera principal de la tierra de Caux, la carretera marítima que recorre los acantilados de la Mancha. Y era en una granja cercana a esa carretera donde Victoria estaba ubicada. Victoria, es decir, Lupin, ya que uno no anda sin la otra, el amo no anda sin la criada permanentemente dedicada a él.

"Estoy ardiendo de impaciencia —se decía el joven—. El hecho de que la casualidad me proporcione un nuevo dato es para confirmar mis hipótesis. Por un lado, la absoluta certeza con relación a las orillas del Sena, y por el otro, la certeza de la carretera nacional. Ambas vías de comunicación se encuentran en Le Havre, la ciudad de François I, la ciudad del secreto. Los límites se hacen más estrechos. La ciudad de Caux no es grande y solo tengo que estudiar la parte oeste de la región. Lo que Lupin ha logrado encontrar, no existe ningún motivo para que yo no lo encuentre también, —no cesaba de repetirse—. Es verdad que Lupin debe tener algunas ventajas importantes, tal vez un conocimiento profundo de la región...".

Y era una ventaja estupenda, ya que él, Beautrelet, desconocía por completo aquella región.

Pero ¡qué importaba!

Aunque tuviera que dedicar diez años de su vida a aquella investigación, la llevaría a cabo. Lupin estaba allí. Lo observaba. Lo adivinaba. Lo esperaba en una curva de aquel camino, en la orilla de aquel bosque, al final de aquella aldea. Y cada vez que se decepcionaba, tal parecía que encontraba en cada decepción un motivo aún más fuerte para persistir en su objetivo.

Con frecuencia se dejaba caer en alguna cuesta de la carretera y se hundía, concentrado, en el estudio de la copia del documento, tal como la llevaba consigo, es decir, con la sustitución de las cifras por las vocales.

e.a.a..e..e.a.
a..a...e.e. .e.oi.e..e.
.ou..e.o...e..e.o..e

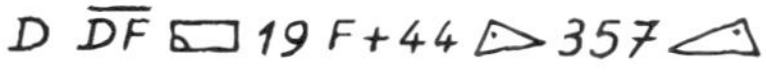

ai.ui..e ..eu.e

Con frecuencia también, de acuerdo a su costumbre, se tumbaba boca abajo en la hierba alta y reflexionaba durante horas. Disponía de muchísimo tiempo para ello. El futuro era suyo.

Con una paciencia sorprendente, fue del Sena al mar y del mar al Sena, alejándose por grados, regresando sobre sus pasos, y dejando el campo solo cuando ya no había ninguna posibilidad de hallar la más mínima información.

Estudió y rebuscó las regiones de Montivilliers, Saint-Romain, Octeville y Gainneville y Criquetot.

Durante las tardes llamaba en las casas de los aldeanos y les pedía alojamiento. Después de comer, fumaba y hablaba con ellos. Y hacía que le narraran las mismas historias que ellos contaban en las largas noches de invierno.

Nada. No habían leyendas ni memorias en las que se mencionara de cerca o de lejos una aguja. Y volvía a comenzar la marcha jovialmente.

Un día transitó por la hermosa aldea de Saint-Jouin, que domina el mar y descendió entre el caos de rocas caídas del acantilado.

Después, volvió a subir a la planicie y fue hacia el valle de Bruneval, en dirección al cabo de Antifer, hacia la pequeña ensenada del mismo nombre. Caminaba jubilosamente y con ligereza, algo cansado, pero muy feliz de vivir tan contento, que ni siquiera recordaba a Lupin y el misterio de la aguja hueca, y tampoco a Sholmes, interesándose solo en la apariencia de las cosas, en el cielo azul y en el inmenso mar esmeralda todo radiante de sol.

Por momentos lo intrigaban unas pendientes rectilíneas, y unos vestigios de muros y ladrillos donde creía reconocer restos de campos romanos. Después encontró una especie de pequeño castillo, de muy mal gusto, levantado imitando una fortaleza antigua, y que se encontraba situado en un risco despedazado, escabroso y casi desprendido del acantilado. Una puerta de reja rodeada de fosos y plantas espinosas cerraba el angosto pasadizo.

Con cierta dificultad, Beautrelet logró pasar. Por encima de la puerta ojival, cerrada con una antigua cerradura llena de herrumbre, leyó:

Fort de Fréfossé[10]

No trató de entrar y girando a la derecha, después de bajar una corta pendiente, alcanzó un sendero que avanzaba sobre una línea de tierra provista de una rampa de madera. En su extremo se encontraba una gruta de pequeñas proporciones, formando una especie de garita en la punta del peñasco donde había sido abierta. Era una roca escabrosa asomándose sobre el mar.

10 El fuerte de Fréfossé tenía el nombre de una propiedad vecina de la cual era anexa. Su destrucción, que ocurrió algunos años más tarde, fue demandada por las autoridades militares, motivada a las revelaciones que se hacen en este libro.

Casi no era posible mantenerse en pie en el medio de la gruta. En los muros se trenzaban algunas inscripciones. Una abertura casi cuadrada, hecha sobre la piedra, se abría como un tragaluz por el lado de tierra, frente al fuerte de Fréfossé, cuya fortificada cima se observaba a treinta o cuarenta metros de distancia. Beautrelet dejó caer al suelo su maletín de viaje y se sentó. El día había sido largo y fatigoso. Se durmió por unos instantes.

Lo despertó el frío viento que circulaba por la gruta. Se quedó inmóvil un rato, distraído y con la mirada perdida. Trató de pensar, de aclarar su mente todavía adormecida. Y un poco más consciente iba a ponerse de pie, cuando tuvo la impresión de que sus ojos, repentinamente fijos, desorbitados de golpe, observaban... Lo sacudió un estremecimiento. Sus manos se crisparon, y gruesas gotas de sudor se le comenzaron a formar en las raíces del cabello.

—No... no... —tartamudeó—. ¿Será un sueño, una alucinación...? A ver... ¿Será posible?

Se arrodilló con brusquedad y se inclinó. Dos letras inmensas, de un pie de alto cada una, estaban grabadas en relieve, en el granito del suelo.

Esas dos letras, burdamente grabadas y en las que el paso del tiempo había redondeado sus ángulos y gastado su superficie, eran una D y una F.

—¡Una D y una F! ¡Milagro prodigioso! Justamente las dos letras del documento eran una D y una F. Las dos únicas letras del documento.

Beautrelet ni siquiera tenía necesidad de verlo para reconstruir el grupo de letras de la cuarta línea, la línea de las medidas y otras indicaciones.

Las sabía de memoria. Estaban grabadas para siempre en

—¡Una D y una F! ¡Milagro prodigioso! Justamente las dos letras del documento eran una D y una F. Las dos únicas letras del documento.

el fondo de sus ojos, incrustadas eternamente en la propia masa de su cerebro.

Se levantó, descendió por el camino escarpado, volvió a subir a lo largo del viejo fuerte, se agarró nuevamente para pasar los espinos del borde y caminó velozmente hacia un pastor cuyo rebaño pastaba en una sinuosidad de la planicie.

—La gruta... la gruta...

Sus labios estaban temblorosos y buscaban palabras que no lograba encontrar. El pastor lo miraba sorprendido. Al fin pudo decir:

—La gruta... la que está allí... a la derecha del fuerte... ¿Cuál es su nombre?

—¡Caramba! Todos los habitantes de Étretat la llaman la Cámara de las *Demoiselles*.

—¿Qué?... ¿Qué?... ¿Qué está diciendo?...

—Eso... la Cámara de las *Demoiselles*.

Isidore estuvo a punto de brincarle encima y agarrarlo por la garganta, como si toda la verdad estuviera en aquel nombre y esperara poder arrancársela de un porrazo...

¡Demoiselles! Una de las palabras. ¡Una de las dos únicas palabras descubiertas del documento!

Un aire de locura hacía temblar a Beautrelet hasta sus piernas. Un viento que daba la impresión de hincharse a su alrededor, soplando como una torbellino impetuoso que venía de la costa y que venía de la tierra, que venía de cualquier parte y lo golpeaba con grandes golpes de verdad... ¡Ahora entendía! ¡El documento se le mostraba con su verdadero sentido! La Cámara de las *Demoiselles*... Étretat...

"Es eso —pensaba él con el espíritu bañado de luz—. Solo puede ser eso. Pero ¿cómo no lo vi antes?".

En voz baja le dijo al pastor:

—Está bien..., ya puede irse..., gracias.

El hombre llamó a su perro y se fue.

Otra vez solo, Beautrelet decidió regresar al fuerte. Ya casi había llegado cuando de pronto se tumbó en la tierra y permaneció allí acurrucado contra un trozo de pared. Y retorciéndose las manos pensaba: "¡Si estaré loco! ¿Y si él me descubre? ¿Si sus cómplices me descubren? Hace más de una hora que voy y vengo...".

Siguió sin moverse. El sol se había puesto. La noche poco a poco se iba mezclando con el día, oscureciendo las siluetas de las cosas.

Entonces, con pequeños movimientos casi imperceptibles, deslizándose y arrastrándose boca abajo, fue adelantando sobre una de las puntas del peñón hasta el extremo del acantilado. Una vez allí, con los dedos de sus manos extendidos, retiró las matas de hierba y asomó su cabeza sobre el precipicio.

En pleno mar, casi al mismo nivel del acantilado, se levantaba una inmensa roca frente a él. Con más de veinte metros de altura, creaba un colosal obelisco erguido derecho sobre su gran base de granito, la cual se observaba a ras del agua y que enseguida se elevaba hasta la cumbre como el diente de un formidable monstruo marino. Blanco igual que el acantilado, de un blanco gris y sucio, el horrendo monolito estaba acanalado por líneas horizontales marcadas por el sílex y en las que se notaba el lento trabajo de los siglos acumulando las capas calcáreas y las capas de fragmentos, unas sobre otras.

A trechos, una fisura, una depresión, y luego de inmediato, algo de tierra, hierba, unas hojas.

Y todo aquello lucía poderoso, firme, formidable, con el aire de algo indestructible contra lo que las furiosas embestidas de las olas y de las tempestades no podían influir. Todo aquello era eterno, inseparable, grandioso, a pesar de la inmensidad de la muralla de acantilados que lo dominaba; extraordinario, a pesar de la inmensidad del espacio donde se levantaba.

Las uñas de Beautrelet se hundían en la tierra igual que las garras de un animal listo a saltar sobre su presa. Sus ojos observaban la capa rugosa de la roca, su piel y le parecía que hasta su carne. La sentía, la palpaba, tomaba conocimiento y se apoderaba de ella...

El horizonte se coloreaba de púrpura con todos los fuegos del sol ya oculto, e inmensas nubes inflamadas y detenidas en el cielo formaban fabulosos paisajes, irreales lagunas, llanuras encendidas, bosques dorados, lagos de sangre..., toda una fantasmagoría ardiente y serena.

El azul del cielo se oscureció. Venus deslumbraba con un resplandor maravilloso... Más tarde se encendieron las estrellas algo tímidas.

Y Beautrelet, de repente, cerró sus ojos y convulsivamente apretó contra su frente sus brazos doblados. Allí abajo... —¡Dios!, creía morir de placer. En ese punto, la emoción era tan cruel que comprimía su corazón—, allí abajo, en la parte alta de la aguja de Étretat, debajo de la última punta alrededor de la cual revoloteaban las gaviotas, un leve humo que se filtraba de una grieta, un pequeñísimo hilo de humo se elevaba en lentas espirales en el aire adormecido del anochecer.

Capítulo 9

¡Ábrete, Sésamo!

¡La aguja de Étretat es hueca!

¿Era un fenómeno natural? ¿Una excavación generada por catástrofes internas o por el insensible arrojo del mar que hierve, de la lluvia que se cuela? ¿O sería una obra sobrehumana levantada por el hombre, por los celtas, por los galos, por los hombres prehistóricos? Preguntas sin respuestas, sin duda. Pero ¿qué importaba? Lo más importante residía en esto: la aguja es hueca.

A cuarenta o cincuenta metros de aquel grandioso arco llamado la Puerta de Aval y que se dibuja desde lo alto del acantilado como una grandiosa rama de árbol, para echar raíces en las rocas submarinas, se levanta un gigantesco cono calcáreo, y ese cono es solamente un gorro de corteza puntiaguda situado sobre el vacío.

¡Extraordinaria revelación! Después de Lupin, he aquí a Beautrelet que descubrió la clave del gran enigma que se ha mantenido durante más de veinte siglos. Clave de fundamental importancia para quien la poseyera antiguamente, en las remotas épocas en que las hordas de bárbaros avanzaban por el viejo mundo. Clave mágica que abre la colosal gruta a las tribus en fuga. Clave secreta que brinda el poder y asegura la superioridad.

Por haber descubierto esa clave, César pudo dominar la Galia. Por conocerla, los normandos dominaron el país y, más tarde, basados en ese punto de apoyo, desde allí conquistaron Sicilia, conquistaron el Oriente, conquistaron el Nuevo Mundo.

Amos del secreto, los reyes de Inglaterra dominaron a Francia, la doblegaron, la fragmentaron, se hicieron coronar reyes en París. Perdieron la clave y fueron derrotados.

Amos del secreto, los reyes de Francia hicieron crecer el país, desbordaron los límites de sus dominios, constituyeron la gran nación y brillaron de poder y gloria... pero la olvidaron o no supieron usarla, y entonces fue la muerte, el exilio, la decadencia.

Un reino impalpable, en el seno de las aguas y a diez brazas de la tierra... Una fortificación ignorada, más alta que las torres de Notre-Dame y levantada sobre una base de granito más extensa que una plaza pública... ¡Qué fuerza y qué seguridad! De París al mar recorriendo el Sena. Allí, Le Havre, la ciudad nueva, la ciudad ineludible. Y a treinta y tres kilómetros de allí, la aguja hueca, ¿no es acaso un refugio invencible?

Es un refugio y también es un tremendo escondite. Todos los tesoros reales, crecidos de siglo en siglo, todo el oro de Francia, todo lo que se quita al pueblo, todo lo que se despoja al clero, todo el botín obtenido en los campos de batalla de Europa, se encuentra en la caverna real donde está amontonado. Antiguas monedas de oro, escudos brillantes, doblones, florines y guineas, y las piedras, los diamantes y todas las joyas..., todo se encuentra allí. ¿Quién lo descubrirá? ¿Quién podrá descubrir –jamás– el misterioso secreto de la aguja? Nadie lo hará.

—Sí..., alguien... Lupin.

Y Lupin se transforma en esa especie de ser realmente desproporcionado que conoce ese milagro imposible de aclarar mientras la verdad se encuentra en la sombra. Por infinitos que sean los recursos de su genio, no serán suficientes para la lucha que él mantiene contra la sociedad. Necesitaba otros que fueran más materiales. Es necesaria la retirada segura, es necesaria la certeza de la impunidad, la paz que permite la realización de los planes.

Sin la aguja hueca, Lupin sería incomprensible, sería un mito, un personaje de ficción, sin relación con la realidad. Pero dueño del secreto, ¡y de qué secreto!, es simplemente un hombre como los demás, pero que sabe maniobrar de manera privilegiada la extraordinaria arma que el destino le ha otorgado.

Así, pues, la aguja es hueca. Era un hecho incuestionable. Solo faltaba por saber cómo acceder a ella.

Evidentemente, por el mar debía existir, por el lado de la costa, alguna fisura accesible para las barcas a determinadas horas de la marea. Pero ¿y por el lado de la tierra?

Hasta entrada la noche, Beautrelet se quedó suspendido sobre el abismo, con los ojos fijos en la masa de oscuridad que formaba la pirámide, pensando, reflexionando con todas las fuerzas de su espíritu.

Después, bajó hacia Étretat, escogió un albergue, cenó, subió a su habitación y abrió el documento.

Ahora, determinar su significado era un juego para él. De inmediato se dio cuenta de que las tres vocales de la palabra Étretat se hallaban en la primera línea en el orden y con los espacios deseados. Esa primera línea se conformaba así:

e.a.a... etretat

¿Qué palabras podían anteceder a Étretat? Sin duda, serían palabras que harían referencia a la situación de la aguja con respecto a la aldea. Pero la aguja se levantaba a la izquierda, al oeste... Comenzó a buscar y recordando que los vientos del oeste en la costa eran llamados vientos de aval (abajo) escribió:

En aval d'Étretat
(Abajo de Étretat)

La segunda línea era aquella de la palabra *Demoiselles* y verificando de inmediato, antes de esa palabra, la serie de las vocales que formaban las palabras La chambre des (la Cámara de las) anotó las dos frases:

En aval d'Étretat - La chambre des Demoiselles
(Abajo de Étretat - La Cámara de las *Demoiselles*)

La tercera línea le costó algo de más trabajo y solo después de haberla explorado, recordando la situación del castillo, levantado en el lugar del fuerte de Fréfossé, no lejos de la Cámara de las *Demoiselles*, terminó por reconstruir el documento de este modo:

En aval d'Étretat - La chambre des Demoiselles
(Abajo de Étretat - La Cámara de las *Demoiselles*)

Sous le fort de Fréfossé - Aiguille creuse
(Bajo el fuerte de Fréfossé - Aguja hueca)

Esas eran las cuatro grandes fórmulas. Por medio de la cuales podía considerarse ir abajo de Étretat y entrar en la Cámara de las *Demoiselles*, de acuerdo a todas las probabilidades, se pasaba debajo el fuerte de Fréfossé y se alcanzaba la aguja. ¿Cómo? Mediante las indicaciones y las medidas que creaban la cuarta línea:

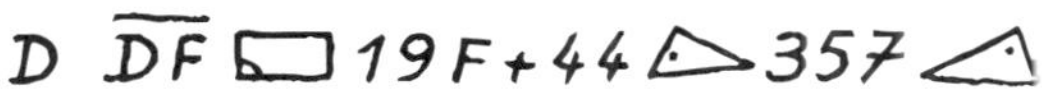

Era evidente que estas eran las fórmulas más precisas, reservadas a la búsqueda de la abertura por donde se podía entrar en la aguja y del camino que llevaba hasta ella.

Beautrelet imaginó de inmediato —extensión lógica del documento— que si ciertamente existía una vinculación directa entre la tierra y el obelisco, el subterráneo debía comenzar en la Cámara de las *Demoiselles*, pasar por debajo del fuerte de Fréfossé, bajar verticalmente los cien metros del acantilado y entrar en la Aguja hueca por algún túnel abierto bajo las rocas del mar.

¿Y la entrada del subterráneo? ¿Acaso no serían las letras D y F, tan claramente dibujadas, las que la definían, las que hacían entrega de ella? Posiblemente, también gracias a algún inteligente mecanismo.

Isidore deambuló por Étretat toda la mañana del día siguiente, y habló con unos y con otros para tratar de encontrar alguna información útil. Finalmente, en horas de la tarde, subió de nuevo al acantilado. Disfrazado de marinero parecía rejuvenecido y tenía la apariencia de un mozalbete de doce años con sus pantalones muy cortos y su jersey.

Apenas entró en la gruta se inclinó delante de las letras. Lo esperaba un desencanto. De nada le sirvió golpear sobre ellas, tratar de empujarlas, manipularlas en cualquier sentido. No se movían. Finalmente se dio cuenta de que en realidad no podían moverse y, como resultado, no podían ser la clave de ningún mecanismo. No obstante... tenían un significado. Considerando las informaciones obtenidas por él en Étretat, resultaba que nadie había logrado explicarse nunca la existencia de aquellas letras, y que el padre Cochet, en su magnífico libro sobre Étretat[11] se había inclinado vanamente sobre aquel jeroglífico.

De repente se le ocurrió una idea. Y era tan razonable, tan sencilla, que ni por un segundo dudó de su precisión. Esa D y esa F no eran las iniciales de dos de las palabras más relevantes del documento… palabras que significaban, con la Aguja, las paradas principales del camino a seguir hacia la Cámara de las *Demoiselles* y hacia el fuerte de Fréfossé. En esto se notaba una relación demasiado extraña para que fuera una casualidad.

En ese caso, el problema era el que sigue: las letras D y F representaban la relación existente entre la Cámara de las *Demoiselles* y el fuerte de Fréfossé; la letra D aislada, que comenzaba la línea, se refería a las *Demoiselles*, es decir, la gruta donde era necesario ubicarse en primer lugar, y la

---

11 *Los orígenes de Étretat.* A fin de cuentas, el padre Cochet parece que llegó a la conclusión de que aquel par de letras eran las iniciales de un campesino. Sin embargo, las revelaciones que nosotros señalamos aquí demuestran lo equivocado de tal suposición.

letra F aislada, ubicada en medio de la línea, se refería a Fréfossé, es decir, la posible entrada al subterráneo.

Entre aquellos distintos signos quedaban dos: un cierto rectángulo desigual, con una marca en la parte baja del lado izquierdo, y la cifra 19, símbolos que seguramente indicaban a aquellos que se hallaran en la gruta la manera de entrar bajo el fuerte.

La forma de aquel rectángulo desconcertaba a Isidore. En torno a él, sobre los muros, o al alcance de su vista, ¿existía alguna señal o algún elemento que mostrara una forma rectangular?

Se dedicó a buscar durante largo tiempo y estaba a punto de renunciar a esa búsqueda cuando sus ojos tropezaron con una pequeña abertura hecha en la roca y que actuaba como la ventana de aquella cámara. Y justamente los bordes de dicha abertura trazaban un rectángulo, irregular, desigual, tosco, pero, a pesar de ello, un rectángulo. Y de inmediato, Beautrelet comprobó que apoyando sus dos pies sobre la D y sobre la F grabadas en el suelo —tal como lo indicaba la línea que estaba sobre las dos letras del documento—,se ubicaba a la altura de la ventana.

Se colocó en esa posición y observó. Como ya mencionamos, la ventana estaba orientada hacia tierra firme y por ella se podía ver, en primer lugar, el sendero que unía la gruta a tierra, y, en segundo lugar, se observaba la propia base del montículo sobre el cual se encontraba el fuerte. Para tratar de avistar el fuerte, Beautrelet se inclinó hacia el lado izquierdo, y fue entonces cuando comprendió el significado del trazo redondeado, de la coma que mostraba el rectángulo abajo a la izquierda. Porque abajo, justo a la izquierda de la ventana, un trozo de sílex creaba un saliente y el extremo de ese trozo se curvaba igual que una garra. Se hubiera dicho que se trataba de un preciso punto de mira. Y si se colocaba el ojo en ese punto de mira, la visión limitaba, encima de la pendiente del montículo opuesto, un cierto terreno bastante limitado y ocupado casi totalmente por un antiguo muro de ladrillo, resto del antiguo fuerte o de un antiguo *oppidum* romano levantado en ese lugar.

Beautrelet fue corriendo hacia la superficie del muro, que medía aproximadamente una extensión de diez metros y cuya superficie estaba cubierta de hierbas y de plantas. No halló ninguna señal. Pero ¿y el número 19?

Volvió a la gruta, extrajo de su bolsillo un ovillo de cuerda y un metro de tela que había traído, ató el cordel al ángulo de sílex, después ató una piedra al cabo de 19 metros de cordel y la lanzó hacia abajo. La piedra apenas alcanzó el comienzo del sendero.

"Soy un tonto por triplicado —pensó Beautrelet—. ¿Es que acaso se medía en metros en aquella época? Diecinueve quiere decir diecinueve toesas o no quiere decir nada".

Una vez que realizó el cálculo adecuado contó treinta y ocho metros de cuerda, hizo un nudo para marcarlos y a tientas buscó sobre la superficie de pared el lugar exacto donde el nudo formado por los treinta y ocho metros, desde la ventana de las *Demoiselles*, tocaba el muro de Fréfossé. Después de algunos minutos quedó determinado ese punto de contacto. Con la mano que tenía desocupada separó las hojas de moleña crecidas entre las grietas del muro. Dio un grito. El nudo que él sostenía, apoyado con la punta de su dedo, estaba colocado sobre el centro de una diminuta cruz tallada en relieve sobre el ladrillo. Y en el documento, el símbolo que seguía a la cifra 19 también era una cruz.

Necesitó toda su fuerza de voluntad para controlar la emoción que lo invadía. Rápidamente, con sus dedos tensos, cogió la cruz, y al mismo tiempo que calcaba sobre ella, la hizo dar vueltas como si se tratara de una rueda. El ladrillo se movió. Redobló sus esfuerzos, pero el ladrillo no volvió a moverse. Entonces, sin hacerlo girar de nuevo, apretó más fuerte. De inmediato sintió que cedía. Y de pronto, se escuchó como un desprendimiento, un sonido de cerradura que se abre, y al lado derecho del ladrillo, en un espacio de un metro, un trozo de muro giró sobre sus goznes y reveló la abertura de un subterráneo.

Igual que un loco, Beautrelet agarró la puerta de hierro donde estaban empotrados los ladrillos, tiró de ella con violencia y la cerró. La sorpresa, la alegría, tal vez el miedo de ser descubierto convulsionaba su rostro. Experimentó la extraordinaria visión de todo lo que había pasado allí, delante de aquella puerta hacía veinte siglos... De todos los personajes que conocían el gran secreto que habían entrado por aquella puerta..., celtas, galos, romanos, normandos, ingleses, franceses, barones, duques, reyes, y después de todos ellos, Arsène Lupin..., y después de Lupin, él, Isidore Beautrelet... Sintió como si su cabeza se desvaneciera. Sus párpados se cerraron. Cayó desmayado y rodó hasta el fondo de la pendiente, a la orilla del precipicio.

Su trabajo había terminado..., al menos aquel que podía hacer solo, con los pocos recursos que disponía.

Durante la noche le escribió al jefe de la justicia una larga carta en la que lo ponía al tanto, fielmente, de los resultados de su investigación y le concedía así el secreto de la Aguja hueca. Le pedía ayuda para acabar su obra.

Necesitó toda su fuerza de voluntad para controlar la emoción que lo invadía. Rápidamente, con sus dedos tensos, cogió la cruz, y al mismo tiempo que calcaba sobre ella, la hizo dar vueltas como si se tratara de una rueda.

Mientras aguardaba por la respuesta, pernoctó dos noches consecutivas en la Cámara de las *Demoiselles*. Las pasó trastornado de miedo, con los nervios perturbados por un pánico que los ruidos nocturnos turbaban todavía más... Cada segundo creía ver sombras que iban hacia él. Se sabía de su presencia en la cámara..., venían..., lo decapitarían...

Sin embargo, su vista, desesperadamente fija, con toda su fuerza, se aferraba a la superficie del muro.

La primera noche nada se movió. Pero la segunda, con la luz de las estrellas y de un ligero brillo de la luna creciente, advirtió que la puerta se abría y que unas siluetas entraban. Contó uno, dos, tres, cuatro, cinco...

Le pareció que aquellos personajes llevaban consigo voluminosos bultos. Avanzaron derecho por el campo hasta llegar a la carretera de Le Havre y pudo reconocer el ruido de un vehículo que se alejaba.

Regresó sobre sus pasos y rodeó una extensa granja. Pero en una curva del camino que la bordeaba, apenas tuvo oportunidad de escalar un talud y ocultarse detrás de los árboles. Otros dos personajes pasaban cargados de paquetes. Y dos minutos más tarde oyó el sonido del motor de otro vehículo. Esta vez ya no tuvo el coraje para regresar a la gruta y se fue a su hospedaje a dormir.

Cuando despertó, el mozo del hotel le entregó una tarjeta. Al abrirla, era la esperada tarjeta de visita de Ganimard.

"Al fin", dijo Beautrelet, quien en realidad experimentaba la necesidad de apoyo después de una cruzada tan dura.

Cuando Ganimard entró, el joven se lanzó hacia él con las manos abiertas. Ganimard se las estrechó y le manifestó:

—Hijo mío, usted es un valiente.

—¡Bah! —pronunció él—. Me ayudó la suerte.

—Con él no hay suerte que valga —señaló el inspector, que siempre hablaba de Lupin con gran solemnidad y sin decir su nombre.

Se sentó.

—¿Entonces, ya lo tenemos?

—Ya lo hemos tenido más de veinte veces —dijo Beautrelet, riendo—, pero hoy... hoy es diferente. Conocemos su retiro, su castillo fuerte, definitivamente, lo que hace que Lupin sea Lupin. Él podrá escapar. Pero la Aguja de Étretat no puede hacerlo.

—¿Y por qué usted cree que él escapará? —preguntó Ganimard, preocupado.

—¿Y por qué usted supone que él necesitará escapar? —respondió preguntando, a su vez, Beautrelet—. No hay pruebas de que él se encuentre actualmente en la Aguja. Durante la noche salieron de allí once de sus colaboradores. Tal vez entre esos once estaba él mismo.

Ganimard reflexionó.

—Usted tiene razón. Lo esencial es la Aguja hueca. Para lo otro esperemos que la fortuna nos favorezca. Y ahora vamos a hablar.

Adoptó nuevamente su tono grave, su aire de convencida jerarquía, y declaró:

—Mi querido Beautrelet, tengo orden de recomendarle a usted, a propósito de este caso, la más completa discreción.

—Y esa orden ¿de quién es? —preguntó Beautrelet bromeando—. ¿Del prefecto de policía?

—De más arriba.

—¿Del presidente del Consejo?

—De más arriba.

—¡Caramba!

Ganimard bajó la voz y agregó:

—Beautrelet, vengo del palacio del Elíseo. Este asunto es considerado como un secreto de Estado, así como de una extrema gravedad. Hay serios motivos para que se mantenga en secreto esta ciudadela invisible..., motivos sobre todo estratégicos... Este lugar puede transformarse en un centro de abastecimiento, un almacén de nuevas armas, de municiones inventadas recientemente, ¿qué sé yo?, en el arsenal ignorado de Francia.

—Pero ¿cómo pretenden guardar ese secreto? Antiguamente lo poseía un solo hombre: el rey. Hoy, ya somos varios quienes lo sabemos, sin mencionar la banda de Lupin.

—Sí. Pero si solo se consiguen diez años de silencio... o cinco años..., esos cinco años serían la garantía...

—Pero para apropiarse de esa ciudadela, de este futuro arsenal, es necesario ante todo atacarlo, es necesario desalojar a Lupin de allí. Y todo eso no pasará sin escándalo.

—Es evidente que habrá sospechas, pero no se sabrá nada.

—Está bien. ¿Y cuál es su plan?

—Helo aquí, en dos palabras. En primer lugar, usted ya no será Isidore Beautrelet y tampoco será un asunto de Arsène Lupin. Usted es y seguirá siendo un muchacho de Étretat que, deambulando, sorprendió a unos personajes que salían de un subterráneo. Y usted sospecha la existencia de una escalera que penetra el acantilado.

—Sí, hay varias de ese tipo de escaleras a lo largo de la playa. Fíjese, muy cerca, me han señalado la llamada Escalera del cura, conocida por todos los nadadores frente a Benouville.

Entonces, una parte de mis hombres y yo seremos guiados por usted. Yo entraré solo o acompañado, eso está por verse. De todos modos, el ataque tendrá lugar por esa zona. Si Lupin no está en la Aguja, nosotros montaremos allí una ratonera en la que un día de estos él quedará atrapado. Y si en efecto se encuentra allí...

—Si se encuentra allí, señor Ganimard, huirá de la Aguja por la cara posterior de aquella, la que da hacia el mar.

—En ese caso será detenido por la otra parte de mis hombres de inmediato.

—Está bien, pero como yo imagino, en el caso de que usted haya escogido el instante en que el mar está alejado dejando al descubierto la base de la Aguja, la cacería será pública, ya que tendrá lugar frente a todos los pescadores y pescadoras de mejillones, camarones y mariscos que proliferan entre las rocas.

—Esa es la razón por la que escogeré justamente la hora en que la marea está alta.

—En ese caso escapará en una barca.

—Pero como yo mantendré allí media docena de barcas de pesca, cada una de ellas comandada por uno de mis hombres, él será detenido.

—Siempre que no navegue por entre sus barcas igual que un pez entre las mallas de una red.

—Vale, pero entonces lo haré aplastar hasta el fondo del mar.

—¡Diablos! ¿Llevará cañones?

—¡Dios santo, sí! En estos momentos en Le Havre se encuentra un torpedero. A una llamada telefónica mía, desde aquí, vendrá a la hora convenida a las proximidades de la Aguja.

—¡Qué orgullo va a sentir Lupin! Un torpedero... Puedo ver, señor Ganimard, que usted lo tiene todo previsto. No queda otra cosa que ponerse en marcha. ¿Cuándo será el asalto?

—Mañana. En pleno día, con la marea alta, cerca de las diez.

Debajo de su apariencia de alegría, Beautrelet ocultaba una verdadera angustia. Hasta el día siguiente no logró dormir, agitado por las ideas de aquellos planes tan poco realizables. Ganimard se había alejado de él para viajar a Yport, a una docena de kilómetros de Étretat, donde, por precaución, había dado cita a sus hombres, y donde contrató doce barcas de pesca con el objetivo, dejó saber, de hacer rastreos a lo largo de la costa.

A las nueve y cuarenta y cinco, escoltado por doce hombres fuertes, fue a encontrarse con Beautrelet al pie del camino que sube por el acantilado. A las diez exactamente llegaban frente a la muralla. Este era, pues, el momento decisivo.

—¿Qué es lo que te sucede, Beautrelet? Estás de color verde —le dijo bromeando Ganimard, tuteando al joven a modo de sarcasmo.

—Y usted, señor Ganimard —contestó Beautrelet—, se diría que esta es su última hora.

Tuvieron que sentarse, y Ganimard bebió unos sorbos de ron.

—No es miedo —respondió—, pero ¡diablos!, qué emoción. Cada vez que trato de atraparlo, experimento esto en mis entrañas. ¿Un poco de ron?

—No, gracias.

—Ahora abre. ¿No hay peligro de que nos vean?

—No. La Aguja se encuentra más abajo que el acantilado, por otro lado, nos hallamos en un repliegue del terreno.

Beautrelet se aproximó a la pared y manipuló en el ladrillo. Se escuchó el desprendimiento y apareció la entrada al subterráneo. Con la luz de las linternas pudieron notar que el túnel estaba perforado en forma de bóveda y que aquella bóveda, igual, por lo demás, que el mismo suelo, era completamente de ladrillos.

Caminaron durante algunos segundos y de repente surgió una escalera. Beautrelet contó cuarenta y cinco peldaños de ladrillo, los cuales se encontraban gastados al medio por la repetida acción de los pasos.

—¡Rayos y centellas! —renegó Ganimard, que iba a la cabeza y que se detuvo sorpresivamente como si hubiera chocado con algo.

—¿Qué sucede?

—Una puerta.

—¡Rayos! —exclamó Beautrelet al verla—. Y no va a ser sencillo echarla abajo. Es sencillamente un bloque de hierro.

—Estamos fritos —dijo Ganimard—. Ni siquiera tiene una cerradura.

—Todas las puertas están hechas para ser abiertas, y si esta no tiene cerradura es porque hay un truco para abrirla.

—¿Y cómo sabremos el truco?

—Yo voy a averiguarlo.

—¿De qué manera?

—A través del documento. La cuarta línea no tiene otra razón de ser que develar las dificultades en el momento en que estas se presentan. Y la solución no es difícil, ya que está escrita no para desorientar, sino para orientar a quienes la buscan.

—¡No es difícil! No estoy de acuerdo con usted —dijo Ganimard, explayando el documento—. El número cuarenta y cuatro es un triángulo dibujado con un punto al lado izquierdo, y eso resulta algo oscuro.

—Pero no, no es así. Observe la puerta. Entonces verá que se encuentra reforzada en sus cuatro ángulos por placas de hierro de forma triangular y que las placas están sostenidas por clavos muy gruesos. Manipule usted la placa de la izquierda, abajo, y haga funcionar el clavo que se encuentra en el ángulo... Hay nueve posibilidades contra una de que estemos en lo correcto.

—Pues, es suya la décima posibilidad —dijo Ganimard después de haberlo intentado.

—Entonces, la cifra cuarenta y cuatro...

En voz baja, mientras pensaba, Beautrelet continuó:

—A ver... Ganimard y yo nos encontramos ambos en el último peldaño de la escalera..., y son cuarenta y cinco... Coincidencia, ¿no?... En todo este asunto nunca existe una coincidencia, al menos voluntaria. Ganimard, tenga la bondad de bajar un peldaño... Eso es, y no se mueva del peldaño cuarenta y cuatro. Ahora yo haré moverse el clavo de hierro. Y la aldaba rechinó...

En efecto, la pesada puerta dio vuelta sobre sus goznes. Y frente a sus ojos apareció una cueva bastante amplia.

—Debemos encontrarnos, exactamente, debajo del fuerte de Fréfossé —dijo Beautrelet —. Ahora, las capas de tierra ya han sido cruzadas. Los ladrillos ya se terminaron. Nos hallamos en plena masa calcárea.

Aquel espacio estaba profusamente iluminado por un chorro de luz que provenía del otro extremo. Al aproximarse vieron que era una grieta en el acantilado, abierta en un saliente de la pared y que hacía como una especie de observatorio. Delante de ellos, a cincuenta metros, surgiendo de las olas, el impresionante bloque de la Aguja. A la derecha, bastante cerca, se hallaba el contrafuerte de la puerta de Aval y a la izquierda, bastante lejos, cerrando la afinada curva de una amplia ensenada, otro arco aún más imponente, que se recortaba en el acantilado. Era la *manneporte* (porta magna), tan amplia que a través de ella hubiera podido pasar un navío, con sus mástiles levantados y todas las velas abiertas. En el fondo, por todas partes, el mar.

—No logro ver nuestra flotilla —dijo Beautrelet.

—Es imposible —contestó Ganimard—. La puerta de Aval oculta toda la costa de Étretat y de Yport. Pero observe allá abajo, sobre la costa, aquella línea negra a nivel del agua...

—¿Qué es?...

—Pues, nuestra flotilla de guerra, el torpedero número veinticinco. Con eso, Lupin solo podrá huir si está dispuesto a saber cómo se ven los paisajes submarinos.

Una rampa mostraba el orificio de la escalera cercana a la hendidura. Continuaron por ella. De vez en cuando, una pequeña ventana agujereaba la pared, y cuando eso ocurría observaban la Aguja, cuyo volumen les parecía más y más colosal. Un poco antes de alcanzar el nivel del agua, las ventanas ya no volvieron a verse y la oscuridad fue lo que emergió.

Isidore iba contando los peldaños en voz alta. Cuando llegaron a los trescientos cincuenta y ocho, alcanzaron un pasillo más amplio que también se encontraba cerrado por otra puerta de hierro reforzada con planchas y clavos.

Delante de ellos, a cincuenta metros, surgiendo de las olas, el impresionante bloque de la Aguja.

—Ya conocemos esto —dijo Beautrelet—. El documento nos muestra el número trescientos cincuenta y siete y un triángulo con el punto a la derecha. Solo tenemos que volver a empezar la operación.

La segunda puerta se abrió igual que la primera. Apareció un túnel bastante largo, iluminado por la vibrante luz de los faroles suspendidos en la bóveda. Los muros filtraban humedad y las gotas caían al suelo, de manera que de un lado a otro se había colocado, para facilitar el paso, una auténtica acera de tablas.

—Estamos caminando bajo el mar —señaló Beautrelet—. ¿Viene usted, Ganimard?

El inspector avanzó por el túnel, continuó por la pasarela de madera y se paró frente a un farol, lo descolgó, diciendo:

—Estos elementos quizá datan de la Edad Media, pero la manera en que alumbran es moderna. Estos hombres se alumbran con camisas de mecheros de gas.

Continuaron el camino. El túnel finalizaba en otra gruta más espaciosa, donde se podían divisar al frente los primeros escalones de una escalera ascendente.

—Ahora comienza el ascenso de la Aguja —dijo Ganimard—. Esto ya es más serio.

Pero uno de sus hombres llamó su atención:

—Jefe, allí hay otra escalera, a la izquierda.

Y al momento, descubrieron una tercera escalera a la derecha.

—¡Rayos! —dijo el inspector—. El asunto se complica. Si vamos por un lado, se largarán por el otro.

—Dividámonos —expresó Beautrelet.

—No, no... Eso nos debilitaría... Es necesario que uno de nosotros vaya adelante.

—Iré yo, si usted desea...

—Sí, Beautrelet. Vaya usted. Yo permaneceré con mis hombres... Así no habrá nada que temer. También pueden existir otros caminos, además del que nosotros hemos seguido por el acantilado y, posiblemente, varios caminos dentro de la Aguja. Pero, entre el acantilado y la Aguja no existe otra comunicación que el túnel. Por lo tanto, es necesario pasar por esta gruta. Por ello, me instalaré aquí hasta que usted regrese. Vaya, Beautrelet... y cuidado... A la menor sorpresa llame...

Con rapidez, Isidore desapareció por la escalera del medio. En el peldaño treinta, una puerta le cerró el paso. Agarró el pomo de la cerradura y lo hizo girar. La puerta estaba abierta.

Entró en una sala que le pareció bastante baja, aunque era enorme. Iluminada por faroles y soportada por recios pilares, entre los cuales se dibujaban profundas perspectivas, aquella sala debía poseer las mismas longitudes de la Aguja. Estaba llena de cajas y de una infinidad de objetos, muebles, sillones, arcas, estanterías, cofres, todo en total confusión, igual que puede verse en los sótanos de los vendedores de antigüedades. A derecha e izquierda, Beautrelet observó el orificio de un par de escaleras que correspondían, sin ninguna duda, a las mismas que comenzaban en la gruta inferior. Entonces, tendría que volver a bajar para informar a Ganimard. Pero frente a él advirtió una nueva escalera ascendente, y decidió seguir solo sus investigaciones.

Eran treinta peldaños más. Una puerta, una sala menos amplia. Y siempre, al frente, una escalera ascendente.

Otros treinta peldaños más. Otra puerta. Otra sala más pequeña...

Beautrelet logró entender el plano de las obras realizadas en el interior de la Aguja. Era una serie de salas superpuestas y, por lo tanto, cada vez más pequeñas. Todas servían de almacén.

En la cuarta ya no había ninguna rampa. Un poco de la luz del día se colaba por las hendiduras y Beautrelet pudo distinguir el mar a una docena de metros por debajo de él.

En ese momento se sintió tan lejos de Ganimard que lo asaltó cierta angustia y tuvo necesidad de controlar sus nervios para no comenzar a correr con todas sus fuerzas, aunque no lo amenazaba ningún peligro. Inclusive, reinaba tal silencio alrededor suyo, que se preguntaba si la Aguja entera no habría sido abandonada.

—Me detendré en el último piso —dijo para sí.

Treinta peldaños más, como siempre, y después una puerta, esta última menos pesada y de aspecto más moderno. La empujó preparado para huir. Nadie. Pero esta sala era diferente de las otras como punto final. En las paredes, tapices; en el suelo, alfombras. Dos magníficas vitrinas hacían juego llenas de orfebrería. Las pequeñas ventanas abiertas en las estrechas y profundas hendiduras poseían cristales.

En medio de aquella estancia se encontraba una mesa ricamente servida con un mantel de encaje, bandejas con frutas y pastelería, botellas de champán y flores... cientos de flores.

Alrededor de la mesa tres cubiertos.

Beautrelet se acercó. Encima de las servilletas estaban las tarjetas con los nombres de los invitados.

Primero leyó: "Arsène Lupin".

Al frente: "Señora de Arsène Lupin".

Cuando levantó la tercera tarjeta, sufrió un sobresalto de asombro. Esta tenía su nombre: "Isidore Beautrelet".

Capítulo 10

Una cortina se descorrió

—Buenos días, mi estimado Beautrelet. Usted ha llegado con algo de retraso. El almuerzo estaba pautado para el mediodía. Pero, qué importa..., son apenas unos minutos más tarde... ¿Qué hay de nuevo? ¿Qué pasa, no me reconoce? ¿Tanto he cambiado?

En el transcurso de su lucha contra Lupin, Beautrelet había recibido cantidad de sorpresas, y seguía esperando, a la hora del desenlace, recibir aún más emociones, pero esta vez el choque fue totalmente imprevisto. Lo que experimentaba esta vez, no era asombro, era estupor, casi espanto.

El hombre a quien tenía delante de él, el hombre a quien la feroz fuerza de los acontecimientos lo obligaba a identificar como Arsène Lupin, ese hombre era Valméras, el propietario del castillo de la Aguja. Valméras, el mismo a quien él le había pedido ayuda contra Arsène Lupin. Valméras, su compañero de viaje a Crozant. Valméras, el valiente hombre que había hecho posible el rescate de Raymonde al golpear, o fingir que golpeaba en las sombras del vestíbulo, al compinche de Lupin.

—¡Usted!... Pero… pero ¡es usted! —balbuceó Beautrelet.

—¿Y por qué no? —soltó Lupin—. ¿Es que usted creía conocerme definitivamente, porque me había visto bajo la apariencia de un sacerdote o bajo la apariencia del señor Massiban? Pero, ¡ay!, cuando se ha elegido la situación social que yo ocupo es necesario servirse de los propios talentos del miembro de sociedad. Si Lupin no pudiera ser, a su antojo, pastor de la Iglesia reformista y miembro de la Academia de Inscripciones y Bellas letras, entonces sería algo desesperante ser Lupin. Pero Lupin, el auténtico Lupin, está aquí. Míralo con tus ojos bien abiertos, Beautrelet...

—Pero entonces..., si usted es..., entonces... la señorita...

—Sí, Beautrelet, tú lo has dicho...

Apartó nuevamente la cortina, hizo un gesto y anunció:

—La señora de Arsène Lupin.

—¡Ah! —dijo el joven, confundido con todo aquello—. ¡La señorita de Saint-Véran!

—No, no —corrigió Lupin—. La señora de Arsène Lupin, o si usted lo prefiere, la señora de Luis Valméras, mi esposa en justo matrimonio. Y gracias a usted, mi estimado Beautrelet.

Le tendió la mano.

—Mi mayor gratitud..., y espero que no exista rencor por parte de usted.

Como cosa extraña, Beautrelet no sentía ningún rencor. Ningún sentimiento de vergüenza. Tampoco amargura. Sentía la superioridad de su adversario tan poderosamente, que ni siquiera se sonrojaba por el hecho de haber sido vencido por él. Estrechó la mano que Lupin le tendía.

—La mesa está servida.

Un criado había colocado una bandeja repleta de comida encima de la mesa.

—Nos disculpará usted, Beautrelet. Mi cocinero está de permiso y nos vemos forzados a comer manjares fríos.

Beautrelet no sentía ningún deseo de comer. No obstante, tomó asiento extraordinariamente interesado por la actitud de Lupin. ¿Qué era lo que él sabía, exactamente? ¿Estaría enterado del peligro que corría? ¿Desconocería la presencia de Ganimard y sus hombres?... Y Lupin continuó.

—Sí, mi querido amigo, gracias a usted. La verdad es que Raymonde y yo nos enamoramos desde el primer día. Fue magnífico, amigo mío... El secuestro de Raymonde, su secuestro, todo eso fueron juegos, nosotros ya nos amábamos... Pero por otro lado, ni ella ni yo podíamos aceptar que entre nosotros se formara uno de esos lazos transitorios que están a merced del azar. La situación era entonces insoluble para Lupin. Pero si yo me transformaba en Luis Valméras dejaría de serlo. Fue entonces cuando se me ocurrió la idea de aprovecharme de su obstinación, ya que usted no soltaba prenda y ya había encontrado el castillo de la Aguja.

—Y de mi ingenuidad...

—¡Vamos! ¿Y a quién no le hubiera sucedido lo mismo?

—¿De manera que fue por mi causa, con mi apoyo, que usted triunfó?

—¡Pero claro! ¿Quién podía imaginar que Valméras era Lupin, si Valméras era amigo de Beautrelet y Valméras acababa de arrancarle a Lupin a la mujer a quien Lupin amaba? Fue encantador. ¡Oh, que magníficos recuerdos! ¡El viaje a Crozant! ¡Los ramos de flores encontrados! ¡Mi supuesta carta de amor para Raymonde! Y luego, las previsiones que yo, Valméras, tuve que tomar contra mí, Lupin, antes de casarme. ¡Y aquella noche de su banquete, cuando usted se desmayó en mis brazos! ¡Oh, que gratos recuerdos!...

—¡Vamos! ¿Y a quién no le hubiera sucedido lo mismo?

—¿De manera que fue por mi causa, con mi apoyo, que usted triunfó?

Se hizo un silencio. Beautrelet miraba a Raymonde. Ella escuchaba a Lupin sin decir nada. Lo observaba con ojos en los que traslucía amor, pasión y también algo más que el joven no hubiera logrado definir..., una cierta angustia inquieta y como una imprecisa tristeza. Pero Lupin volvió su rostro hacia ella y ella sonrió con ternura. Sobre la mesa, sus manos se enlazaron.

—¿Isidore, qué te parece mi pequeña estancia? —preguntó Lupin—. Tiene buen aspecto, ¿no crees? No ambiciono en absoluto que sea lo más moderno y confortable... Sin embargo, hay muchos que se han sentido felices con esto, y no eran de los más modestos... Observa la lista de algunos personajes dueños de la Aguja y que tuvieron el honor de dejar aquí una huella de su estadía.

Sobre las paredes se hallaban grabados estos nombres:

César. Carlomagno. Roll. Guillermo, el conquistador.
Ricardo, rey de Inglaterra.
Louis XI. François I. Henri IV. Louis XIV.
Arsène Lupin.

—¿Quién más se anotará de ahora en adelante? —continuó—. ¡Rayos! La lista está cerrada. De César a Lupin, y eso es todo. Muy pronto será una multitud anónima la que vendrá a conocer esta inusual ciudadela. ¡Y pensar que sin Lupin todo esto permanecería desconocido eternamente para los hombres! ¡Oh, Beautrelet, el día en que yo pisé este terreno abandonado, qué sensación de orgullo sentí! Reencontrar el secreto perdido y convertirme en su dueño, en su único dueño. Heredar un legado como este. Después de tantos reyes, habitar en la Aguja...

Un gesto de su mujer lo interrumpió. Parecía muy agitada.

—Se escuchan ruidos..., ruidos debajo de nosotros... ¿Los escuchas?...

—Es el chapoteo del agua —respondió Lupin.

—No..., no... Yo conozco el sonido de las olas... Esto es otra cosa...

—¿Qué piensas que sea, querida mía? —le dijo Lupin riendo—. Yo solo he invitado a almorzar a Beautrelet.

Y hablando con el criado añadió:

—Charolais, ¿tú cerraste las puertas de la escalera luego de que entró el señor?

—Sí, les pasé el cerrojo.

Lupin se levantó y dijo:

—Tranquila, Raymonde, no tiembles así... Estás absolutamente pálida.

Le dijo algunas palabras en voz baja, igual que al criado, levantó las cortinas y los hizo retirar a los dos.

Ahora, el ruido abajo era más acentuado. Eran unos golpes sordos que se escuchaban a intervalos iguales. Beautrelet pensó: "Ganimard perdió la paciencia y está tumbando las puertas".

Con total calma y como si realmente no hubiera escuchado los golpes, Lupin continuó:

—Por ejemplo, cuando yo logré descubrirla, la Aguja estaba muy, muy estropeada. Estaba claro que nadie había poseído el secreto desde hacía un siglo... desde Louis XVI y la Revolución. El túnel amenazaba con derrumbarse. Las escaleras se estaban desmoronando. El agua se filtraba hacia adentro. Tuve que apuntalar, consolidar, reconstruir.

Beautrelet no pudo menos que preguntarle.

—¿Y cuando usted llegó esto estaba vacío?

—Prácticamente. Con seguridad, los reyes no debieron usar la Aguja conforme yo lo he hecho: como almacén...

—¿Como refugio, entonces?...

—Sí, sin duda. Durante las épocas de invasiones, así como en las épocas de guerras civiles. Pero su verdadero objetivo fue... ¿cómo podría decirlo?, el de caja fuerte de los reyes de Francia.

Los golpes aumentaban, ahora menos sordos. Sin duda, Ganimard había logrado cruzar la primera puerta y estaba dedicado a derrumbar la segunda.

Se hizo un silencio, luego se escucharon otros golpes aún más cercanos. Era la tercera puerta. Todavía faltaban dos.

Por una de las ventanas Beautrelet observó las barcas que navegaban alrededor de la Aguja, y, muy cerca de ellas, flotando igual que un inmenso pez negro, el torpedero.

—¡Qué escándalo! —exclamó Lupin—. No podemos oír nuestra conversación. Subamos, ¿quieres? Tal vez te interese ver aquello.

Se trasladaron al piso de arriba, el cual estaba protegido, como los otros, por una puerta que Lupin cerró detrás de sí.

—Este es mi museo de pinturas —dijo.

Los muros estaban cubiertos de telas, en las que Beautrelet en seguida pudo ver las firmas más relevantes. Allí se encontraban *La Virgen* y el *Agnus Dei*, de Rafael; el *Retrato de Lucrecia del Fede*, de Andrea del Sarto; la *Salomé* de Tiziano, *La Virgen y los Ángeles*, de Botticelli, así como varios Tintorettos, Carpaccios, Rembrandts y Velázquez, etc.

—¡Qué hermosísimas copias! —comentó con aprobación, Beautrelet.

Lupin lo vio con aire estupefacto y le dijo:

—¿Cómo copias? ¿Estás loco? Querido amigo, las copias están en Madrid, en Florencia, en Venecia, en Múnich, en Ámsterdam...

—¿Y cómo es eso?

—Pues, que las telas originales, pacientemente reunidas en todos los museos de Europa, yo las he reemplazado honestamente por magníficas copias.

—Pero un día u otro...

—¿Que un día u otro será descubierto el fraude? Está bien. Entonces hallarán mi firma en cada una de las telas al reverso, y se sabrá que fui yo quien le entregué a mi país obras maestras originales. Después de todo, yo no he hecho otra cosa diferente que lo que Napoleón hizo en Italia... ¡Ah!, mira, Beautrelet, estos son los Rubens del señor de Gesvres...

Los golpes no paraban de escucharse en la cima de la Aguja.

—Esto ya es intolerable —indicó Lupin—. Subamos un poco más.

Una nueva escalera. Una nueva puerta.

—Esta es la sala de los tapices —advirtió Lupin.

Los tapices no se hallaban colgados, sino enrollados, atados con cuerdas, identificados con etiquetas y mezclados con rollos de telas antiguas que Lupin desplegó. Eran tejidos maravillosos, hermosos terciopelos, sedas ligeras de colores pálidos, bordados de oro...

Subieron aún más, y Beautrelet entonces pudo ver la sala de los relojes y los péndulos, el salón de los libros. ¡Oh, aquellas magníficas encuadernaciones y qué hermosos volúmenes! La sala de los bordados y la de los objetos varios...

Y mientras iban subiendo, el círculo de la sala se iba reduciendo. Y cada vez, además, el ruido de los golpes se hacía más lejano. Ganimard perdía terreno.

—Y la última —mencionó Lupin— es la sala del tesoro.

Esta sala era absolutamente diferente. También redonda, pero de mucha altura y de forma cónica, era la cima del edificio, y su base debía hallarse a quince o veinte metros de la punta final de la Aguja.

Por el lado del acantilado no había ninguna ventana. Pero por el lado del mar, como no había que considerar ninguna mirada indiscreta, existían dos huecos de ventanas con cristales, por donde entraba la luz en abundancia. El suelo estaba recubierto por un piso fabricado de maderas raras y preciosas, con dibujos centrados. A lo largo de los muros se veían vitrinas y ciertos cuadros.

—Son las joyas de mis colecciones —dijo Lupin—. Todo lo que has visto hasta este momento está a la venta. Algunas cosas se van y otras vienen. Ese es el oficio. Pero aquí, en este lugar, todo es sagrado. Observa estas joyas, Beautrelet. Amuletos caldeos, collares egipcios, brazaletes celtas... Observa estas estatuillas, Isidore, esta Venus griega, este Apolo de Corinto... Beautrelet, mira estas Tanagras. En el exterior de esta vitrina no existe un solo ejemplar en el mundo que sea legítimo. ¡Cómo disfruto al poder decirlo! ¿Recuerdas los asaltantes de iglesias del Midi, la banda de Thomas? Eran colaboradores míos, la verdad sea dicha. Pues bien, aquí se encuentra la *Caza de Ambazac*, la auténtica, Beautrelet. ¿Te acuerdas del escándalo del Louvre, de la tiara que al final era falsa?... Pues aquí se encuentra la tiara de Saïtafernès, la verdadera, Beautrelet. ¡Mira, mira bien, Beautrelet! Aquí está la maravilla de las maravillas, la obra suprema, la creación de un dios... Aquí está la *Gioconda* de Da Vinci, la verdadera. ¡De rodillas, Beautrelet, la mujer está frente a ti!

Surgió un silencio entre ellos. Abajo, los golpes volvían a escucharse cerca. Solo quedaban dos o tres puertas, ni una más, separándolos de Ganimard.

En la costa se veía el lomo negro del torpedero y las barcas navegando. El joven volvió a preguntar:

—¿Y el tesoro?

—¡Ah!, hijo mío, es eso, solo eso es lo que te interesa. Y la muchedumbre será igual que tú... Bueno, ya puedes darte por satisfecho.

Golpeó el suelo con su pie, violentamente, e hizo que uno de los discos que formaban el piso se moviera y, levantándolo como si fuera la tapa de un recipiente, dejó al descubierto una especie de tina absolutamente redonda, cavada en la propia roca. Estaba vacía. Un poco más allá hizo la misma maniobra. Apareció otra tina. Se encontraba igualmente vacía. Tres veces repitió la maniobra y otras tres tinas aparecieron vacías.

—¡Oh! —dijo Lupin irónicamente—. ¡Qué decepción! Bajo el reinado de Louis XI, bajo el de Henri IV, bajo Richelieu, las cinco tinas debían encontrarse llenas, pero piensa en Louis XIV, en Versalles, en la guerras, en las grandes catástrofes del reino. Y piensa en Madame de Pompadour, en la condesa du Barry. ¡Cómo debieron sacar oro de este lugar! ¡Con qué afiladas garras debieron raspar esta piedra! Ya ves, no queda nada...

Se detuvo y agregó:

—Bueno, Beautrelet, aún queda algo: el sexto escondite. Pero este es intangible... Ninguno de ellos se atrevió

¡Mira, mira bien, Beautrelet! Aquí está la maravilla de las maravillas, la obra suprema, la creación de un dios... Aquí está la Gioconda *de Da Vinci, la verdadera. ¡De rodillas, Beautrelet, la mujer está frente a ti!*

a tocarlo. Era el último recurso... digamos que era algo así como la fruta para calmar la sed. Observa, Beautrelet.

Se agachó y levantó la tapa. Un cofre de hierro ocupaba el hueco. Lupin extrajo de su bolsillo una llave de moldura hueca y complejas ranuras y abrió el cofre.

De allí brotó un resplandor. Todas las piedras preciosas arrojaban sus rayos, todos los colores destellaban..., el fuego de los rubíes, el verde de las esmeraldas, el sol de los topacios.

—Mira, pequeño Isidore. Agotaron todas las monedas de oro, todas las monedas de plata, todos los escudos, todos los ducados y todos los doblones, pero el cofre de piedras permaneció intacto. Fíjate en las monturas. Existen de todas las épocas, de todos los siglos y de todos los países. Las dotes de las reinas se hallan aquí. Cada una contribuyó con su parte, Margarita de Escocia y Carlota de Saboya, María de Inglaterra y Catalina de Médicis, y todas las archiduquesas de Austria, Eleonor, Elizabeth, Marie-Thérèse, Marie-Antoinette ... ¡Observa estas perlas, Beautrelet! ¡Y estos diamantes! Entre ellos no hay ninguno que no sea digno de una emperatriz. El Regente de Francia no es más hermoso.

Se levantó, colocó su mano en señal de juramento y dijo:

—Beautrelet, tú serás quien le cuente al universo entero que Lupin no tomó ni una sola de las piedras que se hallan en esa caja fuerte... ni una... Lo juro por mi honor. Yo no tengo el derecho a hacerlo. Esa es la fortuna de Francia...

Abajo, Ganimard se apuraba. Por el sonido de los golpes era fácil deducir que estaba atacando la penúltima puerta, la sala de los objetos diversos.

—Vamos a dejar abierto el cofre —dijo Lupin—, y todas las tinas también, todas esas pequeñas sepulturas vacías...

Dio una vuelta por la estancia, estudió algunas vitrinas, contempló algunos cuadros, y luego, paseándose con aire pensativo, expresó:

—¡Qué triste es tener que dejar todo esto! ¡Qué tristeza! Mis horas más hermosas las he transcurrido aquí, solo, delante de estos objetos que nunca... que mis ojos no volverán a ver nunca más y mis manos no podrán volver a tocar.

En su rostro contraído había una expresión tan grande de tristeza, que Beautrelet sintió una confusa lástima por él. En aquel hombre, el dolor debía tomar proporciones más grandes que en cualquier otro, igual que la alegría, el orgullo o la vergüenza.

Al lado de la ventana, y con el dedo extendido señaló:

—Lo que se me hace más triste todavía es eso… todo eso que tengo que dejar. ¿No te parece hermoso? El inmenso mar, el cielo... De un lado y otro, los acantilados de Étretat, con sus tres puertas, la puerta de Amont, la puerta de Aval y la *Manneporte*..., tantos arcos de triunfo para el maestro... ¡Y el maestro era yo! ¡El rey de la aventura, el rey de la Aguja hueca! Reinado extraño y sobrenatural, de César a Lupin... ¡Qué destino!

Comenzó a reír, y añadió:

—¿Rey del encantamiento? ¿Y por qué será? Digamos ahora mismo, rey de Yvetot. ¡Qué broma! Rey del mundo, sí, esa es la verdad. Desde este lugar de la Aguja yo dominé el universo. Levanta la tiara de Saïtafernès… Beautrelet, ¿ves ese doble aparato telefónico?... A la derecha se comunica con París... línea especial..., y a la izquierda se comunica con Londres, línea especial. Desde Londres me comunico con Norteamérica, con Asia y con Australia. En todos esos países disfruto de sucursales, agentes de venta, observadores. Es el comercio internacional. Es el gran mercado del arte y de las antigüedades, la feria de la tierra, ¡ah!, Beautrelet, hay instantes en los que mi poder me hace perder la cabeza. Estoy ebrio de fuerza y de poder...

La puerta de abajo cedió. Se pudo escuchar a los hombres corriendo y que buscaban... Después de unos segundos Lupin siguió en voz baja:

—Y aquí se ha terminado... Pasó una joven que tiene el cabello rubio, unos bellísimos ojos tristes y un alma honesta... y se terminó... Yo mismo he derribado el formidable edificio... Todo lo demás me parece tonto y pueril... Lo único que importa son sus cabellos..., sus ojos tristes... y su pequeña alma honesta.

Los hombres subían por la escalera. Un golpe batió la puerta, era la última... Lupin agarró al joven por un brazo.

—¿Entiendes ahora, Beautrelet, por qué te dejé el campo libre cuando en tantas oportunidades y hace tantas semanas pude acabarte? ¿Entiendes por qué has logrado llegar hasta aquí? ¿Entiendes ahora por qué le he dado a cada uno de mis hombres su parte del botín y por qué los viste la otra noche sobre el acantilado? Lo entiendes, ¿no es así? La Aguja hueca es una aventura. Mientras sea mía, yo soy el aventurero. Pero la Aguja tomada por otros es un pasado que se separa de mí, es el futuro que comienza, un futuro de paz y felicidad en el que ya no me sonrojaré cuando los ojos de Raymonde me miren... un futuro...

Giró furioso hacia la puerta:

—Pero, Ganimard, haz silencio de una vez, aún no he terminado de hablar.

Los golpes se atropellaban. Se podría decir que se estaba produciendo el golpeteo de una viga contra la puerta. De pie, frente a Lupin, Beautrelet, embelesado de curiosidad, esperaba los acontecimientos sin entender el juego de Lupin. Que hubiera entregado la Aguja, bien, pero ¿por qué se entregaba a sí mismo? ¿Cuál era su plan?

¿Será que esperaba poder huir de Ganimard?

Mientras, Lupin, el soñador, hablaba:

—Honesto... Arsène Lupin, honesto... Ya no más robos..., vivir la vida de todo el mundo... ¿Y por qué no? No hay ningún motivo para que yo no logre el mismo éxito... ¡Rayos, Ganimard, déjame en paz! Ignoras, triple idiota, que en estos instantes estoy declarando palabras históricas y que Beautrelet las recoge para nuestros nietos.

Comenzó a reír, añadiendo:

—Pierdo mi tiempo. Ganimard nunca será capaz de entender la utilidad de mis palabras históricas.

Tomó un trozo de tiza roja, aproximó un taburete a la pared y escribió con letras grandes:

> *Arsène Lupin concede a Francia todos los tesoros de la Aguja hueca, con la expresa condición de que tales tesoros sean expuestos en el Museo del Louvre, en salas que llevarán el nombre de* Colección Arsène Lupin.

—Ahora, mi conciencia está libre. Francia y yo estamos en paz.

Los invasores golpeaban la puerta con todas sus fuerzas. Un panel de la puerta se rompió. Una mano penetró el agujero buscando la cerradura.

—¡Rayos y centellas! —exclamó Lupin—. Ganimard es capaz de lograr su objetivo alguna vez.

Saltó sobre la cerradura y retiró la llave de ella.

—Vamos, viejo, que esta puerta es bastante sólida... Aún tengo tiempo... Beautrelet, te digo adiós... Y gracias..., porque en verdad tú hubieras podido complicar el ataque..., pero eres delicado...

Se dirigió hacia un inmenso tríptico de Van den Weiden que representaba a los Reyes Magos. Plegó la tabla del lado derecho y dejó al descubierto una pequeña puerta, cuyo pomo sostuvo.

—Que tengas una buena caza, Ganimard.

Sonó un disparo. Lupin saltó hacia atrás, y gritó:

—¡Ah! canalla, en pleno corazón. ¿Has tomado lecciones? Has dañado al rey mago. Le pegaste en medio del corazón. Has fallado como un payaso de feria.

—¡Ríndete, Lupin! —chilló Ganimard, cuyo revolver emergía del panel roto y cuyos ojos resplandecían—. ¡Ríndete, Lupin!

—¿Es que la guardia, acaso se rinde?

—Si te mueves, te quemo...

—Vamos, aquí no puedes darme.

De hecho, Lupin se había distanciado y aun cuando Ganimard, por la ranura abierta en la puerta, podía disparar derecho frente a él, no podía, en cambio, disparar hacia el costado donde se hallaba Lupin... Pero no por ello la situación de este último era menos difícil, ya que la salida con la que contaba, la puerta del tríptico, se abría de frente a Ganimard. Tratar de huir era exponerse al disparo del policía...

—¡Rayos! —dijo Lupin, riendo—. Mis acciones están en caída. Bien hecho, querido Lupin, por haber tirado tanto de la cuerda. No debías haber hablado tanto.

Se aplastó contra el muro. Los esfuerzos de los hombres

hicieron que cediera otro panel de la puerta. Únicamente tres metros, ni uno más, separaban a los dos antagonistas. Pero una vitrina de madera dorada resguardaba a Lupin.

—¡Ven a mí, Beautrelet! —gritó el viejo policía que chillaba de rabia—. Tira de una buena vez en lugar de quedarte allí de curioso...

En efecto, Isidore no había hecho ni un movimiento, permaneciendo como observador apasionado, aunque indeciso. Con todas sus ganas, hubiera querido unirse a la lucha y derribar a la presa que tenía frente a él. Pero un sombrío sentimiento no lo dejaba.

Un grito de Ganimard lo agitó. Su mano se apoyó sobre la culata de su revólver.

"Si tomo partido —pensó—, Lupin estará perdido... y es mi deber...".

Sus ojos se cruzaron con los de Lupin. Los de este permanecían tranquilos, atentos, casi curiosos, como si en medio del terrible peligro que lo apremiaba solo le interesara el problema moral que abrumaba al joven. ¿Decidiría Isidore darle el tiro de gracia al adversario vencido?... La puerta se resquebrajó de arriba abajo.

—¡A mí, Beautrelet, ya lo tenemos! —gritó Ganimard.

Isidore levantó su revólver.

Lo que sucedió luego ocurrió con tal rapidez, que Isidore no se dio cuenta de nada sino más tarde. Observó a Lupin agacharse, correr a lo largo del muro, pasar a ras frente a la puerta por debajo del arma que vanamente sostenía Ganimard, e Isidore se sintió desplomado a tierra, capturado y de nuevo en el aire por una fuerza invencible.

Lupin lo sostenía en el aire igual que un escudo viviente, detrás del cual él se protegía.

—¡Diez a uno a que me escapo, Ganimard! Ya sabes que Lupin siempre tiene recursos...

Rápidamente, había retrocedido hacia el tríptico. Cargando con un brazo a Beautrelet apretado contra su pecho, y con la otra mano abrió el cierre de la pequeña puerta y salió por ella, volviendo a cerrarla tras de sí. Estaba a salvo... De inmediato, apareció una escalera frente a ellos que bajaba repentinamente.

—Vamos, vamos —dijo Lupin, empujando a Beautrelet delante de él—. El ejército de tierra está vencido..., ahora vamos a ocuparnos de la flota francesa. Después de Waterloo, Trafalgar... Pequeño, vas a recibir tu merecido... ¡Ah, qué divertido! Allí están en este momento golpeando el tríptico... Demasiado tarde, muchachos... Baja de una vez, Beautrelet...

La escalera, al descubierto en la pared de la Aguja, en su propia corteza, giraba alrededor de la pirámide, rodeándola como la espiral de un tobogán.

Lupin apuró al joven y, a toda prisa, descendieron los peldaños de dos en dos y de tres en tres. A intervalos surgía una luz resplandeciente por alguna hendidura de la pared, y Beautrelet advertía la visión de las barcas de pesca que avanzaban a unas decenas de brazas, así como el oscuro torpedero...

Bajaron y bajaron... Isidore en silencio, Lupin siempre efusivo.

—Quisiera saber qué está haciendo Ganimard. ¿Estará corriendo por las demás escaleras abajo para impedirme el camino hacia la entrada del túnel? No, él no es tan tonto como para ello... Habrá dejado unos cuatro hombres allí... lo cual ya es bastante.

—¡Diez a uno a que me escapo, Ganimard! Ya sabes que Lupin siempre tiene recursos...

Se detuvo.

—Oye... están gritando allá arriba... eso es. Deben haber abierto la ventana y le están gritando a la flota, llamándola... Mira, se están preparando en las barcas... intercambian señales..., el torpedero se mueve... ¡Qué bravo torpedero! Te reconozco, vienes de Le Havre... Marineros, a sus puestos... ¡Caramba!, el comandante... Buenos días, Duguay-Trouin...

Sacó el brazo por la ventana y batió un pañuelo. Luego reanudó la marcha.

—La flota enemiga está remando con todas sus fuerzas —dijo—. El abordaje es inaplazable. ¡Santo Dios, pero qué locura!

Escucharon el ruido de voces por encima de ellos. En ese instante se aproximaban al nivel del mar y casi inmediatamente alcanzaron una vasta gruta donde un par de luces iban y venían en la oscuridad. Emergió una sombra y una mujer se lanzó al cuello de Lupin.

—¡Rápido! ¡Rápido! Estaba inquieta... ¿Qué estabas haciendo?... Pero no vienes solo...

Lupin la tranquilizó.

—Es nuestro amigo Beautrelet... Imagínate que nuestro querido Isidore tuvo la gentileza..., bueno, después te lo contaré..., ahora no tenemos tiempo... ¿Charolais, estás allí?... ¡Ah, muy bien!... ¿Y nuestra embarcación?...

—Nuestra embarcación está lista —dijo Charolais.

—Enciéndelo —dijo Lupin.

Al cabo de pocos segundos trepidó el ruido de un motor, y Beautrelet, cuya vista se iba acostumbrando poco a poco a las tinieblas, terminó por darse cuenta de que se hallaba en una especie de muelle a la orilla del agua, y que frente a ellos flotaba una especie de canoa.

—Una canoa automóvil —señaló Lupin, completando así los pensamientos de Beautrelet—. ¡Ah!, todo esto te sorprende, mi querido Isidore... ¿No entiendes?... Como el agua que estás observando no es otra que el agua del mar que se cuela en cada marea en esta excavación, el resultado es que aquí poseo una pequeña ensenada oculta y segura...

—Pero está cerrada —dijo Beautrelet—. Nadie puede entrar en ella y tampoco puede salir...

—Yo sí puedo —dijo Lupin—, te lo voy a probar.

Primero, llevó a Raymonde, y después regresó a buscar a Beautrelet. Este dudó.

—¿Tienes miedo? —le preguntó Lupin.

—¿De qué?

—¿De ser hundido por el torpedero?

—No.

—Entonces te estás preguntando si tu deber es quedarte al lado de Ganimard, de la justicia, la sociedad, la moral, en lugar de huir al lado de Lupin, que representa la vergüenza, la infamia, la deshonra.

—Justamente.

—Pequeño, lamentablemente, no tienes opción... Por el momento es necesario que nos crean muertos a los dos... y que me dejen en paz..., esa paz que necesita un futuro hombre honesto.

Por la manera en que Lupin lo agarró por los brazos, Beautrelet entendió que toda resistencia era inútil, Y además, ¿para qué oponerse? ¿Acaso no tenía derecho a rendirse ante la irresistible simpatía que, a pesar de cualquier cosa, le inspiraba este hombre? Ese sentimiento era tan lúcido en él, que hasta tuvo deseos de decirle a Lupin: "Oiga, usted está corriendo otro grave riesgo, Herlock Sholmes está sobre su pista...".

—Vamos, vente —le dijo Lupin, antes de que él se decidiera a hablarle.

Obedeció y se dejó guiar hasta la canoa, cuya forma le pareció inusual y de un aspecto por completo imprevisto.

Una vez en la cubierta, descendieron los peldaños de una pequeña y empinada escalera, que estaba unida a una trampilla, la cual estaba cerrada para ellos.

Al final de la escalera, vivamente iluminada por una lámpara, había una estancia de dimensiones muy reducidas donde ya se hallaba Raymonde y donde no había más espacio que el necesario para sentarse los tres. Lupin descolgó una bocina acústica, y ordenó:

—En marcha, Charolais.

Isidore sintió la desagradable sensación que se experimenta al bajar repentinamente en un ascensor, la sensación de que el suelo, la tierra, desaparece debajo de nosotros, la sensación del vacío. Esta vez era el agua la que desaparecía y el vacío el que entraba lentamente… por decirlo de algún modo.

—¡Ah! ¿Será que nos estamos hundiendo? —dijo bromeando Lupin—. Tranquilízate... Es nada más el tiempo que toma pasar de la gruta superior donde nos hallamos, a una pequeña gruta ubicada totalmente al fondo, medio abierta al mar y en la que puede entrarse cuando baja la marea... todos los pescadores de mariscos la frecuentan... ¡Ah!, diez segundos de parada..., ya pasamos... el pasaje es angosto... exactamente del tamaño de nuestro sumergible.

—Pero ¿cómo puede ser que los pescadores que conocen la gruta de abajo —preguntó Beautrelet— no sepan que la cima está perforada y que se une con otra gruta de donde parte una escalera? La verdad está a la vista del primero que la vea...

—Error, Beautrelet. La cúpula de la pequeña gruta pública se encuentra cerrada cuando baja la marea, por un techo movedizo del mismo color que la roca, que el mar desplaza al subir y lo eleva consigo, y que al volver a bajar lo sitúa de nuevo, herméticamente, sobre la pequeña gruta. Es por esa razón que cuando la marea está alta, yo puedo pasar... ¿Qué… no te parece ingenioso? Fue una idea de Bibi... La verdad es que ni César, ni Louis XIV, ni, en definitiva, ninguno de mis abuelos pudo pensarla, ya que no disponían de un submarino... Ellos se conformaron con la escalera que llegaba entonces hasta la pequeña gruta de abajo... Yo eliminé los últimos peldaños y concebí ese techo móvil. Es un obsequio que le he hecho a Francia... Raymonde, por favor, apaga la lámpara que está junto a ti..., ya no es necesaria...

En realidad, una leve claridad, que parecía constituir el propio color del agua, había llegado a su encuentro al salir de la gruta, y entraba en la cabina por las portezuelas y por una bóveda de cristal que se hallaba en el piso del puente y permitía observar las capas superiores del mar.

De inmediato, una sombra se movió por encima de ellos.

—Se va a realizar el ataque. La flota enemiga está cercando la Aguja... Pero por hueca que sea esta Aguja, me pregunto cómo van a entrar en ella...

Tomó la bocina acústica, y ordenó:

—Charolais, no salgamos del fondo.... ¿Qué hacia dónde vamos? Pero si ya te lo dije... A Puerto Lupin... y a toda marcha… Es necesario que haya agua al llegar... llevamos una dama a bordo con nosotros.

Se encontraban al ras de la superficie de las rocas submarinas. Las algas sacudidas se erguían como una densa vegetación negra y las corrientes submarinas las hacían ondular graciosamente. Después observaron una sombra aún más alargada...

—Es el torpedero —señaló Lupin—. El cañón va a dejar escuchar su voz... ¿Qué irá a hacer Duguay-Trouin? ¿Bombardeará la Aguja? ¡Caramba, Beautrelet! lo que nos estamos perdiendo al no poder presenciar el encuentro de Duguay-Trouin y Ganimard... La unión de las fuerzas terrestres y las fuerzas navales... Ey, Charolais, nos estamos quedando dormidos...

Sin embargo, la embarcación avanzaba vertiginosamente. Los campos de arena habían dejado atrás a los de rocas, y después casi de inmediato vinieron nuevas rocas, que indicaban la punta recta de Étretat, la puerta de Amont. Los peces escapaban al aproximarse la embarcación. Uno de ellos, más atrevido, se pegó a una ventana de esta y a través del cristal los observaba con sus grandes ojos fijos e inmóviles.

Lupin llamó a Charolais.

—Podemos subir, ya no hay peligro...

Subieron a la superficie y la cúpula de cristal salió fuera del agua... Estaban a una milla de la costa y, por lo tanto, fuera del alcance de sus perseguidores. Beautrelet pudo notar entonces, con más exactitud, la vertiginosa rapidez con la que se movían.

Primero, vieron frente a ellos Fécamp, y después todas las playas normandas de Saint-Pierre, las Petites-Dalles, Veulettes, Saint-Valery, Veules y Quiberville.

Lupin seguía bromeando, e Isidore no se cansaba de verlo y escucharlo, fascinado por el verbo de aquel hombre, su alegría, su travesura, su irónica tranquilidad, su alegría de vivir.

También observaba a Raymonde. La joven permanecía callada, apretada contra el hombre a quien amaba. Tenía las manos de él entre las suyas y con frecuencia alzaba sus ojos para verlo. En varias oportunidades, Beautrelet notó que sus manos se crispaban un poco y que la tristeza de sus ojos se hacía más evidente, y cada vez era como una respuesta silenciosa y dolorosa a las salidas de Lupin. Se podría decir que aquella ligereza de sus palabras, aquella manera irónica de ver la vida le causaban cierto sufrimiento.

—Cállate... —dijo ella—, eso de burlarte así es desafiar al destino... Pueden ocurrir tantas desgracias...

Frente a Dieppe tuvieron que hundirse de nuevo para no ser divisados por las embarcaciones de pesca. Veinte minutos más tarde se dirigieron hacia la costa y la embarcación entró en un pequeño puerto submarino creado por un corte regular entre las rocas, se colocó a lo largo de un muelle y subió lentamente a la superficie.

—Nos encontramos en Puerto Lupin —anunció Arsène.

Aquel lugar, ubicado a veinticinco kilómetros de Dieppe y a quince kilómetros de Tréport, se encontraba protegido a derecha e izquierda por dos derrumbes del acantilado, y estaba completamente desierto. Una arena muy fina cubría las pendientes de la pequeña playa.

—A tierra, Beautrelet... Raymonde, dame la mano... Y tú, Charolais, vuelve hasta la Aguja para ver qué es lo que está sucediendo entre Ganimard y Duguay-Trouin y ven a informarme. ¡Ese asunto me entusiasma!

Beautrelet se preguntaba lleno de curiosidad cómo saldrían de aquella ensenada confinada que se llamaba Puerto

Lupin, cuando advirtió al pie del propio acantilado los peldaños de una escalera de hierro.

—Isidore —señaló Lupin—, si recuerdas la geografía y la historia deberías saber que nos hallamos en el fondo de la garganta de Parfonval, en la aldea de Biville. Hace más de un siglo, la noche del veintitrés de agosto de 1803, Georges Cadoudal junto a seis colaboradores desembarcaron en Francia con el propósito de secuestrar al primer cónsul Bonaparte, y subieron hasta lo alto por el sendero que voy a mostrarte. Desde siempre, los derrumbes suelen destruir ese camino. Pero Valméras, mejor conocido bajo el nombre de Arsène Lupin, lo ha hecho reconstruir a costa suya y compró la granja de Neuvillette, lugar donde aquellos intrigantes pasaron su primera noche, y donde, ya apartado de los negocios, él va a vivir junto a su madre y a su esposa la majestuosa vida de un aristócrata arruinado. ¡El caballero ladrón ha muerto, que viva el caballero granjero!

Después de subir la escalera surgió como una garganta, como un torrente infranqueable formado por las aguas de las lluvias, donde al fondo había otra especie de escalera dotada de una rampa. De acuerdo con la explicación de Lupin, esa rampa había sido instalada para sustituir a una larga cuerda asegurada a unas estacas y con la cual, antiguamente, se sostenía la gente para bajar a la playa... Subieron durante casi media hora y llegaron a una llanura, muy cerca de una de esas cabañas abiertas en pleno terreno que sirven de abrigo para los aduaneros de la costa. Y justamente, cuando doblaban en un ángulo del camino, apareció uno de ellos.

—¿Nada nuevo, Gomel? —preguntó Lupin.

—Nada, jefe.

—¿Ningún sospechoso?

—No, jefe..., pero...

—Dime…

—Mi esposa, que trabaja de costurera en Neuvillette...

—Sí, lo sé... Césarine... ¿qué?

—Vio a un marinero que estaba rondando esta mañana...

—¿Y qué cara tenía el tal marinero?

—No era natural... Tenía cara de inglés.

—¡Oh! —exclamó Lupin, con cierta preocupación—. Y tú le dijiste a Césarine que...

—Que abra los ojos… Sí, jefe.

—Muy bien. Vigila el regreso de Charolais de aquí a un par de horas... Si sucede algo, estoy en la granja.

Retomó la marcha y le dijo a Beautrelet:

—Esto me inquieta... ¿Será Herlock Sholmes? ¡Diablos!, si es él, furibundo como debe estar, hay que temerlo todo.

Vaciló un momento, y agregó:

—Me pregunto si no será mejor que regresemos... No sé, tengo un mal presentimiento...

Las llanuras suavemente onduladas se ampliaban hasta perderse de vista. Hacia la izquierda, una bella avenida de árboles llevaba hacia la granja de Neuvillette, cuyas casas podían observarse ya... Era el retiro que él había construido, el lugar de descanso prometido a Raymonde. ¿Será que por unas ideas irracionales, iba a renunciar a la felicidad en el preciso instante en que lograba su objetivo?

Tomó del brazo a Isidore y señalándole a Raymonde, quien caminaba delante de ellos, le dijo:

—¡Ah! ¿Olvidará ella alguna vez que yo fui Lupin? ¿Ese pasado, que ella tanto rechaza, lograré borrarlo de su memoria?

Se dominó y con terca seguridad expresó:

—¡Sí lo olvidará! Lo olvidará porque, por ella, yo he realizado todos los sacrificios. Sacrifiqué el inviolable refugio de la Aguja hueca, mis joyas, mi poder, mi vanidad..., yo lo sacrificaré todo... Ya no deseo ser nada..., nada más que ser honesto, ya que ella solo puede amar a un hombre honesto... Después de todo, ¿qué importancia tiene el ser honesto? Eso no es más vergonzoso que cualquier otra cosa...

El chiste se le escapó sin querer. Luego, su voz se hizo seria y sin ningún sarcasmo murmuró con pasión contenida:

—¡Ah!, ya ves, Beautrelet, de todos los placeres que yo he tenido en la vida, no hay uno solo que valga la felicidad que me causa su mirada cuando ella se siente orgullosa de mí... Entonces me siento absolutamente vulnerable...

Se estaban acercando a una vieja puerta que servía de entrada en la granja. Lupin se contuvo, y dijo:

—¿Pero por qué siento miedo?... Es algo como una opresión... ¿Será que la aventura de la Aguja hueca aún no ha terminado? ¿Será que el destino no acepta el final que yo escogí?

Raymonde se volvió muy nerviosa, y dijo:

—Allí viene Césarine corriendo...

La esposa del aduanero, en efecto, venía de la granja corriendo a toda velocidad. Lupin se lanzó hacia ella, preguntándole:

—¿Qué... qué sucede? ¡Habla!

Ahogada, ya casi sin aliento, Césarine murmuró:

—Hay un hombre... un hombre en el salón.

—¿El inglés de esta mañana?

—Sí... pero ahora está disfrazado de otro modo...

—¿La vio a usted?

—No. Vio a su madre. La señora de Valméras lo sorprendió cuando él ya se retiraba.

—¿Entonces?

—Que él le dijo que estaba buscando a Luis Valméras, y que era amigo suyo.

—¿Qué más?

—Entonces, la señora le contestó que su hijo se encontraba de viaje... por algunos años...

—¿Y se largó?

—No. Hizo unos gestos por la ventana que da hacia la llanura... como si estuviera llamando a alguien.

Lupin pareció dudar. Un grito agudo desgarró el aire. Raymonde gimió:

—Es tu madre..., yo reconozco su voz...

Lupin se lanzó sobre ella, y, halándola en un impulso de furiosa pasión, le dijo:

—Vamos... escapemos... tú primero...

Pero de inmediato se detuvo, confuso, trastornado.

—No, no puedo ... sería abominable... Perdóname, Raymonde..., esa pobre mujer... Beautrelet, quédate aquí, no la dejes sola.

Se arrojó a lo largo del declive que rodeaba la granja. Giró en el recodo y siguió corriendo hasta alcanzar la barrera que se abría sobre la llanura... Raymonde, a quien Beautrelet no había logrado detener, llegó prácticamente al mismo tiempo que él, y Beautrelet, escondido entre los árboles, observó en la desierta avenida, que llevaba de la granja a la barrera, a tres hombres. Uno de ellos, el más corpulento, iba a la cabeza, y los otros dos cargaban, sujeta por los brazos, a una mujer que hacía resistencia y que daba gritos de dolor.

El día comenzaba a oscurecer. No obstante, Beautrelet logró reconocer a Sholmes. La mujer era una señora de edad avanzada y sus blancos cabellos actuaban como marco de su lívido rostro. Los cuatro se estaban acercando. Alcanzaron la barrera. Sholmes abrió la puerta. Y entonces, Lupin se adelantó y se paró frente a él.

El choque lució más aterrador, cuanto fue tan callado, casi solemne. Por largo tiempo, ambos adversarios se midieron. El mismo odio agitaba sus rostros. Ninguno se movía.

Lupin dijo con una serenidad aterradora:

—Ordena a tus hombres que liberen a esa mujer.

—No.

Se podía creer que uno y otro dudaban de iniciar la lucha suprema y se hallaban reservando todas sus fuerzas. Ya no hubo más palabras infructuosas, ni más provocaciones, solamente el silencio, un silencio de muerte.

Loca de ansiedad, Raymonde estaba esperando el desenlace de aquel duelo. Beautrelet la había tomado por un brazo y la mantenía inmóvil. Al cabo de unos segundos, Lupin repitió:

—Ordena a tus hombres que liberen a esa mujer.

—No.

Lupin dijo:

—Oye, Sholmes...

Pero se detuvo, comprendiendo la nulidad de las palabras. Frente a aquel coloso de vanidad y carácter que se llamaba Sholmes, ¿qué podían significar las amenazas?

Decidido a todo, metió bruscamente la mano en el bolsillo de su chaqueta. El inglés lo advirtió y, saltando hacia su prisionera, le puso el cañón de su revólver a dos pulgadas de la sien, y le dijo:

—No hagas ni un solo movimiento, Lupin, o le disparo.

A la vez, sus ayudantes dirigieron sus armas contra Lupin... Este se puso rígido, controló la furia que lo agitaba, e impasible, con ambas manos en sus bolsillos y dando el frente a su enemigo insistió:

—Por tercera vez, libera a esa mujer.

El inglés contestó, irónico:

—¡Quizá no tenga derecho a tocarla! Vamos, vamos, ya basta de juegos. Tú no te llamas Valméras, más de lo que te llamas Lupin. Ese es un apellido que robaste, igual que robaste el nombre de Charmerace. Y esa que tú haces pasar por tu madre, es Victoria, tu vieja cómplice, la mujer que te crio...

Sholmes cometió un error. Empujado por su deseo de venganza, miró a Raymonde, a quien tales revelaciones la llenaron de horror. Lupin aprovechó aquella imprudencia y con un rápido movimiento hizo fuego.

—¡Maldición! —gritó Sholmes, cuyo brazo, herido por el proyectil, cayó a lo largo de su cuerpo. E insultando a sus hombres, gritó—: ¡Disparen, animales! ¡Disparen!

Pero Lupin ya se había lanzado sobre ellos y no habían pasado dos segundos cuando el de la derecha rodaba por tierra con el pecho hundido, mientras el otro, con la mandíbula desprendida, caía desplomado por encima de la barrera.

—Rápido, Victoria..., átalos... Y ahora, inglés, vamos a vernos las caras nosotros dos...

Y se agachó, lanzando una maldición:

—¡Ah, canalla!...

Sholmes había levantado su arma con la mano izquierda y lo apuntaba.

Se oyó un disparo... un grito de dolor... Raymonde se había arrojado entre los dos hombres delante del inglés. Perdió el equilibrio, se puso la mano en la garganta y, erguida, giró sobre sí misma y cayó a los pies de Lupin.

—¡Raymonde!... ¡Raymonde!...

Se lanzó sobre ella y la estrechó contra sí.

—¡Está muerta! —exclamó.

Se produjo un instante de estupor. Sholmes parecía sorprendido por su acción. Victoria murmuraba:

—Mi pequeña... mi pequeña Raymonde...

Beautrelet se aproximó a la joven y se reclinó para examinarla. Lupin repetía.

—Muerta... está muerta...

Actuaba por reflejo, como si no comprendiera lo sucedido. Pero su rostro se contrajo, de pronto se transformó invadido por el dolor. Entonces, se levantó agitado por una especie de locura, hacía muecas de desvarío, se retorcía las manos, pateaba igual que un niño víctima de un gran desconsuelo.

—¡Miserable! —gritó repentinamente en un acceso de odio.

Y después de un ataque formidable, que derribó a Sholmes, lo agarró por la garganta y apretó sus dedos crispados en su garganta. El inglés gemía, sin siquiera oponerse.

—Hijo mío, hijo mío —le rogaba Victoria.

Beautrelet fue en auxilio del inglés, pero ya Lupin había liberado a su presa y, junto a su adversario tendido en tierra, lloraba.

Era una escena conmovedora.

La noche comenzaba a cubrir con un velo de tinieblas aquel campo de batalla. Los tres ingleses, atados y amor-

Se lanzó sobre ella y la estrechó contra sí.

—¡Está muerta! —exclamó.

Se produjo un instante de estupor. Sholmes parecía sorprendido por su acción. Victoria murmuraba:

—Mi pequeña... mi pequeña Raymonde...

dazados, permanecían tirados sobre la hierba. Canciones campesinas acunaron el silencio de la llanura. Eran los trabajadores de la granja que volvían del trabajo.

Lupin se levantó. Oyó las voces monótonas. Entonces observó la granja feliz, donde había soñado vivir en paz junto a Raymonde. Observó a esta, quien toda blanca ya dormía el sueño eterno.

Los campesinos se aproximaban. Entonces, Lupin se inclinó, levantó a la muerta con sus fuertes brazos y cargó el cadáver doblado en dos sobre sus hombros.

—Vámonos, Victoria.

—Vámonos, hijo mío.

—Adiós, Beautrelet —dijo Lupin.

Y cargado con su preciosa y dolorosa carga, acompañado por su anciana asistenta, callada, bravía, partió hacia el lado del mar y se esfumó en las profundas sombras del horizonte.

ÍNDICE

Arsène Lupin y la aguja hueca